本译著为国家社科基金项目"南非英语小说民俗书写研究"（22BWW065）阶段性成果。

南非文学译丛

尼罗河

宝贝

Nile Baby

Elleke
Boehmer

[英]
艾勒克·博埃默 著

汪世蓉 杨道官 译

深圳出版社

版权登记号　图字：19-2025-046号

图书在版编目（CIP）数据

尼罗河宝贝 /（英）艾勒克·博埃默著 ；汪世蓉，杨道官译. -- 深圳 ：深圳出版社，2025. 6. --（南非文学译丛）. -- ISBN 978-7-5507-4255-0

Ⅰ. I561. 45

中国国家版本馆CIP数据核字第2025BC8760号

尼罗河宝贝
NILUOHE BAOBEI

责任编辑　林凌珠
责任校对　叶　果
责任技编　梁立新
封面设计　朱镜霖

出版发行　深圳出版社
地　　址　深圳市彩田南路海天综合大厦（518033）
网　　址　www.htph.com.cn
订购电话　0755-83460239（邮购、团购）
设计制作　深圳市龙瀚文化传播有限公司 0755-33133493
印　　刷　深圳市汇亿丰印刷科技有限公司
开　　本　889mm×1194mm　1/32
印　　张　9
字　　数　196千
版　　次　2025年6月第1版
印　　次　2025年6月第1次
定　　价　54.00元

法律顾问：苑景会律师 502039234@qq.com

目 录

楔　子

那天，爱丽丝·布拉斯·汗看到小胎儿从玻璃罐里扑通一下冒出来时，她就从它的眼睛、鼻子和嘴巴的轮廓中看到了自己的模样。那一瞬间，她就注意到胎儿脸上那高高的颧骨，跟她这个非洲裔孩子的颧骨一模一样！我对此深信不疑。

*　*　*

阳光透过垂柳枝条，星星点点地洒在林荫道上。我的朋友——"小科学家"爱丽丝·布拉斯·汗就站在这斑驳的光影中间，她身材高挑，表情看上去有点儿桀骜不驯。光一道道洒在爱丽丝身上，她看起来就像个传奇人物、一位先知，或是来自另一个星球的治愈者。

这就是爱丽丝，她有一双小鸟般明亮的眼睛，人们总能在人群中一眼就认出她来。我们初次见面那天，我也是一眼就发现了她。

那天，在我们整个谈话过程中，她一直盯着我看，好像对我了如指掌。

但她不可能做到这一点，我们从远在城市两端的两所小学来到伍德帕克中学，现在只是我们在这里的第二个学期而已。

但她也许也做到了这一点，我是说她一直直勾勾地盯着我看，她似乎对不怎么爱说话的我——别的孩子总叫我"哑巴阿尼"——很感兴趣。跟我一样，她好像也不太适应这里的生活，因为我们压根儿就不是属于这里的人。正如我们俩所看到的，伍德帕克中学的学生比我们更高、更壮、更酷，跑得更快、声音更响亮，至少到目前为止是这样。爱丽丝提不起半点兴致与这些人交朋友，其他人也对爱丽丝喜欢研究的怪异玩意儿不感兴趣。

就比如说现在躺在我们脚边的这个又冷又湿的小躯体，他长着皱巴巴的灰色额头、扁扁的鼻子，后脑勺还留着一簇怪异、粗糙的毛发。除了爱丽丝，还有谁会对他感兴趣？

那是一个隆冬时节，圣诞节后第二个周五的午休时间，在那个阳光明媚的日子，我们俩第一次说话，也是我第一次帮她执行她的计划。

那天，我悄悄靠近了她和她的朋友亚兹·亚顿。和现在一样，爱丽丝坐在柳树上，双腿晃来晃去。树上的柳枝就像章鱼的触手，在风中飘来飘去。亚兹则是盘腿坐着，把她的三明治藏在一片枯叶下。我蹑手蹑脚地走过去，像个小偷，但我看得出她已经注意到我了，因为她双腿摇晃的方向变了，还用左眼的余光瞟了我一眼。

就在那一刻，我们目睹了一起霸凌事件。贾斯汀·凯钦那天穿着一件闪亮的粉色蓬松夹克。平日里，他样样都好，人见人爱，但此刻，他正一把夺过一个小孩的铅笔盒。这个孩子——可能是拉哈特，也可能是赛义夫，看上去像一只狂吠的贵宾犬，正着急得上蹿下跳。

就在那一刻，我们冲了出去。我一把夺过铅笔盒，把它放回小孩手里。爱丽丝则抓住贾斯汀那只伸出来的手臂，揪住他的粉色夹克，握着他的手腕用力一拧，疼得贾斯汀的眼睛里立刻噙满了泪水。

这就是爱丽丝。只要有人背着她做了什么坏事，比如给她取了"科学怪胎""黑乎乎的书呆子"等难听的外号，就免不了被她教训一顿。

又过了一分钟，我们回到了柳树上坐着，喘着粗气，相视而笑。那一刻我突然明白，能在困境之中挺身而出的这个女孩是真正值得信赖的朋友。爱丽丝似乎也意识到了这一点，我们虽未发一言，但彼此都心领神会。

这时，倍感无聊的亚兹已经从地上爬起来，朝自行车棚的方向走去，女孩们总爱聚在那儿讨论一些她们关心的话题。

那一天，我竟然发现爱丽丝回家的路线和我的差不多：沿着学校的路走，穿过右边那条臭水沟，就进入了狭窄的塞尔文街，接着就来到了我住的斯特拉特福街，那条街上用黄色砖块砌成的两层楼房看起来和爱丽丝住的阿尔比恩街上的房子一模一样。她家在我家东边，只要沿着我住的街道走过三条街，再往左拐，就到了她家。

那一天，我们还发现，只要在不耽误时间的情况下走得慢一点，在街角闲逛，就能把我们感兴趣的话题都聊个遍，比如最好的浮石有多细，在哪里可以买到最锋利的折叠式小刀，什么样的木头最软，而且削起来不费事儿（比如柳条就不错）。有时我们也会聊聊成长中的烦恼，但往往没说上几句，就会在河边玩起打水漂的游戏。随着对彼此了解的深入，我们还会时不时提起自己悲惨破碎的家庭，但也总是只有寥寥数句，就转到下一件事。无论说了些什么，我们的话题总会回到刀具、棍棒和石头上，还有从教室的实验桌上偷拿的菊石和盐晶，以及爱丽丝最感兴趣的各种生物的器官，比如那只我花了几周时间才为她找到的狗眼。

爱丽丝是一个真正的少年科学家，至少我们的生物老师布罗克班克先生是这么说的。只要待在她身边，我就很乐意帮助她去探索、去发现。布罗克班克先生说她具备科学家应有的沉稳双手和冷静头脑，最重要的是，她拥有开拓者的敏锐眼光，总能看得很远。为了鼓励她，布罗克班克先生借给了她几本书——《人体解剖图册》《佩姬的基本生理学》《便携式人体运动图谱》。我却只能给予她精神上的支持，看着她盯着那些晦涩难懂的单词不停喃喃自语——"憩室""线粒体""鳞状""上皮"。

在好几个星期里，我和爱丽丝组成了一个双人小队，我们行动一致，只是亚兹·亚顿和其他人对此都毫不知情。在我看来，爱丽丝每天都精力充沛，脑海中总是充满奇思妙想。我想成为她的最佳搭档，不遗余力地帮助她，让她的计划能够实现。在学校我很少说话，也不引人注意，只紧紧地黏着爱丽丝，不知怎的，我觉得自己和以前不一样了，我变得更活跃了，也更聪明了。

我感觉今天如此奇怪，其实从上个月找到狗眼开始，我就隐隐有种奇怪的感觉，现在终于找到原因了。我眯起眼睛看着爱丽丝站在背光处，那湿漉漉的灰色标本上的水滴到了我的腿上，我第一次感觉到，好像有什么东西在我们俩之间冒了出来。爱丽丝窝靠在柳树树干上，表情像见了鬼一样，还是个她熟悉的鬼 ——说不定就是她的老祖宗呢！

第一章　爱丽丝和阿尼

爱丽丝·布拉斯·汗看着那小家伙的头从水里探出来，干巴巴的胸腔和蚂蚱般干瘦的腿拖在身子后面。她摇晃罐子，把它放了出来，福尔马林滴落在她的手指上，小家伙也扑通一声侧着身子倒在了地上。落叶和沙子粘在它湿漉漉的脸上，那看起来不像一张真正的脸，更像一个用橡胶做成的钥匙扣娃娃。

那小家伙分明是个小人儿，它现在正对着爱丽丝。爱丽丝看到了一个扁平的鼻子，还有一个小小的、皱巴巴的下巴。那张脸——如果能够称那个鼻子、眼睛和腮帮子都挤在一起的东西为脸的话——既像人类又不像人类，就在那里黑着脸，眼巴巴地看着她。

爱丽丝坐在地上，靠着那粗糙的柳树树干，在裤子上擦了擦手。

"可恶，爱丽丝！该死——该死——该死！现在我们该怎么办？"

"闭嘴，阿尼·宾斯。"

"我们没办法再把他放回去了。"

爱丽丝瞄准阿尼的小腿狠狠一踢，他向后一趔趄，扬起的泥土全糊在了那小家伙的头上。

"你做到了，你已经把他放出来了！"阿尼喃喃道，"那接下来要怎么办？现在简直是一团糟，你没有办法把他放回去了。"

阿尼蜷缩进他那件宽松的羊毛外套里。

"你什么忙都帮不上，你这个笨蛋！我们当然能把它放回去。我们只是将它从罐子里放出来了，当然也可以再把它放回去，但是我想先仔细看看它。"

"不管你说什么，我都不会碰他的，绝不可能！"

"没人让你这么做，一直都是我在碰它。"

爱丽丝伸出她那瘦弱的棕色手臂，却碰不到那小家伙。她把手悬在它的身体上空，不一会儿又缩了回去，然后又伸了出来。突然，一个新想法从她脑海中闪过，她用沾了水的手指在空气中探了探，手上的水不一会儿就变干了，她想，离开了福尔马林的湿润环境，这个小家伙，或者说这副躯体，很快就会变干吧。

她听到"哑巴阿尼"又在嘀咕："你还在等什么呢？"

爱丽丝把手指猛地伸向了那小家伙，那是个婴儿的身体，或者应该说是个胎儿。她曾在图书馆读到过《人体探秘》这本书，其中提到，胎儿的身体是潮湿的，而且异常坚硬，这听起来十分可怕，但爱丽丝丝毫未受干扰。

她揉了揉粘在那小家伙手臂上的一粒沙子，它的皮肤瞬间皱了起来，褶皱仿佛可以像衬衫袖子一样被撕开，甚至是可以直接被剥下来的，上面的沙粒却纹丝未动。

爱丽丝听到阿尼在吸鼻子，她猜他可能在哭。

"该做点什么了。"爱丽丝说道，没有看阿尼一眼。一旦看他一眼，她可能会想要揍他一顿，"你之前不是说想要帮忙吗？帮我拿下罐子没问题吧？我记得今天早上你还说想要跟我一起来救这个小家伙！"

爱丽丝在书包里搜寻着她特制的黑色天鹅绒袋子，从拉绳口中倒出了一片闪闪发亮的银色剃须刀片。一套吉列剃须刀片共四片，这是最后一片，能保证解剖时刀片足够锋利。几个月前的一个清晨，她还从妈妈的前男友本杰明的包里拿走了一盒刀片。这段时间里，爱丽丝一直把剃须刀片和其他刀片放在包里，就为了这一刻。

"啊！"她尖叫着，似乎大喘了一口气。

阿尼身体缩成一团，双臂紧紧抱着那个盛着黄色福尔马林的罐子，小家伙就躺在旁边潮湿的沙子上。他扑倒在爱丽丝面前："别，爱丽丝！先别解剖，还没到时候！"

阿尼把头埋在双臂中，抹着泪。

"我们来这里到底是为了什么？阿尼！我们的计划是仔细观察这个东西。"

"至少让我们再多看看他吧。"

"我们只能待到五点钟，那时足球训练就结束了，我们就得走了。"

阿尼将额头贴在地上，他发现自己和小家伙对视了。福尔马林的刺鼻气味让他喉咙发干，他打了个喷嚏。他发现这个小家伙竟然有脖子，甚至还有皱巴巴的小耳朵，所有人类拥有的器官它都有。他用手指摸了摸自己的脸，发现这小家伙的脸简直跟自己的一模一样，就连鼻子和嘴之间的人中、额骨隆起的弧度也都一样。

他从未想到过这一点。这个被遗弃的、注定在一出生便会死亡的东西的身体构造竟然与他们完全相同，和爱丽丝相同，和其他所有人都相同。

"他的眼睛睁得大大的，你看见了吗？"

"眼睛本来就会睁开，笨蛋！"

爱丽丝不停地告诉自己："它不是个婴儿，不是人类，那也不是一张脸，只是一具尸体。"

"眼睑是后来长出来的，"爱丽丝说，"我在布罗克班克先生借给我的《人体解剖图册》里看到过几张彩色照片。这家伙应该已经是个五个多月的胎儿了，所以它的眼睑就要长出来了。"但她无法确定自己是真的看到过还是在胡扯，"或者它死的时候眼睛就是睁开的，所以看起来就像被冻住了一样。实验室架子上有个小牛胎儿，月份比它小一点，眼睛也是睁开的。"

"你是说，在我们出生之前，我们先是醒着的，然后才学会闭上眼睛睡觉的吗？"阿尼疑惑地问道。

"我不知道，阿尼。你真的在浪费时间，走开，我要开始了！"爱丽丝用食指和拇指夹住刀片，准备进行某种操作，至于她到底要干什么，谁都不得而知。

"你疯了，爱丽丝！"

"如果我疯了，那你也是个疯子，你一直都是我的同伙。"爱丽丝冷静地答道。

"也许你说得对，"阿尼低下头，"也许我也疯了。"

剃了光头的阿尼躺在那小家伙旁边，让爱丽丝想到了一些令她不舒服的画面：一个柔软的球状东西，看上去充满光泽，而且表面还能看到青筋……这个景象令她的胃感到不适。

几周前的一天，在后院研究那只狗眼时，爱丽丝看到了阿尼的睾丸。没错，就是那东西给了她这样的感觉，她的胃在翻腾，她不知道那东西是怎么从他的腿和短裤之间挤出来的，这东西在阳光下格外显眼，仿佛还在不断地充血、肿胀。

她不得不将目光移开。

她抬起头来，透过柳叶的缝隙，看到头顶上乳白色的天空仿佛在旋转。在学校旁边的操场上，足球运动员的身影在不断晃动。这是一个周四的下午，如果想的话，她和阿尼也能在那里观看训练，但他们俩都没有去，他们不踢足球，也不爱运动。

爱丽丝只热衷于做科学研究，尤其是解剖。她热衷于探索身体的奥秘，进行神奇的身体探索之旅。而不管她想做什么，阿尼都像现在一样，挡着她的道。

她决定，再过几分钟就拿起这片锋利的剃须刀片，在阿尼身上轻轻划一下，当然这只是个警告，并不会伤害到他。

阿尼小声说道："我还以为他会像个小怪兽或侏儒，或者像个小兽人。但是他看起来一点都不像怪物，反而跟我们更像。他像是人类，有点儿像个婴儿。"

爱丽丝盯着那小家伙无神的蓝色眼睛，那双眼睛就在阿尼脸颊上方。它的眼睛跟深海里的鱼的眼睛一样，还未曾看过多少这虚幻的世界。

"它就是一个人类胎儿，阿尼，要不然还能是什么？在妈妈肚子里的时候，你曾经长成那样，我也曾经长成那样。否则你认为我们是从哪里生出来的？鲨鱼肚子里吗？还是从猫鼬肚子里？"

她把刀片高高举起时，阿尼突然抬起头来，眨了眨眼睛，呼吸中还夹杂着喘息声，好像得了感冒一样。他说道："请别冲动，爱丽丝，别浪费我们的机会！你看，这个小家伙多完美无缺啊，他本来可以活下来成为一个完整的人，你想想看。"

"它本来可以活下来，但是没有。它死了，被扔进了医院装肾用的容器里，又被扔到了路边。"爱丽丝噘起嘴唇，把刀片放在了黑色天鹅绒袋子上，交叉着双臂。

"它被抛弃了，被扔在一个玻璃罐子里，又被丢到了架子上，"她接着又说，"在那个年代，人们显然对把刚出生的婴儿装在瓶子里这种事不以为意。布罗克班克先生说过，学校里的实验储藏室是在第一次世界大战前后建造的，标本收藏也是从那时候开始的。就像当时一样，我认为我们也该理智一点，生命对这小家伙没有意义，所以它成了标本。"

爱丽丝渴望解剖这个生物的愿望不会消失，无论有没有刀片，她必须触碰到它。她挑了一段干柳树枝，伸过阿尼头顶，触到了那小家伙瘦弱的脊背。她用力地戳着，小家伙随她的动作而翻动，厚厚的沙子和叶子包裹着它。最后，她将它推到了罐子边上，它蜷缩在一旁，侧卧在泥土中，双腿弯曲，手臂紧贴在胸前，和人类几乎没有区别！

它的手也蜷成一团，好像戴着拳击手套，指甲像水珠一样剔透，眼睛也如小幽灵般盯着爱丽丝。用力推它时，它的手臂甚至会像人一样紧紧钩住柳条不放。

爱丽丝盯着小家伙的脐带，那像是一根从它身体里蜿蜒而出的细绳子，又像是一条正爬进它身体里的蛇，睾丸藏在细长的两腿之间。爱丽丝又推了它一下，那橡胶般的皮肤上的褶皱没有丝毫动弹，阿尼就在旁边看着，她不敢太过于用力。

她最后一推，小家伙靠在了身后的玻璃罐上，她心头一紧，视线从戳在它胸口的柳条上挪开，看向了它的脸。她清晰地看到——小家伙跟她一样，是个孩子，长得也几乎和她一模一样。爱丽丝不完全是英国人，她还有非洲血统，此刻，她感觉这个小家伙跟她一样，也是半个非洲人。它那尖尖的鼻子、高大的宽额和颧骨，就像她早上在浴室里刷牙时看到的自己的脸，爱丽丝感觉自己正凝视着一张和她一模一样的脸。

也许事实真的如此吧，但也可能不是。

爱丽丝向后晃动着脚跟，心想："这家伙脸颊和额头上布满了灰色皱纹，我竟然会认为它与我、与非洲有所联系，简直太荒谬了！"之前的想法像幽灵一样从爱丽丝脑中闪过，让她感到不安。那小家伙确实吓到她了，阿尼趴在地上，瞪大了眼睛看着小家伙，这让她更加害怕。事实证明，今天行动的主要障碍是她的助手——阿尼，他兴冲冲地想靠近那小家伙，就像研究刚出土的木乃伊的某个沙漠探险家一样，一直在她面前晃来晃去，脸上挂着泪花，看起来愚蠢极了！

直到现在，他还在爱丽丝面前碍手碍脚。

爱丽丝突然意识到阿尼的身体有多么肥硕，他全身上下都是肉，一层叠着一层，像只肥胖而又狡猾的动物，挡住了爱丽丝追寻猎物的视线。爱丽丝低头看着他嘴唇上方生长的黑色细毛，还有像铁锹一样的、狭窄扭曲的下巴。阿尼此刻正把下巴埋进胸口，可怜地乞求着爱丽丝，在操场上时，他也常常这样，总是在问——"今天我们要去做些什么，爱丽丝？""我们要去看什么东西吗？""今天能解剖些什么呀？"每次听到这些话，爱丽丝都想把他推倒，像踩死蚂蚁一样把他压扁。

今天本来是解剖这胎儿标本的日子，但现在爱丽丝却有些犹豫。阿尼坐了起来，把小家伙放在他交叉的双腿之间，想摸摸它。他把毛衣的袖子折成手套的样子，小家伙的身体并不比他的脚长多少，他几乎都要触碰到它了，但结果没有，阿尼只是把手举了起来，在空气中比画出小家伙的形状。

爱丽丝站起身来，伸了个懒腰，她需要休息一下。走了一小段路之后，她把柳条裹在自己身上，干枯的柳叶一片片飘落下来，她伸出双臂抓住树枝，双脚踩在地上，来回摇摆。这很有趣，她想起了《奇幻森林》里猴子班拉和同伴们在树上建造奇幻世界的场景。

多亏阿尼的手挡住了视线，爱丽丝从她站的地方看不到那小家伙。此时此刻，她不想看见它，那个小东西长着奇怪歪曲的小嘴和小小的尖鼻孔，还有一双一动不动的空洞眼睛。

爱丽丝和阿尼在柳树底下站着，默不作声。那个横卧在他们之间的小家伙正死死地盯着他们，它不会说话，也不会像普通婴儿那样对着灯光挥舞双手，玩弄自己的手指，它只是一个还未通人性的小东西、一个未经人事的胎儿，从没发出过任何声音。

小家伙的肋骨下方有一道一英寸①半长的切口，是爱丽丝用锋利的刀片划开的。大概一分钟前，她迅速完成了这一系列动作——弯下腰，紧握刀片，绕过阿尼的手臂，一刀划开。但现在她有些后悔了，她在那小东西的身上划了道口子，尽管

_____

① 1英寸约等于2.54厘米。——编注

伤口不大，她心里还是有点儿过意不去。

一分钟前，她拿着刀片慢慢靠近那小东西，像一个标枪运动员一样，调平了刀刃，准备发出职业生涯中最强有力的一击。她知道应该多给自己一点儿时间，可在她还没意识到刀片离小家伙的身体有多近时，刀片就划了下去，划出了一道口子。

爱丽丝感到有些愧疚。小家伙那张扭曲却不失尊严的脸仍保持着僵硬，皱起的眉头没有丝毫变化，仿佛在诉说着它的困惑，一双睁着的眼睛也始终未曾眨过一次。

不过，如果它眨了眨眼，那感觉该有多么糟糕啊！

爱丽丝盯着那张脸看了很久，一看到它的脸，她就想起了自己。

小家伙身上那道伤口看起来像一张小嘴，微微噘起，却没有出血，这是最奇怪的地方。切口内是一团白色的条状物，像是肠子，上面布满了小小的黑色斑点，就好像它在死亡前就已经开始腐烂了。

爱丽丝感到眼睑一阵刺痛，她平时要是吃了太多巧克力也会这样。

她意识到自己右手仍然握着刀片，手掌按在地上的刀片袋上，手心还压着刀柄，这让她感到安心。她为自己收藏的刀具感到自豪：一把桑托斯口袋折刀、一把维多利诺克斯单刃刀、一把从本杰明废弃的工具箱里拾来的不那么锋利的史丹利刀、一把短金属指甲锉刀，还有一片崭新的吉列剃须刀片。布罗克班克先生曾说，在进行小型解剖时，剃须刀片可以很好地代替手术刀。但他可能没有想到，在运动场后面泥泞的区域，在柳树旁，七年级的孩子们会自己进行实验。

爱丽丝将小袋推到一边，拿起了柳条棍，用它戳了戳阿尼。阿尼抬起头，爱丽丝将棍子递给了他，比画着撬开的动作。

她想让阿尼撬开切口，但是阿尼摇了摇头。

"你不是想帮忙吗？"爱丽丝说道，"你想成为团队的一分子，总要做点什么，对吧？"

可阿尼仍在不停地摇头。

爱丽丝的眼角余光不小心瞥到了那小家伙皱巴巴的、无神的眼睛。它小小的脸对着她，爱丽丝清楚地看到了脸上所有的细节——眼睛、脸颊、尖下巴，还有像她一样的鼻孔。她感到自己的行为很傻，心里有些自责，懦夫和恶霸才会做的事儿，她也一样做了。

同时她也很清楚，罐子里的胎儿只是一个标本。她不停地告诉自己，它只是一个被遗弃的胎儿，如同一个裹在报纸里的赤裸裸的玩偶，只是一个被遗弃在门前台阶上的东西，也许还曾经沾过别人嚼过的口香糖和撒过的尿。那是一种什么样的经历啊！相比之下，还是成为一个浸泡在福尔马林里的胎儿要好得多，或者更好的是，早早地被打胎药终结生命。没有出生总比被生下来受苦要强，不是吗？她知道有一种紧急避孕药，可以打掉孩子。她姐姐劳拉放内裤的抽屉里有一盒没拆封的这种药，爱丽丝曾经多次拿起过那盒药，看过背面的说明书，又偷偷用胶带把它重新封了起来。

一个泡在罐子里的胎儿，无论身体长到多大，都只是一个标本。但此刻，有什么东西让爱丽丝的这个想法动摇了，周围出奇安静的气氛让她感到不安。要不是阿尼坐在那里，和那个眼睛瞪得像怪物一样大的标本一起在盯着她，她真想趴在地上哭，把她的黑天鹅绒袋子和里面的刀片都扔进学校围栏角落旁的河里，然后回家好好地哭一场。

但她只是用袜子擦了擦刀片。

* * *

那一瞬间，推开爱丽丝递过来的柳枝，我恍然大悟，这个从罐子里掉出来、落在我们面前的胎儿简直是个奇迹，像是一个专门来人间探访的天使宝贝。

这就是我和爱丽丝的不同之处。她能从几棵树想到整片森林，而我却只关注眼前的这几棵树。如果对她来说，世界都是物质，那么对我来说，世界充满了魔法——魔法和神秘无处不在，它们藏在龙翅膀形状的云朵里、阴森的老房子里和那些离奇的巧合里。有时我看到人们往新生儿身上泼水，有时我在拥挤的房间里同陌生人的目光相遇，我听说死者会出现在生者面前，听说世上存在着神秘的幽灵，这一切的一切，都让我困惑不已。我相信世界上有银色皮肤的精灵，我知道流星是来自其他星球的信号，我确信有一天我会幸运地看到我在书里的照片上看到过的光环，光线从人们的头上散发出来，就像给人戴上了皇冠。我觉得爱丽丝的光环是紫色的，刺眼而强烈。

即使是这小家伙，也可能有一种光环，一种极其微弱的光环，在他还活着的时候这光环一直在。

"阿尼喜欢爱丽丝！"我们的同学经常开玩笑说，"爱丽丝，阿尼喜欢你。"爱丽丝的回应是用拳头从后面敲他们的腘窝，就像听到他们叫她"科学怪胎"时那样。可对我来说，这种说法在某种程度上是正确的。我喜欢爱丽丝是因为我能从她的眼睛里看出她正在酝酿着的一个大计划，比如说现在，她正闭着眼睛靠在柳树上思考，整个人好像在发光。她那双大手没有一刻是歇下来的，要么是在感受着各种东西的质地和温度，要么是在敲打着口袋里的刀片。

我一直以来都是她计划的忠实追随者，但我完全没想到，这次情况会变得如此糟糕和混乱。

当她用刀刺向小家伙时，像是一针扎进我的肋骨。我以前从来没有如此羞愧过，就像生了一场病一样，感到浑身发疼。我们怎么能伤害这么一个精致小巧的家伙呢？他幼小又古老，还这么完美！我们不是故意这么做的，但这一切确实发生了。我没有做任何事情阻止爱丽丝，在最后一分钟，我甚至连一根手指头也没动一下，我成了爱丽丝的帮凶，伤害了那小家伙，而现在——这种伤害会报应在我们身上吗？我们要跑多远才能逃脱呢？

我忍不住低头看了看躺在地上的那具皱巴巴的灰色尸体，想起了妈妈美容院里的一位客户对着香味扑鼻的枕头哭泣时所说的话——"如果我的孩子能平安长大，他现在会是什么样子呢？"

为什么我们非要弄伤这小家伙，还用沙子弄脏他的脸呢？

我的脑海中浮现出了一幅画面，一战时期，一位母亲长得像广告里的苏格兰寡妇，不同的是，她的大衣上血迹斑斑。我想象着她弯下腰捡起刚刚从她身上掉下来的小尸体，像装果酱那样温柔地把他放进一个罐子里，在拧上盖子之前还轻轻摸了摸他的头。

我只好开口说话，来打破这寂静。

"爱丽丝，在解剖他之前，你就不能祈祷几句吗？有些外科医生会这样做，我妈妈也经常说，我们需要祈祷才能确保人的灵魂不会从身体里逃出。"

"见鬼，阿尼。我说了什么或没说什么，你又知道多少？我在树枝上荡来荡去，等待解剖的那段时间，本可以一直疯狂地祈祷，你却一直碍我的事。"

"但你没有祈祷，我看到了。"

"看看你，是有什么要吃了你是吗？怕你没听见，我再说一遍，这个胎儿很久以前就死了，在1914年的时候，或是1918年，它根本就没有灵魂可以失去！"

"只是现在没有而已。"

"不！它从来都没有灵魂。"

"灵魂可能一直在他周围飘浮，从他等待出生的那一刻起，一些灵魂碎片就一直飘浮在他周围。它们在岁月中徘徊，寻找方向，可你却将最后的碎片也赶走了。你击碎了他的灵魂，在他身上留下了这个伤口，现在这个伤口再也合不上了，我们再也无法将他的灵魂缝合回去了！"

"阿尼！"爱丽丝大喊道，"闭嘴！离我远点儿！我已经够难过了，我的烦心事已经够多了！你要么给我闭嘴，要么就走开！"

她对着我怒吼，眼睛盯着我，眼神十分犀利，我无法直视她的目光，只能再次低下头看着那小家伙，看着他身上那道被爱丽丝划开的泥灰色口子。伤口处没有任何变化，既没有愈合也没有恶化，但它不会消失，这是肯定的。我意识到，我们俩一起犯下了无法弥补的错误。

"我不会走的！"我对爱丽丝说道，"踢足球的人会注意到我们一直在这儿。"

"我叫你滚开，你就得滚开！"

爱丽丝把脸向我这边凑过来，手里还握着刀片，刀刃朝上。我坐在地上，双臂交叉，此时，我突然感觉手指尖被刀片划了一下。它本不应该与我产生任何交集的，现在却碰到了我，刀刃戳向了我那无辜的指尖，留下了一道细细的口子，鲜红的血从我的指尖流了出来。

我上一次与她发生争执还是在做狗眼实验的那天。我永远忘不了那一天，恶心的眼睛碎块杂乱无章地躺在实验板上。爱丽丝和我都清楚，我们之间的冲突是无法彻底解决的，她想把意志强加给我，却拿我没办法。我表面上似乎都听她的，但也是有限度的。一旦超过这个限度，便动摇不了我。就像现在，我默默地在心里对自己说："你打不垮我，爱丽丝，你伤不了我的！"

* * *

刀片划向阿尼手指的那一刻，爱丽丝回忆起了她和姐姐劳拉小时候的情景：她们俩在羽绒被下用妈妈的大手电筒照着自己的手，手像中国的红灯笼一样闪闪发光。那时劳拉说："不管我们的皮肤是什么颜色，是像我一样的深棕色，还是像你一样的浅棕色，我们的血都是红色的。"

爱丽丝心里明白，用刀片划开皮肤，就像她平时做实验一样，是件很简单的事情。而事实也正是如此，那刀片在阿尼手上划出了一道小小的伤口，鲜红的血冒了出来。

阿尼把他的手指缩了回去，他的脸看起来有些发红，有那么一会儿，他甚至有些摇摇晃晃，失去了平衡。他撑起身体，胳膊肘正好碰到了身边的罐子，罐子摇晃着，倒了下来。爱丽丝手里拿着刀片，一把接住了它，但罐中剩余的福尔马林还是洒了出来，洒到了阿尼的腿上。

他摸了摸自己的脸颊，就好像被人扇了一耳光。

"他碰了我一下，爱丽丝！那家伙碰了我一下！"

爱丽丝并不想理会阿尼的惊慌失措。

"不是那东西碰到了你，阿尼，是你自己撞到罐子上了。"

"我和阿尼是一个团队，"爱丽丝提醒自己，"我们需要彼此，需要一起想出办法，解决问题。"

她一边想着，一边将刀片放回到袋子里。

"他已经在罐子里待了很久了，里面全是福尔马林，太冷了。"

"我知道！"爱丽丝点了点头，逐渐恢复了理智，她等着阿尼平静下来，可他的眼睛却睁得更大了。他们一直坐着，彼此沉默着，似乎两个人之间的距离越来越远。四周一片寂静，操场上空无一人，足球运动员们早就收拾好行装回家了，观众和工作人员都走了，学校的大门也快要锁上了。

他们不得不自己找到出路，胎儿也得带走。

爱丽丝不记得她最初的想法是不是把罐子拿回实验室，把它神不知鬼不觉地藏到高高的架子上，原封不动地放回去，就好像从来没有人将它拿下来过一样。可她似乎从来没有想清楚过该怎么做到这一步，她想得到那小家伙，这个想法填满了她的大脑，没有留下任何多余的空间。

唯一可以确定的是，今天他们已经没有机会将那小家伙还回去了，实验室的门已经锁起来了，连清洁工都回家了。小家伙的皮肤因为长期暴露在外而起皮了，爱丽丝想，在制订归还计划之前，她必须弄到布罗克班克先生用来解剖青蛙的福尔马林，把它的罐子填满。

那一刀，留下了一道深色口子，爱丽丝知道她必须对小家伙负责到底了。

阿尼似乎理解了她的想法。他深深地吸了一口气，吸了吸鼻子，小心翼翼地将双手伸向小家伙。小家伙通过福尔马林触碰到了他，现在情况该反过来了，阿尼又吸了一口气，把它举起来，试图将它放回罐子里。可说起来容易做起来难——小家伙的四肢伸展着，必须通过倾斜和挤压的方式才能将它放回去，它的身体也出奇地硬，像刺一样硬，阿尼得使劲儿往里面推。

爱丽丝看了一会儿，也加入进来。她用右手掌推着小家伙的肘部、脚踝和膝盖。她和阿尼都光着手，似乎一点也不害怕触摸到那小家伙，可在此之前，在生活中，她明明连小猫的爪子都不敢碰一下。

小家伙只剩下头没有进入罐子了，阿尼用手将它按了下去，可没过一会儿头骨就又弹了出来，像苹果一样圆，阿尼只得又试了一次。

但是，尽管他们尽了最大的努力，小家伙在半空的罐子里仍然看起来很不舒服。它靠在玻璃上，皮肤皱了起来，紧贴在干燥的瓶壁上。为了补充溢出来的福尔马林，爱丽丝和阿尼从足球场的饮水机里接了些水，装满了罐子，接着，阿尼拧紧了铜盖。爱丽丝看得出他为了做这件事费了很大劲，但他们仍然冷战着，彼此没有说一句话。

两人走到学校的板条栅栏边。操场后面有块荒地，附近是一片沼泽，旁边有条小溪，溪水沿着木条流向河边。他们之前就发现这里有一块松动的板子，今天这个发现终于派上用场了。他们用爱丽丝的刀柄作为杠杆，猛地拉住那块板子，拉开了一个足够宽的空间，阿尼的肚子贴着地面，从底下滑过去了。爱丽丝把罐子递了过去，仰面跟着他。她的膝盖撑在板子上，脚离开了栅栏，却无法抬起头，沿着栅栏覆盖在河床上的铁丝网把她的头发缠成了一团。阿尼放下罐子，走过去帮她，左右扭动她的头，终于把她弄了出来。

绿色泥浆中架着一辆打翻了的超市手推车，爱丽丝和阿尼靠在上面维持平衡，试图穿过小溪边的沼泽地。

此时天色渐暗，已近黄昏。几百只看不见的、喳喳叫着的鸟栖息在河边的栗树上。往附近房屋的屋顶上看去，可以看到树的顶部长出了绿油油的新叶子，还有几只鸟儿在上下翻飞。

对于爱丽丝和阿尼来说，一项新的考验开始了：该将他们的"战利品"——这个古老而幼小的胎儿安置在哪里？

他们在学校附近徘徊，想找到一个安全的地方让小家伙过夜，却不知有何处可去。爱丽丝觉得，要解决这个问题可能需要花上一天甚至更多的时间，相比之下，把这小家伙挤回罐子里也显得没那么困难了。阿尼则认为，不能在这样湿冷的夜晚，把小家伙一个人留在漆黑的野外，这太可怕了。

就像英国各地的新住宅开发区一样，他们的社区伍德帕克，即城市南部的一片住宅延伸区，坐落在一段洪泛区上。从地图上看，整座城市的形状就像一块馅饼，北部倚着查特韦尔河，南部环绕着铁路线和通往雷丁及南海岸的主干道。曾经，在漂亮的新住宅区建成之前，这片潮湿平坦的区域只是一片平原。

伍德帕克①这个名字，爱丽丝第一次听到时嗤之以鼻，心想它一定是直接从伊妮德·布莱顿②的书中学来的。这附近没有森林，除了河边的栗树，很难再找到几棵茂盛的树了。

阿尼和爱丽丝沿着学校围墙走了出去，走过臭气熏天的沟渠，经过社区中心，看到了那里的栅栏和高高的窗户，接着他们走进塞尔文街，走到镇外主路拐角处的伦敦街，又转身向左拐了几步，在拉脱维亚码头的尽头遇到一条河。他们穿过一条又一条的街，要转弯时，就把罐子交给对方，用羊毛外套和大衣紧紧地裹住它，谁也不愿多拿一会儿。

斯特拉特福街是伍德帕克的一条纵向街道，它的南端是条死胡同。在铁路对面，有一个儿童游乐场，游乐场前面是一条小溪，小溪的对面是市政娱乐场，那里修建了运动训练场和溜冰场。铁路的另一边是一片芦苇丛，周末，那里到处是安全套，像白色线条一样在地面上纵横交错。

这是两人第二次沿着斯特拉特福街往前走，他们走到了市政娱乐场门口，互相瞥了对方一眼，爱丽丝用下巴朝长着芦苇

---

① 伍德帕克由"woodpark"音译而来，有树木丛生、森林公园之意。——译注
② 伊妮德·布莱顿（1897—1968），英国家喻户晓的儿童文学作家，著有《魔法树》《魔法树顶的国度》等，作品常以森林为背景。——译注

的方向指了指。

"我们把菊石丢在哪儿了？或许也能把小家伙放在那儿。"

菊石是爱丽丝从教室的实验桌上偷偷拿的，在此之前，她还拿过盐晶和人体肾结石。她曾在市政娱乐场附近用金属指甲锉劈开了那块菊石，那菊石被劈成两半，然后一瞬间碎了一地，爱丽丝没有看到她所希望看到的任何奥秘，里面没有任何螺纹或迷宫通道。它花了数亿年的时间才形成，碎裂时却只留下了一堆粗糙的尘埃。

"不行！"阿尼抱紧罐子，将小家伙贴近他的羊毛外套。

"芦苇荡或许是个很好的藏身之处？"爱丽丝犹豫着。

"可那里太冷了，而且很潮湿。"阿尼颤抖着说。爱丽丝点了点头表示赞同，她接过罐子，两人继续往前走。

大雨倾盆而下，还刮起了风。爱丽丝和阿尼低着头，风把他们的外套吹得呼呼作响。这条出城的路，他们过去也一起走过几次。晚上的车辆呼啸而过，激起了路上的水花，水溅进了他们的运动鞋里。他们依次经过了薯片店、渔具商城、垃圾回收中心，走到了那家名叫"狐狸旗杆"的酒吧，放慢了脚步。

周围的环境逐渐变得陌生起来，又下着这样大的雨，爱丽丝和阿尼不知道他们可能会碰到谁，是闲逛的警察还是遛狗的老师？如果遇到了，他们就得逃跑，可又能跑到哪里去呢？爱丽丝用大衣裹住了那个罐子，但大衣令人尴尬地鼓了起来。

他们别无选择，只能再次转身，沿原路折回——途经酒吧、酒吧旁的公交站，还有垃圾回收中心。他们已经经过这个垃圾回收中心好几次了，可每次都没有多看一眼。那小家伙，一战时期的残存物，那张皱巴巴的脸，不适合待在这儿。天完全黑了，阿尼冷得瑟瑟发抖，爱丽丝从没见过谁抖得这么厉害。大门上写着这地方七点关门，他们或许还有机会能做些什么。

两人穿过高高的大门，走进面前这个井然有序的垃圾场，看见里面堆放着坏掉的厨房用品和带屏幕的过时机器。他们沿着废弃电视堆旁的一条大道往前走，周围一个人也没有。

走着走着，他们在一个废旧冰箱后面找到了一处被黑莓灌木丛遮挡的地方。雨越下越大，爱丽丝都快睁不开眼睛了，她把罐子递给阿尼，开始用石头凿向地面，接着又拿起冰箱里的蔬菜保鲜盒盖子，还有咔嗒作响的冰盒。她还记得在处理人体肾结石时，她用刀具把那东西打碎成小块。爱丽丝想在这儿给小家伙挖一块浅浅的坟墓，可这里看似潮湿的地面却硬得像块石头，她无法凿出任何痕迹。

阿尼抱着罐子站在一旁。

爱丽丝感到恼火，把冰盒直接扔进了黑莓灌木丛。他们继续往前走，在冰箱后面发现了一个废料桶，上面堆着修剪过的树枝和树篱。爱丽丝从阿尼手里拿过罐子，比画着，准备拧开盖子，把小家伙扔进那个废料桶里，然后把罐子也扔掉。

阿尼奋力地从她手中夺过罐子，紧紧抱在胸前。"你怎么能这样呢？你伤害了小家伙，还要像扔废铁一样将他扔掉！你绝不能这么做，绝不能把小家伙扔在这个充满垃圾的污浊之地。他原本待在安全的实验室架子上，是你把他带了出来，接管了他，却又欺负他、伤害他，还弄脏了他的脸。现在，在这片回收垃圾的荒地上，你怎么能把他直接抛弃呢？"

爱丽丝并没有反抗，把罐子给了他，她从未见阿尼如此拼命地去护着某样东西。

两人依旧无计可施。这地方要关门了，正门方向某处的警笛在呜呜呜地响着，听起来像一种破碎的哭泣声。他们得回家了，思考再三，两人决定把罐子带走。

"没问题的，我来照看吧，"阿尼拿着罐子，喃喃地说道，"在家里，我需要避开的人比你少一个。"

但这不是真正的原因，阿尼不知道该怎么形容，可他能感觉到，那个小家伙已经深深吸引了他。那张皱巴巴的脸不知怎的在他心中留下了深刻的印记，小家伙如今的样子，仿佛蕴含着一种勇气和精神。这么多年来，它静静地待在高高的架子上，如今从架子上下来了，然后就碰到了阿尼，开始走进他的生活。这个普通的小家伙 —— 那皱起的眉头、紧握的双手、折叠的耳朵以及像爱丽丝一样的颧骨 —— 深深地吸引了阿尼。

第二章　爱丽丝

　　爱丽丝突然觉得有些烦躁。她心里暗暗揣测自己觉得不安的原因就是阿尼已经把他们的小家伙带回家了。他们在阿尼家门口道别时，她还挺高兴的。当时她的朋友阿尼紧紧地把那个装着标本的罐子抱在胸前，浑身都在颤抖。

　　她感觉到有什么东西在困扰着她、威胁着她，让她沮丧不安。因此她做出了一个决定 —— 让阿尼带走这小家伙。她开始想这绝对是个正确的选择，然而，几分钟后，她又开始后悔，后悔自己的决定。她想 —— 自己怎么会如此愚蠢，做出这种疯狂的事儿！尤其是那个像标本一样的东西让她感到十分亲切，有一瞬间，它看起来像是个非洲人，而且是来自她所在的族群。爱丽丝穿过斯特拉特福街，走进阿尔比恩街，绕过散发着臭味的、为明天早上收集垃圾用的黑色垃圾袋。她停下脚步，凝视远方，雨水模糊了她的眼睛。

　　按理说，爱丽丝应该把那个科尔罐和罐子里的胎儿都归自己所有。她本可以借用劳拉的台灯来熬夜仔细研究它，看看那胎儿的脐带是怎么和身体连接起来的，看看那个巨大的头是如何与那个瘦弱的脖子组合在一起的。她都被它吓哭了，总应该得到一些安慰和回报吧？按理说，她应该坚持自己的想法，不让阿尼碍事儿。毕竟，是她最先发现了那东西，也是她天衣无缝的计划才让他们找到这小家伙的。

然而，实话实说，阿尼突然拿走那东西的时候，她还是松了一口气。走着走着，她踢了一脚路旁的黑色垃圾袋，袋子从底部裂开，一团团剩菜剩饭撒了出来。这一脚仿佛在给爱丽丝鼓劲儿，她脑海中的想法也变得越来越强烈。

她决定不停地给自己灌输这种想法。有这种想法并不可怕，但任它消散也未尝不可。她很确定自己在任何时候都不会惊慌失措，甚至在使用刀片的时候也不会。一想到这小家伙人模人样却早就没有了生命，而自己却要为这个幼小而古老的小家伙负责，突然间，爱丽丝感觉很好笑——事实上，这是一件血腥、恐怖的事。

但是，爱丽丝相信，蠢阿尼会像对待生病的宠物一样照顾小家伙。

爱丽丝穿过一条路，路上铺满了薰衣草的枝条。她来到家门口，门牌号为 7 号。雨势渐小，雾气从小花园里升腾而起，薰衣草发出沁人心脾的香味。

她告诉自己，不管阿尼打算做什么事情，今晚由他带着那小家伙过夜挺好的。或许他会像抱着玩具熊一样抱着它，用毯子把它包起来，塞在他的羽绒被下面，和它一起枕在枕头上睡觉。

明天，他们一走进学校大门，就必须想办法溜到旧实验储藏室，无论如何都得把那个罐子放回架子上。他们俩得好好利用早上打扫教室的时间，不去管那根像木棍一样的脐带，把小家伙放回原位，伤口对着墙壁。现在，等她收拾好，吃点烤面包和果酱后，她就打算给阿尼打个电话，告诉他这个计划。

细想一下，如果阿尼已经有了同样的想法，她也不会感到惊讶，尽管他可能会有些不情愿。如果他已经知道她的想法，他肯定会同意的。有些时候，爱丽丝感觉他们俩交流的默契就像是连接两家房子的地下管道一样：阿尼一给她打电话，她可能恰好在敲他家的门；而她一张嘴，他就会说出她正要说的话。当然，这并不是什么不寻常的事情，他可能也是这样认为的。他们在一起的时间很长，这种彼此之间的心有灵犀就是他们待在一起的时候建立的。

但即使他们已经建立了这种默契，也不足以让阿尼接受今天的这个坏消息。今晚，阿尼神色凝重，整个人陷入了沉思。爱丽丝必须下大力气去说服他，让他明白这一点："振作起来，阿尼，我们得和罐子里的小家伙告别了。"

她站在门口，一只手握着门把手，把钥匙插入锁中，与此同时，她的大脑也在不停运转，她总喜欢在自己家的门廊里计划一些事情，这是她的习惯。她喜欢提前计划好整个家庭的日常事务，每天晚上都要这么做，这样就不会发生任何意外，也不会有坏事发生。她的母亲和姐姐总是让人不省心，她们总喜欢用亮色的纸包装礼物，上面还系着丑陋的蝴蝶结，真是让人尴尬。

爱丽丝第一次这么做是在本杰明离开的那天。那天，爱丽丝站在这里，手握门把手，钥匙插在锁里，空气中弥漫着薰衣草的香气。本杰明是爱丽丝妈妈当时的男友，弗兰克之前的那一任。本杰明离开后，她的姐姐劳拉一直在生闷气，整整两周，她对家里所有人发出的声音都表示不耐烦，但还是每天都要和男朋友菲尼克斯打上好几个小时的电话。爱丽丝妈妈后来的这任男友弗兰克，待人随和，但前不久也离开了她们。

本杰明全名叫本杰明·约翰·霍姆斯，是个皮肤黝黑的修剪树木的工人，全年无休，他很受那些生活在河边、拥有大花园的房主欢迎。从爱丽丝三岁开始记事起，他就一直陪在她身边，每年都会带她去看圣诞童话剧，每次学校开运动会，或是社区开邻里讨论会，他无一例外都会出席。

但是，本杰明最终坦言，他厌倦了扮演家中三位女性的"顶梁柱"这一角色——她们的母亲吉莉·布拉斯，一名长期抱病在家、郁郁寡欢的自由编辑；十七岁的劳拉，总是爱说"我虽然可能看起来近视，但我对自己的梦想一直看得清清楚楚"；以及爱丽丝本人，她卷曲的小脏辫、浅古铜色的皮肤和强大的意志力，与劳拉波浪般的头发、深棕色的肤色和总是犹豫不决的性格形成了鲜明的对比。

爱丽丝怀疑，本杰明最厌倦的是妈妈那副弱不禁风的身子。她总是容易头晕和偏头痛，双腿老爱发麻，这些毛病让她直到今天，除了偶尔去购物，或者去美容院拜访阿尼的妈妈外，老是待在家里。起初，和妈妈待在一起的时候，他总是表现得焦躁不安，反复看手表，就像身上背负着什么使命似的。后来他又开始打哈欠，一边确认时间一边连打好几个哈欠，这种状况一直持续了好几个星期，再后来他甚至在和别人说话时也会打哈欠。最终，他抛下了一句漫不经心的"保重"就走了。

从那时起，爱丽丝一直在努力成为这个家的顶梁柱，她每天都会和劳拉说说话，也和妈妈说说话。

她就像一个初为人母的母亲慢慢贴近自己的孩子，小心翼翼而又稳稳当当地站在门前。很快，爱丽丝就会猜到今晚谁会更生气——很可能是妈妈；而整晚都看不到人影的人是谁——通常是劳拉；谁又会在午餐时间疯狂进食，吃掉她准备的快餐，那可是为晚上准备的——可能是妈妈，也可能是劳拉。

她把钥匙插入锁孔，转动把手，打开了门。

爱丽丝通常会和阿尼一起度过无聊的下午，她会削木棍、测试刀具的锋利度，而阿尼则看着她，他们有时会不自觉地聊起各自破碎的家庭。尽管他们尽量避免这个话题，毕竟他们有很多其他的事情可以聊，但这种讨论总是像一枚缺了一块的硬币一样惹人心烦——关于他们的单亲妈妈，关于爱丽丝的那个姐姐，她总把自己打扮得整洁体面，但是不太识字，情绪也不太稳定。

聊天的时候，爱丽丝喜欢喊出一些自我激励的口号来描述她的生活，对于阿尼来说，最重要的却是"一切都要干净整洁"。尽管他妈妈从事的是服务业，可她却总是打理不好自己的生活。她所有东西都乱摆乱放，衬衫几乎从来不会挂到衣架上，甚至连个茶杯也洗不干净。阿尼则喜欢把每一件东西都放在它原来的位置上，他会用袖子擦干净椅子上的灰尘再坐下，他会每周用白醋清洗一次水壶，每隔一天清洗一次浴缸。每个星期天晚上，他会为自己熨烫一周要穿的衣服，还有伊薇的六件白色外衣，每天穿一件。阿尼讨厌果皮，讨厌任何带外皮或皮太厚的东西。

对于爱丽丝来说，她的世界观是"让每个人都足够开心"，这比阿尼对生活的要求更高。如果有一天她成功让劳拉和妈妈同时笑起来，她可能会兴奋得哭出来。

她推开门，房子里很安静。大多数晚上，爱丽丝会在走廊里听到劳拉的紫色半月形收音机透过卧室的格子天花板传出来的声音。这台收音机大多数时候都是开着的，即使是在劳拉睡觉的时候。就连在浴室洗澡的时候，她也会把这台水母形状的防水收音机挂在墙上。

今晚楼上出奇地安静，这意味着劳拉可能出门了，如果她真的出去了，很可能去了菲尼克斯家。她的男朋友菲尼克斯最近决定尽可能避免与满腹牢骚的吉莉——也就是劳拉和爱丽丝的母亲——长时间待在同一屋檐下，不过，他无法完全避免这种情况。劳拉在上六年级之前休学了一段时间，因为她跟不上学校的学习进度，这导致她变得不自信，情绪总是起伏不定，因此她必须和妈妈一起待在家里才会好一点儿。

爱丽丝把湿漉漉的外套放在走廊的暖气片上，然后向厨房走去，打算吃点面包片和草莓酱，但她似乎看到了什么。在餐厅的阴影中，她看到了她的母亲。母亲弯着身子坐在桌子旁，这让她感到挺惊讶的，因为她们不常到这个寒冷的朝北向的房间来。

吉莉问道："天哪，爱丽丝，你去哪里了？"爱丽丝把一只胳膊搭在吉莉肩上，这让吉莉感到非常惊讶，她接着说，"我在这儿发了好一会儿呆了，都忘了这儿这么冷了。"

吉莉边说着话，边焦躁地搜寻着放在桌子上的化妆包。

"亲爱的，"她说，"下次你去买东西的时候，顺便到药妆店买支新口红吧。看，我的口红快用完了，化妆包里一团糟。

记住这个色号，去瑞米拉的专柜再买一支新的，记着别让他们以为你是给自己买的。"

"我可以带着口红去找相近的颜色。"

"不，这支还剩一点儿没用完，我怕你把它弄丢。如果他们没有我这种颜色的口红，我会很失望的。"

"妈妈，这周学校很忙，科学课有一些作业要做。我把口红的色号写在购物单上，周末我会尽快去问问。"

吉莉皱了皱鼻子，说道："亲爱的，你一定在学校做了什么事情，你身上的气味很难闻，像是做医学实验才会有的气味。希望你是在做合法的事情，而不是伤害小动物。"

尽管妈妈不知道她在学校的一举一动，但爱丽丝有点心虚。果不其然，片刻之后，她的脸颊便泛起片片红晕，不经意间"出卖"了她。爱丽丝轻描淡写地应了一声："当然，妈妈。"然后扭头转向厨房说，"劳拉不在家吗？"

厨房比平常更乱了，到处都散落着切碎的小菠菜叶子，地板上也不例外，水槽里没洗的碗碟都要溢出来了。

"不知道。好几个小时没听到她房间有什么动静了。中午我抱怨她烤的牛排有臭味，她还顶撞我。然后我吼了她几句，她就气冲冲地走了。我真希望你姐姐能别再吃那些恶心的大肉块，这些肉快把我们的冰箱占满了。她走之前说我不应该吃谷物，不吃谷物就没有痛苦。她手里还挥舞着一把菠菜，说我这个年龄的女人到处都是脂肪。我又提到了菲尼克斯，就是些无关紧要的，想不起来了，可能就是说他老是在这儿晃悠，不是在睡觉就是在犯困，要么就是准备睡觉。她还是用她的那一套话回击我，说我不了解她，说什么你们姐妹俩是我跟不同的男人生的，是意外出生的。不同的男人？她这话说了快八百遍了，简直是老掉牙的无稽之谈！"吉莉的声音变得疲惫，"她究竟是在自己的房间里，还是在菲尼克斯那儿，我也不知道。我们吵架之后我就再也没有看到她了。"

在爱丽丝看来，母亲一直唠叨这些话。今天，因处理泡在福尔马林里的小家伙，她的手也浸在其中，纹理格外清晰。她开始咣咣地清洗洗碗槽里的餐具和平底锅，将切剩下的肥肉肉末铲进垃圾桶里。

背后传来吉莉焦虑的嘟囔声，她试着用柯尔笔在便笺上写道——"真是太可怕了，真的太可怕了，而且太侮辱人了。"

爱丽丝在厨房里制造噪音，吉莉在一边抱怨。每当这个时候，吉莉都会喋喋不休，表达对劳拉的不满。这些话总是遵循同样的逻辑，传达相同的内容：菲尼克斯有多懒散、劳拉多么无能、关于两个女孩亲生父亲的记忆早就模糊了，还有劳拉对自己亲生父亲的质疑，也就是说，法鲁克·汗——爱丽丝的亲生父亲，到底是不是劳拉的父亲？法鲁克是一位友善的出租车司机，大约在十年前爱丽丝只有两岁的时候，就离开英国回到了苏丹。

法鲁克的照片被放大了挂在墙上，几乎每个房间的每面墙上都有他的照片。客厅的壁炉架上挂着一张他的黑白肖像，照片上的他很英俊，有着一双浓眉和一撮修剪得当的小胡子。在浴室里，相同的肖像复印品呈棋盘状排列。除了劳拉的房间之外，每间卧室里都有一张已经模糊了的二十世纪八十年代的旧照片。劳拉总爱在楼梯上走来走去，有时候不停地上下楼，大声要求知道她"亲生父亲"的名字。她在对待大多数事情上都显得有点儿神志不清，却唯独对要弄清楚这件事保持着百分百的清醒。

"他是谁啊，妈妈？我真的想知道。他看起来和墙上那个家伙完全不像。"

吉莉一直坚称，她的两个女儿都是她和墙上那个男人生的。她一而再再而三地说她曾经深深地爱着法鲁克·汗，对他崇拜得五体投地。他很浪漫，皮肤黝黑，长相英俊，小胡子又浓又美，眼神温暖如巧克力。她说他们当年在一起的时候，麦当娜还有点胖，柏林墙还没拆，冷战也还没有结束，不像现在这个世界一样混乱不堪。他们曾经想在一起生很多孩子，但他无法忍受英国阴沉沉的天气，最终决定回家。因此，她说，他们选择了异国恋，同居对他们来说并不合适。

吉莉坦率地承认，同居对他们来说从来不是特别好的选择。即使在法鲁克还住在英国的时候，他也不是个靠谱的人，他会时不时出现在她眼前，可过一段时间他又会火速消失。在劳拉和爱丽丝出生的那段时间里，他又飞回北非待了几年。

"那时候，我的父亲，也就是在法鲁克之前的那个男人，已经消失得无影无踪了，"劳拉嘟囔着在卧室的地毯上走来走去，"去和他的非洲妻子生更多的孩子了！"

事实上，劳拉的出生证明上写的内容与吉莉讲的基本一致。至于法鲁克·汗本人，他并不是个可靠的家伙，根本没想证明劳拉的身世，他对吉莉的说法既不承认也不否认。爱丽丝相信吉莉和自己的出生证明，但劳拉仍然对此保持怀疑。

爱丽丝想让大家都开心，故意说劳拉和法鲁克有着相同的圆眼睛："看，正是那种像帕丁顿熊一样的眼睛。"

劳拉表示照片会骗人，幸好她的眉毛长得跟法鲁克的不一样。

爱丽丝提醒说，她们俩的肤色很相似，带着一种北非特有的色调。她将自己的手臂和姐姐的手臂并在一起，说："看，我们的肤色都是黝黑的，我的肤色只是稍微浅一些，姐姐的肤色只是稍微深一些，但我们的眼睛都是深色的。"

劳拉反驳道："这证明不了什么。你是色盲吗，爱丽丝？我们的皮肤虽然都是黑色的，但颜色并不相同。我的皮肤比你的要深很多。"

爱丽丝甩了甩自己的头发说道："看看我们的头发。"爱丽丝的头发要卷曲得多，她又感觉自己的父亲可能是来自牙买加、摩洛哥，或是个有着半直卷发的乍得人。显然，吉莉年轻的时候对有异域风情的男人情有独钟。

劳拉说，归根结底，她对法鲁克的童年记忆就算是从他最后离开的时候才开始，也不应该是一片空白。

她还对吉莉发起挑衅，让她说出法鲁克曾经送给她的玩具。一个父亲，特别是一个缺席孩子成长的父亲，肯定会给孩子送些礼物来弥补，不是吗？或者肯定会送照片吧！既然他在非洲，至少应该有一张尼罗河泛滥期的照片——浑浊的河水不停涨落，将驴车、死鹭鸟、烹饪锅和杂草冲到三角洲和海洋，就像她在《国家地理年鉴》上看到的那样。她想看到洪水在非洲的大河上泛滥期间，法鲁克站在一片混乱中的照片。

"他又不是个有钱人，"吉莉愤怒地皱起眉头，"他哪里有钱给你买礼物？他从哪里弄来相机拍照？还记得你在小学时最喜欢的颂歌《为世界献爱心》吗？还记得《他们知道这是圣诞节吗》？”

“也许他靠开出租车赚钱？”劳拉回击道，急切地想听到不同的故事。她坚信自己是吉莉与一位路过的陌生人发生一夜情之后怀孕而生的。如果吉莉坦白说出来，她会更开心。可她为什么不坦白呢？这个故事比对法鲁克的幻想更可耻吗？她觉得自己的人生故事缺少了开头，是不完整的、扭曲的。如果有人让她向新朋友介绍自己，她都不知道该从何说起。

爱丽丝端着一盘果酱吐司和一杯覆盆子奶昔上了楼。这周像往常一样，劳拉还在节食，她总是能给家里弄来一些“奢侈品”，比如一些低脂酸奶和水果奶昔。劳拉说，购买食物可以满足她的幻想，从而抑制她的食欲。

吉莉像往常一样，跟着爱丽丝上楼，嘴里哼着她那首反复吟唱的小调。她每天抱怨完就会这样。爱丽丝走得越远，她的声音就越大、越高亢。

“你们两个太过分了！”她最后说道。爱丽丝发现吉莉一边数落着她们，一边还在忙碌着，双手也没闲着，一会儿整理她那跟玛丽安娜·菲斯福尔①一样的波浪卷，一会儿整理手提包，把内衬翻出来，对着垃圾箱不断抖动，“你们真是太狂妄、太任性、太难应付了！太过分了！我为你们付出了一切啊！你们的父亲，你们俩的父亲就不能从非洲滚过来替我分担一下吗？他太坏了！”

经过劳拉卧室的房门时，爱丽丝故意把脚步声踩得很响，

---

① 玛丽安娜·菲斯福尔（1946—　），英国著名音乐人和演员，以独特的嗓音、不拘一格的个性和独立精神成为20世纪60年代的文化偶像，其标志性波浪卷发是当时女性形象的代表之一。——译注

还让盘子和玻璃杯哐当作响。她听不见吉莉的声音了。以防撞见劳拉和昏睡的菲尼克斯在里面，她得给姐姐一个暗号。她的门把手上挂着一个喜来登酒店的“请勿打扰”的牌子，这是本杰明在参加了一次“拯救更多树木”的会议后送给她的。这牌子可以避免吉莉打扰到她，而且无法知道门后面是谁，或者他们正在做什么。

在学校，亚兹·亚顿带着强烈的好奇心不断追问爱丽丝，猜测她姐姐和她的男朋友肯定发生了性行为，说：“绝对是的。你看到她抽屉里的避孕药了，对吧？菲尼克斯身材真的很好。如果我是十七岁的她，我知道我会做些什么。”

爱丽丝翻了个白眼，噘起嘴唇，表现出深深的不屑。自从粉色泡泡女孩与贾斯汀事件发生后，自从与阿尼交上朋友以来，最近几个月，她每次和亚兹讲话的时候都想溜走，去找她的朋友——“哑巴阿尼”，他就躲在垂柳树的树枝里。她不在乎菲尼克斯和劳拉在这扇门后面做什么，在床上还是在地板上，或是靠着抽屉柜，这些都是亚兹在性爱网站上看到的说法。或者，更正一下，她确实在乎，但是以一种特殊的、看起来毫不在乎的形式。她无法想象自己的姐姐和菲尼克斯发生了亚兹瞪大眼睛所说的性行为，她一想到这一点就想吐。

爱丽丝狭小的房间在房子的最里面，就在干燥柜的旁边，很小但让人感觉舒适温馨。她拉上窗帘之前，注意到雨后灰色的浓雾正笼罩在花园里的树上。她盘腿坐在床边的地毯上，吃着吐司。

整个房间都静悄悄的，空气中已经没有了劳拉的收音机里传出的声响。在这静谧中，爱丽丝的脑海中浮现出她上次见到的那个东西，僵硬地躺在罐子里，罐子被阿尼紧紧地握在手中。她觉得这样做挺好的，这小家伙在阿尼那里很安全。爱丽丝觉得它的面容异常熟悉，幸好没有把它扔在回收中心的电器垃圾里，就像在一个潮湿的黑夜里把一个破旧水壶丢弃在树篱下那样。

她从床边的书架上拿下了她最喜欢的两本书——格拉西克的《人体解剖图册》，这是爱丽丝从布罗克班克先生那里长期借阅的第一本书，以及彩绘版《天文学》，这是用上次生日收到的钱买的。

她马上打开《人体解剖图册》，翻到她常看的"眼睛"那一页，同时把彩绘版《天文学》放在旁边并翻到讲火星的那一页。爱丽丝一边看书，感觉火星看上去像人的眼睛，一边用手比画着眼睛的形状。

根据布罗克班克先生的说法，科学家们发现火星上蕴藏大量的水，这跟眼睛很相似。想象一下，火星的次表层土壤里充满了生命物质，其中大部分为冻结的尘埃。

就在几周前，爱丽丝和阿尼解剖了那只狗眼：她从那只眼睛里看到了许多颜色，有蓝色、黑色和白色，但完全没有红色。她想着，除了那天亲自解剖狗眼学到的东西，他们以前学到的一切知识都来自书本，即使算上今天，也没多少知识是靠自己实践得来的。

爱丽丝靠在温暖的暖气片上。家里的电费一直是吉莉在交，这意味着即使在春天，暖气也会开着，没有人会感冒。她把解剖学的书放在膝盖上，坐在床边的地毯上。她感觉眼睛变得沉重，头很闷，应该是房间太燥热了。她闭上眼睛，感觉圆形、椭圆形、行星、瞳孔以及胎儿头骨凹陷的顶部开始在眼前不停地旋转。书中有一张火星的插图，在其左下方有一个椭圆形的痕迹，或许是陨石坑，看起来就像一个瞳孔。可以想象它在眨眼，一只血红色的眼睛正对着人眨眼。

爱丽丝回想起那只美丽的蓝黑色狗眼，那可能是一只德国牧羊犬的眼睛。她记得他们第一次一起走回家后，过了几个月才开始处理那只狗的眼睛，那时候花园里到处开满了水仙花。就像他们在游乐场里研究菊石、碎裂的盐晶体和肾结石一样，这次解剖也是为了锻炼她的观察力，布罗克班克先生说他很欣赏爱丽丝身上这一点。

爱丽丝足足拧了阿尼的手臂二十来下，命令他绝对不能向任何人提起他们那次失败的实验。

在肾结石实验失败之后，她的好奇心转向了动物学实验室。那个实验室的老旧储藏室位于这所百年名校的中心地带。现在她开始渴望解剖一个真正有内脏的东西，《基础生理学》称之为"憩室囊结构"，即一个可供挖掘和探索的身体结构。生物课是这学期的新课程，爱丽丝第一次上手就干净利落地解剖了青蛙的肠道，布罗克班克先生对她大加赞赏。爱丽丝说想帮布罗克班克先生进行解剖工作，整理、清洁、收拾东西这些工作她都可以做，他也对此点了点头表示同意，说他很乐意在安排六年级解剖项目时给她一些机会，还把她介绍给了储藏室的管理员。走进储藏室，爱丽丝看到铁架上挂着一副泛黄的人体骨架，骨头上的关节铰链都生锈了，那只破裂的左眼仿佛向她淘气地眨了眨眼。

在一个春日的午后，爱丽丝在实验储藏室最高的架子上发现了一堆有意思的宽口果酱罐，罐子摆放得整整齐齐的，与下面的货架上物品的杂乱无章形成了鲜明对比。

她心里记着要从家里带一只手电筒来，照一照那些布满灰尘却还是显得如此白皙的罐子。

不管爱丽丝心里是否赞同，都是阿尼发现了那只德国牧羊犬的眼睛，也是阿尼找到了当地的兽医院，那是一座位于城市大街的西端、被改建过的建筑。在这个地方仔细勘察了一周之后，他跟爱丽丝报告说，医院的清洁工无意中帮到了他们，他找到了合适的实验材料。那些清洁工咯咯地笑着，说着什么，然后往后门旁边的垃圾箱里倒了一些垃圾——一些残羹剩饭、大块的牛排和一些动物肾脏，这些对阿尼来说是至关重要的东西。

爱丽丝永远不会忘记那个情景。每当她在科学书中看到她无比喜欢但却扁平死板的二维插图时，她就会想起它：在一堆湿漉漉的垃圾中，有一只睁着的眼睛。没错，它是真的，一个真正的标本，一只充满惊讶、睁得大大的眼睛，睫毛温顺地附在眼眸上。在爱丽丝看来，这是一只大型狗的眼睛，路灯照到它湿润的眼球时，它便会闪闪发亮。

这简直是一份早春的礼物。她毫不犹豫地伸出双手捧起了它，它摸上去非常光滑。

"请让我拿着它，拜托！"阿尼一路上一直在她身后纠缠着，"轮到我了。"

然而，直到第二天下午，爱丽丝在雨后的后花园里把狗眼切成碎片时，他才有机会碰到那只眼睛。因为，爱丽丝怎么也玩不够，她不停地触摸着那只眼睛，让它在解剖台——其实就是在草地上用砖头撑起的一块三聚氰胺面板上来回滚动。在手指的不停触摸下，那只眼睛变得十分干爽。

她一边从裤子口袋里拿出她最珍贵的宝物之一——她爷爷留下的 20 世纪 30 年代的剃须刀，那是一把细长、锥形的刀片，到现在仍然惊人地锋利，一边用手掌盖住眼睛的圆滑表面。

阿尼看到刀片，不安地走动起来。她皱起眉头，说："怎么了？总得有个开始。"

这把剃须刀是爱丽丝收藏的第一把刀片，那时候本杰明还没走，她在吉莉的浴室柜子里找镊子取刺时偶然发现了它。剃须刀是她唯一不随身携带的刀片，它被裹在一块软布里，放在床头抽屉里，吉莉似乎从未注意到它已经不见了。

她就像已经练习了多年一样，毫不犹豫地将刀片直接划入了那只眼睛的眼角膜，然后顺着刀片的轨迹直切虹膜。

"最好快点儿，这样你就不会搞砸了。我曾经在电视台的深夜栏目上看过白内障手术，他们速度很快。"

她的手指压在眼球边缘，眼球释放出一种清澈的半液态明胶——房水。她再次用力，像玻璃一样的晶体从后面被挤压了出来。

接下来，她割开虹膜，将其取了出来。那是一种形状不规则、可随意伸展的十分有趣的伞状物。她将它展开放在手指尖上，阿尼伸手想抓住她的手，她用肘部将他推开，轻轻地将那个东西转移到三聚氰胺面板上。

"是的。"她说着，将晶莹透明的晶状体从视网膜上取出。

晶状体像一块半透明的大理石，又像一粒玻璃鹅卵石，而不再是动物的一部分。爱丽丝将它举到光线下，她记得自己凝视了它很久，它像一个微小但不停闪烁的星球：金星，而非火星。

她当时想把它和其他珍宝一起放在床头抽屉里：那里面有一个装满菊石尘土的火柴盒、一颗肾结石小球，还有那把剃须刀。

"我们得再找一个，爱丽丝。"阿尼打了个嗝，说道，"我也想试试，是我找到了那只眼睛。"

一滴泪流到阿尼的嘴角，顺着下巴，落在了湿漉漉的草地上。

"可别把它弄坏了，"她推了推他，将晶状体稳稳地放在她的另一只手掌上，"我打赌你从未见过如此美丽的东西。"

阿尼耸了耸肩，然后突然间，毫无预兆地将手放在摆在面板上的长剃刀上，他用手指把灰色眼球碎片压扁了，动作果断而坚决。

她抓住了他的手腕："小心点儿，蠢阿尼，这把刀很锋利。我用它在劳拉带回来的生菜叶子上练了好几个星期，我都是沿着叶脉把它们切开的。"

阿尼的皮肤有点儿发红，眼睛也变得沉重起来，一副昏昏欲睡的样子。爱丽丝紧紧抓住他的手腕，他们像两个摔跤手，面对面地跪着，他胳膊细细的，肌肉因为用力而紧绷。就在这时，她看到他的睾丸从短裤腿上凸了出来，有青筋暴露在上面。

如果切开的话，它会不会像眼睛一样流出一种透明的东西？

她又勒住了阿尼的手腕，他从她身边倒了下去。她抓住了刀片，但不知怎的却弄掉了晶状体，它消失在了湿湿的草地上，消失在水仙花丛中。爱丽丝拍打着地面，很是心急。

"走开，阿尼！"她轻声吆喝道。他破坏了他们正在做的美好事情，此刻她恨他恨得要命，"除非经过我同意，否则以后别再来我们家。"

本来干净完美的、放置着晶状体的地方现在被弄得一团糟，得用水管冲掉这一切，以免被吉莉发现。

但是阿尼已经沿着通往后门的路走远了。他回头看了一眼，表情阴郁而难以捉摸。

接着，爱丽丝把剃须刀片用软布包了起来，塞到靠着卧室墙壁的衣柜后面。阿尼知道床头柜是她藏东西的地方，但之前从没想过爱丽丝会把东西藏在这儿。爱丽丝决定布置一个更艰巨的任务，让阿尼有机会好好弥补他所做的错事儿，她自己也需要一次更大的挑战——找到一个比这只眼睛还要完美的标本。

* * *

谁能回答"生命是从何时开始的"这个问题？格拉西克在《人体解剖图册》开篇时就向读者们提问，是什么让人体的时钟嘀嗒作响？是那斑点状的细胞，还是心脏？这些问题给人的感觉像是作者和读者在密谋着什么。无论如何，关于这些问题，我们所知道的是，人类并非在一瞬间被创造而成的。

这本书里面说，眼睛是身体的窗户。爱丽丝昏昏欲睡，她心想，通过解剖那只狗的眼睛，就能窥探身体的奥秘。

但她知道，真正的东西在这道屏障之外，在那里，生命的脉搏正在跳动着。

狗眼事件发生的第二天起，她每天都把手电筒装在包里带去学校。每天下午，实验室高高的货架上那些白色浑浊的罐子都会在她手电筒的光束下跳舞，尤其是最后一排的那些大罐子。

那个最熟悉却最令人困扰的形状在她的手电筒光圈中像一只湖中妖怪在穿梭。

一天，布罗克班克先生发现她正拿着一块布擦拭着储藏室一个货架上的什么东西，见到他，爱丽丝连忙把手电筒塞进围裙口袋里。"它在这儿已经很长时间了，"他说的时候爱丽丝抬头盯着他，"这是当地一位家庭医生在 1916 年遗赠的，也就是学校创办的那一年，那时第一次世界大战正进行到一半。这是我们自己收藏的一些极其罕见的哺乳动物的胚胎，有牛、狗、灵长类动物，我们把它们按照进化复杂性排了个序。"

当她继续凝视着布罗克班克先生时，他从她手中拿走了布，"现在这些标本无法公开展示了，"他摇了摇头，"人们已经不习惯看到周围摆着死去的东西。"

然后他毫不犹豫地转动手腕打开了实验室的门，退到一边让爱丽丝离开。

这是四月下旬的一个周四，今天下午早些时候，布罗克班克先生预约了牙医看牙，他嘱咐爱丽丝自己整理实验室并锁好门。爱丽丝等这一天已经好久了。昨天下午，她已经准备就绪，把有轮子的仓库梯子放在一排昏暗货架的尽头，今天下午，她又让阿尼通过防火门进来帮忙。

她小心翼翼地爬上梯子，伸展了一下身体。她靠在墙上支撑了一分钟，然后用手掌捧着那个罐子，将它小心地推到架子的边缘，擦去玻璃上厚厚的灰尘，玻璃上露出了凹凸的两个字"科尔"。她听到自己急促的呼吸声。果然不出所料，她记得她在天窗内侧做过记号，就在那个地方，她在罐子里看见了一只苍白的小脚，那只脚由于未发育完全而缩成一团。

下面的阿尼举起双臂等着她。她现在可以清楚地看到它，仿佛那家伙就刻在她脑海里一般。她将罐子递给阿尼，阿尼紧紧抓住了它，把它紧贴在胸前，他的手已经被灰尘染成了灰色。爱丽丝感到额头上有一种几乎无法忍受的紧张感，有一分钟左右，她不得不抓住最顶层的货架，以防自己摔倒，仿佛脑子里的某个东西正想要挣脱、突破出来。

＊ ＊ ＊

一本名叫《解剖学》的书重重地压在爱丽丝的腿上，书里的火星插图时而浮现在她眼中，时而又消失在她眼前，如此反复，就像一部类似细胞分裂的微电影在倒带、播放，又倒带一样。她感到脖子僵硬，额头也更疼了，感觉背上的皮肤快被暖气片烤焦了。

她伸开双臂，转动肩膀，然后听了听房子里的动静。时间大约过去了一个小时。她刚刚一定是睡着了，覆盆子奶昔上已经结了一层奶皮。此时吉莉可能已经上床睡觉，劳拉可能已经悄悄回家。寂静的房子开始有了不同的氛围，安静的背后是一阵阵暗流涌动。她逐渐意识到楼上的某个地方，或许是走廊里，传来了一阵咕咕声，像是暖气片的咔嗒声，或者更像是人声。她将书放在地毯上，走到门口。这时候那声音变成了悲伤的哭声，是一种呻吟和压抑的呜咽声。现在声音更大了，是从劳拉的房间里传来的。

她毫不犹豫地来到姐姐的房门前。当她的指关节碰到门上的木头时，她才意识到刚才房间里是如此安静。她发出了惯常的打招呼声，却没有回应。劳拉一直在里面吗？在悄悄地哭泣吗？她想一个人待着，为了不发出哭声还用被子捂住了嘴？

劳拉的情绪失控了，吉莉常常这么说，还总爱说些她也无能为力、无计可施之类的话。爱丽丝不太确定发生了什么事，劳拉从未像现在这样长时间崩溃地哭泣过。

她探头进门，劳拉趴在床上，长发凌乱不堪，眼睛也肿着，看起来好像有一种比青春期情绪更强大的力量将她困在那里。

"怎么了，劳拉？你还好吗？"

她没有得到答复，但是哭声减弱了。

爱丽丝检查房间，没有发现任何混乱的迹象：紫色收音机在床边、墙上贴着约翰尼·德普的《断头谷》海报，旁边是一张报纸上的放大版照片，照片上的纳尔逊·曼德拉高举着紧握的拳头走出监狱。除了约翰尼·德普，纳尔逊·曼德拉是劳拉最喜欢的仍然在世的人。电脑屏幕周围用蓝色胶带贴着一些粉色卡片，卡片上用工整的手写体印着莎拉·杰西卡·帕克、爱丽丝·沃克的语录和《宁静小书》的引文。还有那个白色书架，上面摆放着多年来由本杰明按照已经消亡的传统方式拍摄的圣诞节照片，上面是吉莉和劳拉，她们都有一双大眼睛和一个茱莉娅·罗伯茨式的鼻子。

"这长相会让人想到雪铁龙汽车，"本杰明过去常说，"不听使唤，难以驾驭。"

爱丽丝注意到，自己和她们俩不太一样，她早就意识到这一点了，她转身离开书架。每个相框里，她看起来都是萎靡不振的，像刚起床的样子。实际上，有点像劳拉时常抱在胸前的学校照片里的菲尼克斯，菲尼克斯的眼睛因过度睡眠而显得十分黝黑。

爱丽丝抚摸着劳拉凌乱的头发。

"你还好吗，劳拉？怎么了？"

回答她的只有更多抽泣声和呜咽声。

"是因为妈妈？她对你发脾气了吗？是关于汗先生的事吗？"

"汗先生"这个名字是她们姐妹间的一个私人笑话，这是一个暗号，表明无论父亲法鲁克本人是真实的还是虚构的，她们都不相信吉莉的那套荒诞说辞。

"爱丽丝，你上次见到汗先生是什么时候？"

"当然是在喀土穆开着他的卡车时，劳拉，我真的受不了汗先生，你呢？"

床上突然传来一声尖锐的吸气声，劳拉说："我不知道身体出了什么问题，真的不知道。无论如何都不要对任何人说，尤其是妈妈，尤其是菲尼克斯。"

"我怎么可能会说呢？"

劳拉把菲尼克斯的照片放在肚子上。

"我这里疼得厉害，就是这里。"

她手握得很紧，指关节因为用力而泛着青色。

爱丽丝躺在床上，靠在姐姐的腿上，静静地等了一会儿，慢慢地，劳拉开始讲起了今天发生的事，在呜咽声中断断续续地讲着。

劳拉说这一整天她都不太好，实际上整个星期她状态都不太好。她感到恶心和疲惫，却完全不知道原因。她感觉自己浑身像一只蛙一样肿胀，她非常讨厌这种感觉。但这绝不可能是月经的问题，一切明明都很正常。这是一种不同寻常的恶心感，很可怕而且令人窒息，总是在不经意间出现。她感觉想吐，但又吐不出来，然后就会感觉头晕。有时候又会疯狂呕吐，吐完后嗓子就会发干发痛。

劳拉转向墙壁，将菲尼克斯的照片放在枕头旁边。她开始搓自己的胳膊，感觉冷得要命。

"昨天我打了这个求助热线，"她对着菲尼克斯的照片说，"我很害怕，就没有去看医生。后来，虽然我去了医院，但坐在那里就开始紧张，随后我在候诊室里找到了求助热线的电话号码。他们谈到了女生在青少年时期可能出现的病症，看起来所有症状我都有。"

"你相信他们？"爱丽丝"嗤"地笑出了声，"你对这个求助热线了解多少？他们可能只是位于泰国或苏丹的一个呼叫中心，你可能只是在和一个筑坝工人或计算机学生之类的人交谈，他们只是想在外国人面前胡说八道，借此来赚点外快。"

劳拉面无表情，看起来很无助，爱丽丝很吃惊。

"别这样，你这话听起来像是妈妈会说的话。其实，求助热线那头的人是一位成年女士，她给了我一个解释。那是某种东西，我需要的东西。爱丽丝，我害怕，真的非常害怕，我害怕这是某种更糟糕的东西。我不知道，也许是某种环境问题，也许是水中的某种毒素，或是某种致癌物质。我担心我身体里长了什么不好的东西，是不是有肿瘤？我的输卵管被挤压了还是怎么样？"

爱丽丝倒是希望劳拉没有提到输卵管，特别是挤压的输卵管。有什么东西在她体内，这很明显，但劳拉自己盯着它却看不到它，劳拉就是那种走路都会撞电线杆的人。

爱丽丝问自己，是什么让她今天花了那么长时间摆弄那个罐子？那个罐子让她想到一些事情，或者更准确地说，是一些不好的事。难道这就是她偏偏要在今天从架子上拿下那个幽灵般的罐子的原因吗？也许是命运，是命运引导着她的手。她在冥冥之中感觉到劳拉遇到了一些问题，一些可怕的问题，与那种被装在储存罐里的东西有关，与那些半生不熟的、皱巴巴的东西有关。

她斜着瞥了一眼姐姐的腹部。她注意到，在被子掩盖的褶皱下面，劳拉怪异地拉扯和按压着自己的身体，好像在摸索着什么。

"爱丽丝，别一直盯着我看了。你看，我不会因为胃病而死的。你不用担心，我这肯定是青春期的毛病。求助热线的那位女士说，可能是扁桃体炎之类的，与压力有关，有点像青少年的慢性疲劳综合征。我只是想除掉胀气和恶心感，仅此而已。"

她又用力揉捏了一下自己的肚子。

"劳拉，我尽量不让自己担心，但我不相信你那个求助热线。我认为我们应该想出另一种解决办法。"

爱丽丝听到自己的声音，一开始是假装的乐观，然后变得严肃起来。从床上站起来时，她压抑住从劳拉的枕头上夺过菲尼克斯的照片并扔掉它的冲动，爱丽丝觉得他也很蠢，时常会带来麻烦。接着，她停下了脚步，想着这里面有些东西，得扔掉它。她再次看了一眼被劳拉捏得皱巴巴的肚子，说不定真是这样。

一种恍然大悟的感觉让她想笑出来，但她咬了咬嘴唇，忍住了。

这可能是最有用的办法，是的。

她紧紧地抱着姐姐的脖子，尽量避免碰到她的下半身。劳拉困惑地抬起头，感受着妹妹怀抱中的力量。

"你现在需要保暖，"爱丽丝说道，"我们肯定会想出办法的，我们会像以往一样渡过难关的。我会查一下我的生物学书，它们总是很有用。有一本是格拉西克的书，另一本是《便携式人体运动图谱》。还有一个东西，它是个惊喜也是个秘密，将帮助我们更好地了解你到底是怎么了。但我得先去阿尼家，不会太久。你可以在此期间休息一会儿，我会从浴室给你拿几颗退烧药。劳拉，不要再哭了，我相信我们会没事的。"

劳拉转过身，面对着门。爱丽丝将头从枕头上抬起，想从嘴角挤出一丝微笑，那笑容却慢慢凝固，成了龇牙咧嘴的假笑。

第三章　阿尼

　　我蜷缩在床上，那小家伙和我并排坐着，他的双腿紧紧缠绕在一起，床头柔和的灯光洒在他的脸上。

　　妈妈经营的伊薇美容院就在隔壁，店里非常嘈杂。妈妈的声音比客人的大多了，她不停地对客人说着"这样保养效果更好""那样做不行"之类的话。客人通常在晚上七点到九点来店里，而我总能透过薄薄的墙听到各种各样的声音和故事。但今晚，我心里在想着其他事情，所以没有以往听得仔细。因为这家伙就像一条被塞在玻璃瓶里的大鱼，还散发着浓浓的福尔马林的气味，实在是让人难以忽视。

　　我得做点儿什么替小家伙打掩护，不能让妈妈从楼上闻到他的气味。

　　我听到客人们下楼时吧嗒吧嗒的脚步声，接着门锁的咔嗒声响起，门被打开，又关上。

　　"嘿！阿尼，你在家吗？"

　　"我在房间里。"我像平时一样随口答道。

　　我轻轻地把他藏在了床底下，放在乐高积木盒子旁边。

　　妈妈站在楼梯上，对着我紧闭的房门噘起嘴，小声嘀咕道："今晚还有一个顾客要我帮她修眉毛，你自己在家没问题吧？"

"没事的，妈妈。"

"要不晚餐我们简单吃点吧？煎点什么东西，既省时，还好吃，冰箱里还有鸡蛋呢，你觉得怎么样？"

"听起来不错！"我说，"我等你回来。"

我的妈妈身材苗条，对谁都笑脸相迎，总能发现生活中阳光的一面。她称得上是一个完美妈妈，只可惜她并不是我的亲生母亲。我的亲生母亲希拉，在生我的时候因为分娩并发症不幸去世了。当时我应该比旁边这个小家伙要大点儿。现在这个小家伙躺在我身边，像条安静温顺的鱼。

我两岁的时候，爸爸娶了伊薇，也就是我现在的妈妈，她不能生育，也就把我当成了自己的孩子。她说我是一只她期盼已久的布谷鸟，填补了她的空巢。我一直很开心她愿意收养我，还这么需要我。她对我特别热情，就连我爸爸都有点儿嫉妒。

我爸爸丹尼是一个很冷酷的人。我是说真的，就是温度很低的那种冷酷。爸爸的工作是往自动贩卖机里补可乐、依云等饮料，然后再把人们投进机器里的硬币收集起来。爸爸常说，他老是和冰冷的机器打交道，所以手总是又凉又湿。他经常一连几天不在家，开着他那辆红白相间的货车全国各地奔波，在花园中心、加油站、社区或者体育馆的自动贩卖机里补货。

去年夏末，就在我新学年开始的时候，爸爸走了，他去北方和另外一个女人组建了新的家庭。因为他觉得我妈妈不够爱他，这听起来很荒唐。起初我和妈妈都没怎么在意，甚至很长一段时间都没有想起他。直到我开始思考烤面包机坏了该怎么办、谁能陪我在游乐场一起踢足球等问题，以及当我看到妈妈整晚只能一个人坐在家里看电视的时候，我才意识到他真的离开了。

现在的情况是，我不介意爸爸来看我，当然，如果他愿意邀请我去他的新家，见见他的新女友，那就更好了。值得一提的是，爸爸的新女友来自非洲，准确地说是来自非洲西海岸的内陆地带，而且个子很高。爸爸在电话里是这么跟妈妈说的，他觉得妈妈可能需要知道这些，然后做好心理准备。

"我不知道要准备什么，"妈妈说到这里，嘴唇咬得紧紧的，语气酸溜溜的，"我们不可能邀请他们来我们家。"

伊薇说，爸爸和她讲过，他的新女友开始是在英国当实习护士，但是现在成了一个难民。她原本生活在河三角洲地区，国外石油公司一心为了赚钱，在那里肆意开采，导致土地被严重污染，变得黑漆漆的。虽然说她们那里的泥土底下满是可以变成财富的石油，但那里的人民却穷困潦倒。正因为她对这里的石油开采问题提出了抗议，所以政府把她驱逐出境了。再加上她问了一些不该问的问题，政府直接把她列入了"黑名单"。

我把这些都告诉了爱丽丝，我跟她说，我爸爸的那个新女友来自西非，个子很高。我本以为她会很感兴趣，结果她只是漫不经心地耸了耸肩说："那又怎样？"她边说边举起四根手指，"西非距离我爸爸那里有四千多英里^①呢。"

圣诞节的时候，爸爸给我寄了一张"儿童救援会"的卡片，上面有他的签名。复活节时，他又寄来了一封信，信封里

---

① 1英里约等于1.61千米。——编注

还塞了个巧克力蛋，可惜寄到的时候蛋已经碎了，信封背面有他的地址。我看着那个地址，不禁幻想着，如果他能给我打个电话，说，"阿尼，什么时候过来玩玩？"或者"儿子，我为你准备了一张备用床"，那该多好啊！

即使他心里并不是真心这么想，只是嘴上说说，哄我开心也行啊。

我的妈妈几乎是个完美的人，因为无论刮风下雨，她总是将自己打扮得干干净净，整齐利落，即使是她生病或者心情不好的时候也是如此。甚至爸爸离开的那天，她也洗了头发，戴了头饰。对于那些来找她做"伊薇豪华护理套餐"的女性和少数男性，她除了给他们提供美容和脱毛服务外，还提供免费的心理咨询。当然，我知道这些是因为我经常隔着墙板偷听他们说话。

关于伊薇，我只能说我和她单独相处的时间并不多，虽然我很想黏着她。她有很多顾客，她和顾客说话的时间比和我说话的时间要多得多。她的客户总躺在我卧室隔壁的升降式护理台上，那台子是爸爸自己动手做的。妈妈一周要工作整整六天，这意味着我们虽然同住在一个屋檐下，但实际上并不经常见面，也没有机会长时间待在一起。我找她抱怨过这件事儿，但也无济于事。妈妈每周都会念叨着，她必须工作这么长时间，因为丹尼给我们的生活费根本不够家庭开销。

接着，她总说："我们得笑对困难。"因为她在家工作，所以如果我想找她，我随时可以敲美容院的门，然后问她，我能不能去找爱丽丝玩儿或者要不要准备一些麦片、煮鸡蛋或者烤奶酪当茶点。

这样想来，对妈妈来说，今晚她可能会感到有些不习惯，因为平时都是我在准备茶点，而现在我满脑子都是"拯救小家伙"的计划，根本无心准备。

我坐在床上，把小家伙藏在乐高盒子旁边。我听到妈妈把美容院的门关上了，好像还有西尔弗太太的声音。虽然我没听见客人上楼，但我知道此时妈妈正和某个顾客在房间里，因为房门关上的声音听起来更清脆。

我决定马上把他带走，这个念头很突然。我赶紧把我那件皱巴巴的棕白色羊毛外套从洗好的衣服里抽了出来，裹在瓶子上。我要出门，得把瓶子裹得暖和点儿。

我从床下摸出罐子，用羊毛外套把罐子裹了起来，悄悄下楼，穿过厨房，来到了花园里，像抱着稀世珍宝一样紧紧抱着小家伙，确保他不会从羊毛外套的缝隙中滑落。我非常想保护好他，但他在室内并不安全，因为他的气味太明显了，刺鼻得让人打喷嚏，而且只要稍微有一点点动静，罐子里的液体就会晃动发出声音。

后院一片漆黑，天空被街边的路灯映成了橙色。我一动不动地站着，稳住玻璃罐和里面的液体，我感觉我即将启动某种重要的仪式，就像古时异教时代的祭祀那样。

然后，我用爱丽丝的口吻提醒自己，有这种感觉只是因为这是个早就死了的胎儿的尸体罢了：一个古老而且早已死去的胎儿。

"但这个胎儿曾经也是一条活生生的人命啊！"我情不自禁地回答道，"如果我们是他的话，难道不希望得到别人一些善意的帮助吗？"

然而，爱丽丝的声音又出现在了我的脑海里——"我们又没死，怎么能设身处地从这个死胎的角度思考呢？"

我很快意识到，我家这个小花园被妈妈打理得井井有条，根本没有角落可以藏下一个大号的罐子，这罐子大到能装下两到三公斤的面粉。妈妈在草坪右侧整齐地摆放了一些花盆，里面种着一年生植物，呈"之"字形排列。她修剪过的草坪和路边的灌木也像她接待过的美容客户那样，被修饰得格外干净漂亮。这里没有任何能悬挂东西的地方，也没有遮蔽处。

我先把罐子放在冰凉的砖头路上，掩藏在一大丛灌木树枝下。我拿开羊毛外套，让它看起来小一点儿。但是退后一步，我还是一眼就能发现里面的小家伙，他看起来就像一个白点或是某种酸奶颜色的植物，还很像一个小象胎儿，如珍珠般光滑，头向前低垂着，象鼻收起，还长着粗粗的象腿。

看到他蜷缩在灌木丛下的样子，我浑身起了鸡皮疙瘩，于是赶紧把罐子拿出来，重新包了起来。

接着，我又试着把他放在花园下面的小屋里。小屋就在花园墙边的旧零配件仓库的角落里。不久前，我清理了小屋，除了角落里堆放着几把耙子和铁锹外，里面什么都没有。我把它放在小屋中间的地板上，四周的暗处还有些若隐若现的物体，罐子放在中间的光亮处，就好像他是个可能会怕黑的活物。

但一关上门，我就失去了理智，一想到小家伙，我就乱了阵脚。黑暗和孤寂笼罩在屋内，我不禁感叹，在我们发现并带走他之前，他在实验室的架子上度过了多少个黑暗的夜晚啊！我深信，在所有胚胎标本中，小家伙是唯一的人类标本。这么多年来，他度过了无数个孤独的夜晚，时时刻刻都处在孤立无援的境地，他该有多寂寞啊！

我打开小屋的门，让微弱的光线透进来，然后坐在木制台阶上，绞尽脑汁思考该怎么安置小家伙。可能是被挪动过的缘故，我那胖乎乎、蜷缩着的小家伙在玻璃罐里稍微往后缩了一厘米左右，发出了咕噜咕噜的声音。就在这时，一阵风吹散了夜间的雾气，露出悬在天空中的半个月亮，小家伙看起来像在呼吸，我也跟着一呼一吸，不一会儿我的嘴巴变得像砂纸一样干燥。

我不禁想，如果他逃出了玻璃容器，会发出什么样的声音呢？想象他从罐子边缘爬出来，露出他那模糊未成形的脸和圆圆的头骨，然后扑通一声倒在地板上的样子，像昆虫一样仰面躺着，双腿朝天，伤口暴露在外，嘴巴因用力而咯咯作响；想象他那苍白而凸出的眼睛盯着棚子、瞪着灰色门板和我的脸的样子。

可奇怪的是，一个死气沉沉、毫无生气的东西，却似乎正紧紧盯着我。即使没有直接看着他，我也能感觉到这种冰冷的凝视。突然间，我明白了，意识到他凝视着我是因为他害怕，他曾经非常害怕，也可能是吓呆了。他死亡时，也是这种震惊的表情。

想到这儿，我觉得我们要更温柔地对待他才行，所以我给爱丽丝写了一张秘密便条，上面写着 —— "让我们一起善待小家伙吧，帮助他安稳舒适地度过他的第二次生命。"

但此刻我还没想好到底该怎么善待小家伙。

邻居家那只金色的猫正斜穿过我家的花园，它忙着自己的事儿，并没有注意到我们。这是个好兆头，我心想，我们的这个小家伙，不是小象犊，不是鬼魂，更不是小怪物，是不可能吓到小猫的。他只是个残留的老古董，是个本应该在多年前就被处理掉的古老标本。

其实我确实想过把他处理掉，速战速决，完成我们之前计划要做的事情——我们原本计划把罐子扔到墙那边去，让它掉进仓库的院子里，然后听罐子破碎的声音——肯定会先传来"啪嗒"一声，然后是"扑通"一声，类似于水花四溅的声音。

但这个想法让我感到恶心。我很清楚这肯定会闯祸的，我都能想到这样做之后会出现些什么样的新闻标题，比如"在废弃的院子里发现可疑的婴儿尸体"。人人都喜欢凑热闹，喜欢炒作，要不了几天，整个英国都会知道这件事。我妈妈习惯给在美容院外等候的女士们提供一些杂志，我记得杂志里曾经有一个大新闻，报道了一家恐怖医院的故事。透过隔墙，我听到她们谈论这个新闻，说是一家医院的一个神秘的房间里，有个冰箱，里面摆满了装有胎儿器官的瓶子，医生们说是为了研究而保存的。

我再次拿起那个小家伙，用绒布擦了擦玻璃罐身，试图给他一点儿温暖。然后，我把他放回了大灌木丛下面，只不过这次的位置正好对着树中间，那里或多或少能掩护一下小家伙。

当我走回厨房时，门铃突然响了。

妈妈说西尔弗太太是她今天的最后一个客户了，所以敲门的人按理不是来做美容的，可没有人会突然来看我和妈妈。我想应该也不可能是爱丽丝，因为她总是使些鬼点子，拿着体育俱乐部的会员卡顺着门缝滑开我家的门，然后悄无声息地进来。

但确实是爱丽丝，她红着脸，气喘吁吁，头上冒汗，整个人都怒气冲冲的。

她拍了一下我的胳膊，看起来像是在问候我，但语气急迫，充满了愤恨。

"有点事必须得私下跟你谈谈，就现在。"

我以为最糟糕的事情发生了——我们被发现了：警察、当地大学的科学家、社会福利部门、那些有头有脸的人物都紧追在我们后面，要把小家伙抢走。

也许爱丽丝想到了比这还糟糕的事，她的预感总是很准。我们上楼的时候，她迫不及待地在我耳边激动地说了起来，我甚至能感觉到她的脸颊都在发烫。

"听好了，我敢保证，劳拉肯定怀孕了！"爱丽丝说。

刹那间，我意识到，我们正面临一个巨大的威胁。爱丽丝的话像一记重拳，砰地一下砸向我的肋骨。我指的不是爱丽丝和我所面临的威胁，而是我和罐子里的小家伙要面临的威胁，我能感觉到爱丽丝即将把他拖入她冒险计划的漩涡中。

"劳拉躺在床上抱着肚子，"爱丽丝说，"她的肚子肿胀得就像死马的肚子。我问过她，她说她很绝望。吉莉一点儿忙都帮不上，她自己也不知道该怎么办，菲尼克斯就是个废物！问题是，劳拉不觉得自己怀孕了，"爱丽丝的声音低了下来，嘀咕道，"事实上，她觉得自己的身体可能比怀孕了还糟糕，她觉得自己得了癌症，或是中了毒。现在她陷入了深深的痛苦之中，所以我们得帮她解决这个问题，必须给她想想办法。"

"当然！"我点了点头，"当然可以。"

"我在想我们可以给她看看这个小家伙，让她清醒一下。她必须清楚自己正在经历什么，她需要面对什么。现在她正在逃避事实，她需要清醒过来，计划下一步该怎么做，否则就来不及了！"

正如我料想的那样，爱丽丝迅速表明了她来的目的。她凑过来，抵着我的额头问："它现在在哪儿？那个标本呢？那个罐子呢？我们现在非常需要它。要是我能把它给劳拉看，我保证让她保守秘密，这也会成为我们和她之间的秘密。然后明天一早，我就把它带回实验室放好。为了不惹上麻烦，我们本来就打算把它放回去的，不是吗？我把它塞进我的外套里偷偷带进去，顺着上次的梯子把罐子放回原位，然后让伤口面向储藏室的墙壁。至少在我们做过的实验中，这是最可能带来好结果的一个。所以，阿尼，它在哪儿呢？我们没时间再耗下去了！"

但是爱丽丝已经犯了一个错误，这次我不会再妥协，也不想接受她的想法。谈起她的计划，她总是神采飞扬，脸上却也闪过一丝疯狂的神情，令我惊讶不已。她十分机灵，眼珠子滴溜溜地转着，仿佛想到了一个完美计划。虽然我对她充满崇拜，也愿意陪她去全世界冒险，但这并不意味着我同意她的这个方案。

所以我拖延时间，假装不慌不忙，在床上坐着。我盘腿坐着，假装认真地看自己的手，然后用眼角的余光观察着她。

今晚，我，爱丽丝眼中的"哑巴阿尼"，不得不鬼鬼祟祟地行动。

"医生呢？"我小心地问道，"医生怎么说？"

"劳拉没有去看医生。她说她本来想去看的，但她害怕了。

可能因为她不想让这个消息传到吉莉的耳朵里，也许等我们试了我的想法之后，她就会去看医生了。"

她突然停下来，朝我扬了扬下巴："所以，阿尼，你把它藏在哪里了？"

就在那一刻，我好像顿悟了，第一次意识到爱丽丝可能是个凶恶的人。我忍不住鄙视她。我的这个朋友，总是擅自做决定，还想控制我，甚至把可怜的小家伙比作一个怪物，拿去吓唬她那可怜的姐姐，要把她吓疯。

但我突然想到，我有了一个新的"合作伙伴"，虽然不知道他愿不愿意，但我可以把头靠在他身上，默默地思考拯救他的方法。

我说："爱丽丝，你觉得你这样做对吗？吓唬劳拉，让她以为自己肚子里长着这个可怕的怪物。可也许事实并不是这样的，她可能很健康，你这是在逼她把事情弄得更糟。无论是什么样的小生命，他们自己都不会一心想死，你看看我们那个小家伙的脸，你还不明白吗？"

"闭嘴，阿尼。谁说要死了？我们对它身上的事情一无所知，这和劳拉现在的经历没有可比性。我只是想给她一个警醒，告诉她，这是现实，是因为她自己事情才演变成现在这样。无论如何，你无法用肉眼看到我姐姐肚子里的'胎儿'，或者说现在还看不到。"

她用极其轻蔑的语气说出了"肉眼"这个词。

"等这件事解决了之后，"她继续说道，"我很乐意跟你辩论关于生死的问题，但现在不行。现在我需要那个罐子，而你必须去把它取出来给我。"

"我在想关于灵魂的事情，"我依旧慢悠悠地说着，拖延时间，放慢每一分钟，"有一次伊薇给我念了一篇《读者文摘》上的文章，上面说未出生的人，也就是未出生的灵魂，他们会选择他们想要寄宿的身体。他们在宇宙中等待着自己的诞生时机，然后选择一个适合的身体。你想在他还没来得及着陆之前先扼杀掉一个灵魂吗？"

"阿尼！我简直不敢相信自己还站在这里跟你废话，劳拉现在在家里生着病，而你却在这儿胡言乱语。我简直不敢相信你竟然会信这些东西。"

"我不知道我相信什么。我喜欢伊薇给我讲的那个故事，那是一个好故事，我以前从没想过未出生的灵魂！"我一边说一边编，"我想象未出生的灵魂在小行星间飘荡，在排队等待诞生，他们像蒲公英种子一样乘风飘浮。"

爱丽丝用力抓着我的胳膊，我瞬间痛得失去了知觉。她的眼神十分绝望，看起来和今天早些时候在操场上试图将刀插进我身体时一模一样，但这次我没有感到恐惧，甚至毫不畏惧。在说话的过程中，我内心的计划也逐渐清晰起来。突然，一个念头从我心底冒出来，迅速在我脑海中扩散开，就像蒲公英种子随风飘散一样。

我无法将这种灵感与对爱丽丝的感觉结合起来，这不仅仅是为了让我逃离爱丽丝的计划，更是为了一个生命，对，就是一个生命。我很清楚，罐子里的小家伙不仅仅是个标本，就像我十分清楚此时此刻我是个活生生的人一样。是我们两个人带走了他，拯救了他。他现在属于我们了，是我们拥有的东西，而且近在咫尺。虽然他已经死了，但他的面容却如此真实，像极了人类。他看起来和我们有点儿像，就像是一个刚出生的小弟弟或者小妹妹。我甚至可以说，伊薇和丹尼的孩子们从来没有在一起过，以后也永远不会了。当然我也清楚他不是一个真正的婴儿，更不可能是我们的小弟弟。但他曾经有过生命，现在想在这个到处是客人而少有孩童出没的房子里寻求一丝庇护。

"天啊，阿尼，你真是个胆小鬼！"爱丽丝说，"你真靠不住，看看我现在的处境。你现在严重耽误了我的时间。我们能快点儿吗？你难道看不出来找到这个标本对我们来说很幸运吗？记住这一点，这是运气。至于灵魂，胎儿在出生之前并不是完全活着的，好吗？胎儿，尤其是小胎儿，是像虱子一样的寄生虫，把它放出来总比塞进去好。"

可她脸上那种阴郁困惑的神情让我说不出话来。我起身时，感觉自己呼吸困难。我趴在地上，眯着眼睛。本来我一直对爱丽丝毫无保留，从来没有秘密。

"事情是这样的，"我希望她没有注意到我说话时是多么地僵硬、不自然，"大约一小时前，我把标本罐藏在了墙那边的仓库里。因为我房间里到处都能闻到福尔马林的味道，所以我必须这么做。那个仓库是一战时留下来的老古董了，要想过去不太容易，得穿过仓库院子里的一堆废铁。在伊薇睡觉前，我们是拿不回来的。如果我们现在一起去，她肯定会问东问西的。"

我的腋窝直冒汗，脸也热得发红。

爱丽丝立刻起了疑心，眼睛里闪烁着疑虑——为什么你一开始没有提到仓库？你怎么憋了这么久才说？

"我自己去找它！"她脱口而出。

"别去，爱丽丝，求你了！你不认识路。万一你撞到什么东西，弄出什么动静，或者弄伤自己怎么办？"

"我不会伤到自己的。"

"我的意思是可能会弄伤你的手，你那双手可是要负责把标本带回实验室的。"

她没有因为我的话而退缩。接下来很长一段时间，她目不转睛地盯着我，手指仍然捏着我的胳膊。她的嘴唇动了动，似乎想说些什么，但什么都没说。至于我脸上的表情，我自己也不知道。

美容院的门咔嗒一响，打破了我们之间的沉默，我们彼此都后退了几步，爱丽丝抬手在头上擦了擦。

我们听到西尔弗太太离开的声音，还有妈妈的叹息声、走廊地板的吱吱声和妈妈的咳嗽声。

"嘿，阿尼，爱丽丝和你在一起吗？"

她发现了那双多出来的运动鞋。

"是的！"爱丽丝大声说道，她的声音十分平稳。爱丽丝走到楼梯口，接着说道，"其实我正要走呢，我过来和阿尼一起检查作业，但是……"她回头恶狠狠地看了我一眼，然后把脚塞进鞋子里，"他还在忙着找那本我想要的书来完成一个特别的作业，他说他今晚晚些时候会把它送到我家来。"

"那你们忙吧，代我向你妈妈问好，爱丽丝，告诉她我们明天再约。"

前门的锁啪的一声关上了。爱丽丝有没有回答，我也没听清楚。

* * *

煎蛋和熏肉是我最喜欢的晚餐，但那天晚上我连伊薇煮的茶都没尝，因为我的心思根本就不在这儿。我两口就把鸡蛋吞了，虽然我平时也这么狼吞虎咽，但今晚我几乎尝都没尝。我想我肯定得快点离开，让小家伙尽可能不被爱丽丝找到，接着再找一个安全、静谧、足够隐蔽的藏身之处，等事情慢慢缓和下来再说。和爱丽丝在一起，我总是期待事情能缓和下来，直到她不再那么急切地追求自己想要的东西，然后毫无征兆地冷静下来为止。

说到藏身策略，我首先得找个结实的袋子来装他，比如帆布背包，更好的办法是找个购物袋，这样我就能把罐子平放着，还能照看他。比如妈妈那只印着柳条图案、上面还写着"逝去的时光"字样的手提袋，虽然那袋子看上去很普通，但是有好几层，它现在就挂在走廊的衣钩上。我想把它借走几天，肯定能派上用场。

至于该逃到哪里去，我还不确定。我的奶奶——丹尼的妈妈达芙妮住在离这里不远的艾尔斯伯里，但她年纪大了，身体也很虚弱。我还有一个可以去的地方——我爸爸那儿，虽然我以前从来没去过，他们也可能并不欢迎我。我已经记不清爸爸那张又大又红的脸，还有他那粗粗的嗓音了。此时此刻，我的脑子如一团乱麻。

今天晚上，一切正照着计划有条不紊地进行着，这正合我意。喝完茶后，我开始收拾桌子，妈妈在洗漱。她虽然健谈但工作这么久也很累了，她把餐具放在热水龙头下，说话断断续续的，"西尔弗太太，她真是没完没了……""你过会儿再帮我个忙好吗？阿尼，像往常的周四那样……"

我把早上洗过的盘子堆在厨房的柜台上，又擦了擦柜台和灶台。我想做完这些活儿，妈妈就不会再打断我了，而我的秘密计划也能继续进行下去。

钱，我现在非常需要钱。我藏在橱柜里的棕色信封里有 40 英镑，是我生日的时候收到的，我口袋里还有 42 英镑 50 便士，是我的晚餐钱。这些钱足够我填饱肚子直到我到达目的地 —— 一个还没想好的、未知的目的地。到了那儿，我计划握着爸爸那双潮湿冰凉的手，拜托他再给我一些钱傍身。

每次快到周末的时候，伊薇总是要给自己脱腋毛，这次我主动提出想要帮她。实际上，平时我不太愿意做这件事儿，我不太会拒绝她，但我也不会热心地上前帮忙。因为，蜡很滚烫，我也不想看到被蜡烫得起鸡皮疙瘩的皮肤。

但是今天什么也不能阻挡我，我告诉自己只是走个过场，我得赶紧推进我的计划。

我得带着我那特别的小家伙开始一次大冒险。

我琢磨着等伊薇睡觉后就从灌木丛中取出科尔罐子，把罐子紧紧地包在羊毛外套里，裹住那个小家伙后，再把它竖着放进"逝去的时光"的袋子里。我得提醒自己带上牙刷、装钱的信封以及一双干净的袜子，还有能带给我好运的红色鸭嘴兽豆豆娃娃。眼下这个时候，一切非必需品都没必要带上了，我唯一缺少的东西是一张地图，但我记得国家长途汽车公司有指示站牌。

我拿着木锅铲伸进伊薇的专用热板上的蜡罐里搅了搅，看着黏稠的螺旋状物熔化均匀，然后再次搅拌。她穿着星期四晚上常穿的无袖上衣，抬起胳膊，弯起胳膊肘，露出了腋毛。

"你知道该怎么弄。开始吧，记得轻点儿，太疼的话我会叫出声的。"

她把胳膊肘伸向天花板。

"如果很疼，为什么还要这样做？"我说。

这不是我第一次这么问了。

"我也不知道，亲爱的，或许是因为这种痛不会持续太久，事后我就会感觉好点儿，跟有些伤害比起来，这不算什么。不管怎么说，现在流行这样。'完美'是这个身材游戏的名字，保持完美也能让我多点生意。"

我想到如果我受伤，伊薇肯定会伤心的，我在心里提醒自己，走之前记得要给她留个纸条。

"周末我要外出，是学校组织的长途旅行，天亮要出发。很抱歉，忘了告诉你。——爱你的阿尼"

明天是星期五。即使有一半的可能性我已经顺利离开家，伊薇也会因为在周六找不到我的踪影而惊慌失措的，但那时，我应该已经打电话给她报平安了，我希望那时我已经打了电话。

我像在三明治上涂黄油一样给伊薇的腋窝涂上蜜蜡。

在离开前写张便条，我在脑海中想象着，检查着待办事项清单。如果我把纸放在最上面的楼梯上，她肯定能看到。每周五，伊薇都很忙。没问题的，她不会发现我撒了谎的，除非她撞上了爱丽丝，但这不太可能。除非怒气冲冲的爱丽丝吓到了伊薇，导致她和她的家人都很尴尬。吉莉虽然是家长们中的常客，但事情不可能这么凑巧。

"你今天游泳了吗，我的宝贝阿尼？"

"没有，为什么这么问？"

我飞快地往后退了一步。

"看看你满是褶皱的手指，还有身上像氯气一样的味道。"

她抬起头仔细嗅了嗅。我再次向后一仰，手中的木铲上还流着滚烫的蜡，不小心滴在了伊薇脖子上。

"阿尼！小心点儿，你在做什么？"她愤怒地揉着脖子。

"抱歉，这是个意外。对不起，对不起妈妈。"

"你得专心点儿。你的老师不是说你现在更专注了吗？亲爱的，你真的更专注了吗？那现在这是怎么回事儿？"

脱毛工作照常进行。冰箱像往常一样发出"痛苦的叹息声"。我瞥了一眼厨房的钟，刚过十点，离她睡觉的时间还有一个小时。如果我干得快，如果妈妈能忍住痒，配合我，不再咯咯乱笑的话，那我再过四五个小时就可以顺利出发了。我记得我在长途汽车站看到过海报，国家快运长途客车站晚上也有班次。

伊薇一动不动地坐着，僵硬地举着胳膊，露出涂着蜡的腋窝。然后，她用左手把细布条铺在皮肤上，用力做了个鬼脸，兴致勃勃地扯着细小的毛发。

"好了，现在像泡泡一样光滑，是我喜欢的样子，"她又恢复了神气，"可惜没过多久，毛总是又会长出来。但我就是在做这件事，一遍又一遍地剥落它。"

她每次只脱一侧腋下的毛。她说，一次性把两边脱完是自讨苦吃。

我走到电视机前，打开了电视，上面正在播放这一周录制的《急诊室的故事》，这是她最喜欢的节目。通常《急诊室的故事》播出的时候她在上班，所以我帮她录了下来。电视上——有一个重伤的男人被粗暴地抬上了救护车。妈妈走过来坐在我旁边，她的手夹在刚刚脱过毛的腋窝里，我们一起看着电视里的画面，打发着时间。我觉得两个人并肩坐在沙发上看比一个人在楼上的卧室里看要好得多，两个人在一起总感觉比一个人好。双子塔爆炸那天，我们坐在沙发上大声数着遇难者人数，人们从大楼上掉下来，掉得太快，把自己的生命远远抛在了身后，"八十一，八十二……不，我们已经看过这个片段了，八十二，八十二！"

但是今天情况不同了。今天我的脑袋乱糟糟的，因为我要做的事情太多了：收拾好行李、写纸条，还要带上那小家伙。这时候，在花园的阴影处，他那滑稽的笨脑袋正伸出来等着我呢。

我想起爱丽丝曾经告诉我，她喜欢画没有人存在的世界，她称之为"不可能的世界"，就好像我们从来没有存在过那样。"我们大家未来都是化石，"她说，"我们最后都是一堆骨头和灰烬。"

"好吧，也许是这样，"我对自己说，"但不是现在。"看看伊薇为她那些客户所做的工作就知道了。这意味着只要有生命存在，就有事情要做，有自己的归属，有自己的旅程，天亮前还有很长的路要走。

* * *

那天晚上，我在床上躺了几个小时，但根本没睡着。我一次又一次地从迷迷糊糊的状态中惊醒，想象自己能听到声音——全是伊薇那些客人的声音。每天晚上，这些声音都从我房间和美容院之间的隔墙里渗透进来。每个来伊薇美容院的人似乎都喜欢聊婴儿。她们会聊男人，聊婴儿，但我对男人的故事并不感兴趣。

所以我整晚都在听的是关于婴儿的故事，这些故事围绕着婴儿的半衰期以及他们出生前的生活。

我总能听到一个声音有些苍老的女士的故事：这位女士总是说她感到空虚，非常空虚，她无法想象一个完整的人会是什么样子，也无法想象她的一部分躺在墓地的圣所里，那里放着死胎和早产儿，还有微小的骨灰瓮。她的孩子很小的时候就在她肚子里死掉了。

"但他仍然不想和我分开，他们又不得不给我引产。过了一会儿，我肚子很胀，摸着凉凉的，但什么也感觉不到了。"

还有一对双胞胎的故事——"他们温暖而完整地躺在羊膜囊里，照片展现了他们本可能的样子。"这个故事是一个头发花白、皮肤松弛的女人讲的，她每周来两次，每次伊薇给她背部按摩一小时。今晚，我又听到她的声音了，隔着墙，就好像她在直接跟我聊天一样。她讲了她是怎么怀了两对双胞胎，但没有一个活着生下来的事。她说，小家伙出生时身上还很温暖，但从来没有睁开过眼睛，他们并不知道自己出生了。当时，她紧紧地盯着双胞胎，始终保持着凝视的目光，直到他们被医护人员带走。孩子没能活下来，很显然，她被生活诅咒了，她悲痛地呜咽着。

还有一个年轻的女人，二十一岁，比爱丽丝的姐姐劳拉大不了多少，皮肤晒得黝黑，长着一双灵动的大眼睛。她那动听的故事深深地印在了我的记忆里，每周我都留心听她什么时候离开，偷偷地看着她提着包沿着斯特拉特福街走远。

有一天，她低声向伊薇说着，这几年来，她的生活第一次变得美妙起来。我把耳朵贴在墙上——车祸之后，她修复了自己的脸，于是她有了一张新面孔、一份新工作，还找到了一个新男友，她说他是她第一个认真爱过的男人。不幸的是，第二次意外发生了。她发现自己怀了个孩子，但她还没准备好，她十分痛苦。不仅她还没准备好，她的男友也没准备好。她知道如果有了这个孩子，她会一直怨恨这个孩子，她幻想着从高高的窗户扔下婴儿，幻想着用他的小头骨敲打床头板。

于是，她的名字被写在了一张单子上，没错，她去做了堕胎手术，那胎儿被打掉了。我曾经清楚地听到她这么说过，现在也还能听到她提起这件事情。

"啧啧，伊薇，那就像毛球囊肿一样，有什么东西能经得住这样的手术，还不得碎成一百多块吗？"

第四章 爱丽丝

爱丽丝坐在劳拉的床上，劳拉倒头躺在她的大腿上，她感觉腿上沉甸甸的。

事实上，劳拉并没有喊她过来。爱丽丝推开门时，劳拉只稍微抬了抬头，睡眼惺忪地挪了挪身体，腾出一块地方，皱着眉头贴着爱丽丝冰凉的皮肤，然后极不情愿地搂着爱丽丝的腿。她对着枕头嘟囔着什么，虽然听不清楚，但好像是"妹妹""傻子"之类的，总之不是什么好话。

但是爱丽丝想继续守护在劳拉身边，她一直操心着家里的每个人，时刻对周遭保持警觉。临街的窗户开着，凉爽的风吹了进来，墙上那幅海报上，纳尔逊·曼德拉的图片在床头灯的映衬下闪闪发亮，约翰尼·德普的头像也在阴影中若隐若现。爱丽丝身边放着《人体解剖图册》，这本书可以帮她理清思路。她感觉自己的手腕因为刚才抓阿尼的胳膊时太过用力，现在有些疼。她希望手腕的伤不会影响她明天取回标本罐，把它顺利放回高高的架子上。

其实她心里已经开始怀疑阿尼了。

床头柜上的紫色收音机旁放着她的刀袋，像个吉祥物一样放在那儿。她喜欢看着绒布袋子，想象刀片包裹在黑丝绒袋子里，虽然只是静静地放在那儿，却暗藏锋芒。

过了一会儿，劳拉才重新进入梦乡，呼吸也变得缓慢而均匀。爱丽丝刚到家时气喘吁吁，现在她终于缓了过来，也终于有个地方能让她静下心来思考了。她把后脑勺靠在墙上，竖起耳朵保持着警觉，很快阿尼就会带着罐子来找她。窗户开着，她能听到他发出的信号。

她从劳拉的头下抽出一只手，想办法在床上翻开《人体解剖图册》中的子宫全彩插图：准确地说，是怀孕前三个月的子宫插图。图中，黄色的薄膜里，躺着一个粉色的胎儿，被包裹在红色、紫色和蓝色的块状物中。只是，插图师把胎儿画得太大了，也太粉了点儿。

爱丽丝挪了挪屁股，摆正姐姐的肩膀，对照着书本，把劳拉的身体舒展开来，使其看起来仿佛从爱丽丝交叉的双腿之间刚生出来一样，小小的，就像在模仿婴儿的姿势。然后她把书颠倒过来，这样她就能想象出书中图画活生生的形态，接着她把插图和姐姐的腹股沟对齐。腹股沟，这是一个听起来很专业的词，爱丽丝甚至能想象出图中那些器官一一对应在姐姐身体里的模样。

她在裤子上擦了擦汗湿的手掌。

她知道这样想很疯狂，或许她彻底疯了。但她就这样坐着，想象自己正在对劳拉的身体进行调查 —— 一个由她独立完成的调查。也就是说，如果劳拉肚子里面真的长了什么东西，一只小蝾螈，或者是一条还没成形的鳗鱼，那她看着这本图册，对着她姐姐这个"活标本"，再凭借她自己的聪明才智，应该就能摸到"它"。

她要小心摸索，还得留意中间的位置，既要往里也要往下探索。

在图册所有的照片中，那张子宫颈显得颇为特殊，她摸了摸这张图，仿佛能隔着纸张探到那隐藏在子宫颈中的秘密。

她得找个东西来代替不锈钢窥镜，她自己的刀太锋利了。她记得高街书店空调后面的屋子里那堆专业生理学书中，提到过这个巧妙的工具。

她想试试，该如何像一个真正的神枪手一样，万无一失。

这一切都表明，今晚这个项目的最佳道具是彩色的胚胎标本。而这个活生生的例子，一定能震慑劳拉，让她勇敢地面对现实。

等劳拉一醒，爱丽丝就会把罐子放在她现在坐的地方，放在那本书上。拧紧盖子，或者用保鲜膜加固密封，然后把标本倒过来，底部朝上，这样她就能模拟她姐姐现在身体的情况。

然后告诉她：看，劳拉，这就是你现在的样子。

爱丽丝轻轻地摆动着腿，以保持血液流通，劳拉此时在睡梦中叹了口气。

正在思考标本和眼前情况的爱丽丝突然意识到，阿尼早该来了。他不喜欢拖延，尤其是在她下达指令的时候。她想，可能是伊薇睡晚了，也可能是仓库里一片漆黑。此时此刻他或许还在里面摸索，还不小心撞到了黑暗中的木板。不管发生了什么，她希望他能稳稳地守住罐子——稳稳地、安全地守住。

她眯着眼看劳拉贴在电脑屏幕周围的粉红色卡片上的文字。其中有一张崭新的卡片，比其他任何一张都大，上面贴着一大块蓝色的黏性胶。虽然劳拉的字迹很整齐，方方正正的，但她还是看不太明白，上面的内容像一首毫无意义的诗。她一句句读着。

莫在亡者之门前阻我去路，

愿我悄然前行，步履轻盈。

愿我永不被遣返。

自此，愿我得见太阳之颜、月亮之貌。

愿我心稳坐王位，岿然不动。

——《古埃及亡灵书》

她读完诗，皱着眉头，有些不满。那种感觉就像劳拉突然醒过来，正坐在她面前一样，让她厌烦。这些话让她感到沮丧，为什么要把时间浪费在这种花哨、忧郁又奇怪的东西上呢？还把它字迹工整地写好贴在那儿！

* * *

午夜时分，爱丽丝昏昏沉沉地睡着了，她的脖子别扭地斜靠在劳拉低矮的床头，她的腿被姐姐的头压得麻木了。

"不要闭眼，"她告诉自己，但与此同时她的眼睛已经闭上，床边的灯光在她眼前逐渐朦胧。她告诉自己，只要听到阿尼从街上叫她，她就会醒过来。

她一听到他的声音，就会让他进来，给他做果酱吐司，然后耐心地向他解释这一切。告诉他——《人体解剖图册》是幅超大的"地图"，胎儿则是个立体模型。接着告诉他——"你甚至可以把它看作一个来自胎儿的珍贵信号，正向我们这个生机勃勃的世界传递着某种信息。"

告诉他：这就是拯救劳拉的办法。

当他看到这一切，他不可能还不相信。

但他没有打电话过来，也没有来这儿。清晨五点钟，雾气透过敞开的窗户吹了进来，惊醒了爱丽丝。她把姐姐的头挪到枕头上，然后从床上溜了下来，揉了揉麻木刺痛的双腿。她走到窗前，黎明的天空还很昏暗，灰黄色的云彩笼罩着对面的房屋。潮湿的空气中弥漫着金属味，像是附近有一家化工厂泄漏了污染物或者毒药，劳拉认为就是这些东西让她的身体状况越来越糟糕。

爱丽丝探出窗外，四周没有人，也没有过往的汽车或自行车。住在马路对面、习惯早起的四岁双胞胎阿米娜和伊斯拉也还没起床，他们家的粉色窗帘紧闭着，牛奶车还没有交货，门廊上也还没有放上印着灰白色斑点的玻璃罐。她没有看到任何留给自己的字条，阿尼没有赴约，也没有解释原因。

这是个糟糕的约定，阿尼让爱丽丝失望了。

有那么一瞬间，她甚至想狠狠地朝窗外的街道吐口水，但她此时已经疲惫不堪。她觉得胸口沉甸甸的，满是对阿尼深深的失望。她的朋友原本答应要来，如今却爽约了。显然，阿尼大致是不同意她的想法，还抢走了他们的"战利品"，这出乎她的意料。她已经想出一个好计划，一个简洁、巧妙而友好的计划，阿尼通常会喜欢她的计划的。她像往常一样告诉他，她没有恶意，但这次他不信。她想做的是让姐姐恢复理智，而阿尼并不关心这一点。

爱丽丝看得出来，她的姐姐再过几个小时就会醒来。劳拉侧身躺着，脸深深地埋在枕头里，呼吸缓慢。她绝对没有被疼痛折磨，至少目前看来没有。从侧面看，她的下半身并没有异常肿胀，可能是有点儿肿，但不明显。总而言之，她看上去毫发无伤，而且异常平静，这让爱丽丝难以置信。

尽管爱丽丝广泛学习了器官和疾病方面的知识，但她所了解的身体都是一动不动、只出现在图片里的。对于活的身体，她的认知则来自神话故事以及一些耸人听闻的报道。患有疑病症的吉莉在看完《妇女世界》后，顾不上吃饭也要说个不停的那些报道，还有巨大的肿瘤、肿胀不堪的疝气、人类难以忍受的痛苦、每时每刻的挣扎，还有那些像洞穴一样深的伤口。

爱丽丝认为，人要是哪里不舒服，肯定会疼出声，但劳拉却出奇地安静，令人难以置信。

她蹑手蹑脚地走下楼，查看了走廊，然后又看了看门廊，试图寻找阿尼来过的痕迹，然而什么都没有，没有便利贴，没有编码信息，也没有用木棍和石头画的箭头图暗号。

"他说的仓库和花园墙就是这个意思吗？"爱丽丝迷惑不解，"他从没想过要归还标本罐，真的从来没有吗？"她回想起阿尼曾经发出的抱怨声——"不，爱丽丝，不，我把它藏在墙那边的仓库里了。"但他以前什么时候拒绝过她呢？也许从一开始，他就没打算让她拿到那个罐子，这就是他涨红发烫的脸背后隐藏的秘密。

吉莉的手机在走廊的架子上。上学的时候，吉莉让爱丽丝用她的手机。爱丽丝打开手机，用拇指盖住扬声器的开口，盖住启动时的声音。但手机上只有亚兹发来的一条关于放学后见面的短信，仅此而已。给阿尼家打电话也没用，爱丽丝猜测他肯定已经逃走，他会掩盖自己的踪迹，设置诱饵，而他们的胎儿标本，那个惹眼的罐子，也会跟着他一起走。

　　突然，爱丽丝觉得一直激励她勇往直前的动力消失了。她坐在楼梯的第一级台阶上，双手托着头。她英明的策略变得灰暗模糊，就像坏掉的电视机里的图像。想一想，再想一想。她必须思考接下来该做什么，但她现在毫无灵感，而且十分疲惫。

　　这时，阿尼可能正藏在河边的某个地方，甚至在城外，胳膊底下夹着他们的"战利品"。这个想法刺痛了她。她还那样威胁他，她到底在说些什么啊！还掐了他的胳膊，还把胚胎比作虱子？那他当然会逃跑，然后迅速消失在鬼才知道在哪儿的洞里。阿尼那么温顺又脆弱，她怎么就没考虑到呢？看看劳拉睡得多么安详，看看她的身材还那么纤细、小巧，所以自己当时那么愤怒和恐慌是因为什么呢？

　　在如此绝望的情况下，她必须想办法找到他。她必须站在阿尼的角度，想象他可能在密谋什么。她必须牢记他们之间那个不可告人的秘密。她敢肯定他现在已经离开伍德帕克了。阿尼是因为要去拯救那困在罐子里的胎儿才离开的吗，还有什么灵魂需要拯救吗？

　　她听到楼上传来一阵嘎吱声，有人在床上翻身，这使她感到一阵不适，一股热气直冲太阳穴。劳拉的事情还没有解决，但现在只能暂时搁置，她不可能同时处理两件紧急的事情。如果劳拉能一直像现在这样沉沉地睡着，那问题也能逐一解决。但现在没有了标本，她什么都做不了。

　　至于爱丽丝自己，她现在的主要工作就是避免引起怀疑。她今天得去学校，假装什么都没发生，课间休息时去帮忙打扫实验室，同时得像躲避隔离区一样避开储藏室，还要注意不能看向货架顶层的缝隙处，以免露出端倪。另外，还得替阿尼向他的班主任编个缺课的理由。

毫无疑问，在阿尼的参与下，摆弄标本罐所带来的麻烦已经远远超过了研究它所获得的价值。

她爬上楼梳头、刷牙，然后蹑手蹑脚地走进姐姐的房间，拿出《人体解剖图册》和她的刀袋。劳拉的嘴巴张得大大的，睡相有些邋遢，却睡得很香。在床对面的全身镜里，爱丽丝意识到自己还穿着昨天的衣服。她走到镜子前打量，她的绿色工装裤脚粘了泥巴，但其他都还好，长袖 T 恤上几乎没有褶皱。

出去的时候，她弯下腰近距离看了看劳拉电脑上那些新的文字。这可能是很重要的信息，是关于她到底发生了什么的提示。但正如爱丽丝怀疑的那样，只是一些装腔作势的东西 —— 劳拉喜欢的那种 —— 关于人生的意义与死亡的黑暗、病态的诗歌 —— "请不要让我对着死者铿锵作响的铁门叹息"，等等。

爱丽丝把刀放在房间床头柜上的丝绒袋里，她不能冒险把刀放在口袋里叮当作响，以免引起别人的注意。随后，她从厨房的面包箱里拿了一块茶点饼干。

在走廊里，她撞见了穿着淡紫色睡袍、睡眼惺忪的吉莉。

"你走得真早，亲爱的。你给自己做早餐了吗？"

爱丽丝抬手示意了手中的饼干。

"你应该换双袜子的，你昨天就穿的这双条纹的。"

爱丽丝耸了耸肩，示意自己现在没空，她嘴里正嚼着饼干。

她的母亲仍然挡着她的路，仔细地打量着她。

"我不知道，亲爱的，"吉莉突然说道，眼里顿时充满了泪水，"我想明白了，其实有时候对你和你姐姐来说，我并不是个好母亲，是吗？说实话，劳拉脾气那么差，还没礼貌，让你整晚整晚地睡不着觉。昨晚我听见你翻来翻去，一直睡不着。法鲁克走了这么久，我一直又当爸爸又当妈妈，成了'超人家长'，这都是我的命。但是现在看来，我根本不是一个称职的母亲。"

"你很好啊，妈妈！"爱丽丝艰难地吞下嘴里的饼干，"我们很幸福，我们都过得很好！劳拉和我都正在青春期，青春期的我们都喜怒无常，有时候我们都没意识到自己会这么容易生气！"

"但如果你们不要小性子，都是乖巧完美的别人家的小孩，我反倒会不适应的。妈妈总会偏爱自己的孩子。你知道吗，有些救生艇船员不会游泳，义无反顾挽救了别人的生命，自己却溺水身亡。我想说的是，我不是天生就会当母亲，但我还是选择把你们生下来，我们只是还需要时间彼此磨合。"

爱丽丝试图从她身旁溜过去，但吉莉做了一个令爱丽丝意想不到的动作。她一把揽住爱丽丝，把爱丽丝紧紧抱在怀里然后轻轻松开，接着，她又低头看着爱丽丝，表情怪异又充满绝望。她的手指像是要戳进爱丽丝的后背。

这个拥抱来得快，去得也快。吉莉在爱丽丝的头顶上吻了一下，拍了拍她的头，说了声再见。早上的这场突如其来的对话气氛十分怪异，爱丽丝猛地拉开前门，踉跄地走到小路上。她感受到轻拂过脸颊的风，还有掠过她小腿的薰衣草，这才松了一口气。

吉莉挥了挥手，两根手指在空中不停地摆动。

从劳拉的房间传来了声音，虽然微弱，但逐渐清晰了起来，像低沉的呻吟。但爱丽丝已经沿着一条笔直的路穿过花园大门，沿着阿尔比恩街走着，听不到这声音了。吉莉以为劳拉睡着了，她虽然察觉到了声音，但以为是邻居家小孩的声音——马路对面那对超级活泼的双胞胎——伊斯拉和阿米娜。

她走进南边那间明亮的前屋，打开桌上的电脑。这是她今年第一百次访问"老友重逢"网站。但她并没有登录，因为她没有密码。她实在不敢想象，要是真有密码，自己每天登录，却始终等不来法鲁克的消息，那该是怎样地煎熬。况且，法鲁克也根本不可能联系她，他整天在尘土飞扬的喀土穆开出租车，挣着微薄的收入，怎么可能会联系她呢？她想象中的喀土穆市中心，网吧非常少，说不定就只有个花花绿绿的小亭子，门口摆着个摇摇晃晃的收银台，一个戴着时髦眼镜的白人在那儿收钱。

要是真能登录，每天上去却都得不到回应，吉莉实在无法承受胸口那隐隐的刺痛。在她内心深处，这种痛远比每次看到"老友重逢"网站的标志时那种莫名的被拒感强烈得多。尽管如此，她还是假装要登录该网站，借此提醒自己，不久后的某个清晨，她真的会付诸行动。她会注册一个账号，向法鲁克发起联系。想到这儿，她情不自禁地回忆起法鲁克那深邃且深情的眼神。

她踱步到爱丽丝的存钱箱前，钱箱是家里存放零用现金的地方，放在壁炉架中央，正好是照片上的法鲁克深情注视着的地方。爱丽丝曾严肃地告诫过吉莉和劳拉，不能乱动钱箱，也不许触碰底部的塞子，更不能把硬币抖出来去街角小店买零食。但今天早上，吉莉琢磨着，要想振作起来，就必须打破规则。她是个不称职的妈妈，所以会冒险拿爱丽丝的钱。她需要吃点儿巧克力，当姑娘们惹她不开心的时候，没有什么比巧克力更能让她打起精神了。

一枚崭新的两英镑硬币在吉莉第一次摇晃盒子的时候就轻松地掉了出来。她穿上淡粉色的夹克，肤色被衬得愈发苍白，然后走出家门。街角的小店就在附近，在塞尔文街和主路的拐角处。她想，逛完这家店后，她可以再走远一点儿。她可能会漫步到河边，找一条长凳，在落日的余晖下度过惬意的一小时，一边看着河里的鸭子，一边咬下一小块巧克力，细细品味。

第五章　阿尼

　　我躺在离学校不远的河岸上，蜷缩成一团，把小家伙装在那个印有柳条图案的袋子里，袋子上写着"逝去的时光"。我把手提袋放在腿上，感觉凉凉的。夜幕将逝，黎明将至，天空慢慢由暗紫色变成亮灰色，阳光照在河岸边上，在晨曦的沐浴下，一切都显得那么柔和。

　　我们藏在芦苇后面。我真想睡上一觉。我的腿和那小家伙的腿一样，蜷在一起。褐色的水面上浮着些泡沫，散发出一股狗身上特有的气味。

　　事实证明，开往西北方向的长途汽车出发得很早，大约在凌晨五点的时候就离开了小镇，开往东北方向的则要晚一些。黑夜里，我在长途汽车站附近转悠了大约两个小时。我坐在折叠椅上，把头藏进连帽衫里，但随着伦敦早起上班的人越来越多，我开始感觉到不安。我们在斯特拉特福街唯一的邻居菲尔是一名计算机程序员，他长着一张白净宽厚的脸，每天早上他都会坐早班车去伦敦。我不想他的突然出现扰乱我的计划，也不想因为我的出现让他备受震惊。我不想被他撞见，也不想撞见任何人。

　　在熟悉的查特韦尔河畔，我可以躲几个小时，不受任何打扰，可以躺在靠近水边的芦苇旁，用身体盖住小家伙。这个地方位于长河湾的下游，很安全。爱丽丝和我有时会来这里坐一坐，尤其是在周末，我们会来这削削树枝，丢丢石头，打发时间。

爱丽丝那么聪明机灵，她肯定已经摸清了我的踪迹。

但是，即使有芦苇掩护，想在这段河流上找到一个安静的栖身之所也是个挑战。如果我胆子再大一点儿，还能再往下游的方向挪一挪。

在沿河岸的小路上，先是来了两个警察，他们满面笑容，正谈笑风生。一个警察说他和他的新女友去了巴哈马群岛，还说这个女友可能就是他的真命天女。他们正停在一边翻看钱包里的一组照片，所以我猜，他们完全没有注意到紧紧挨着芦苇、不敢出声的我，也没看到那对十几岁的男孩和女孩，一直跟在他们后面咯咯地笑。后来，当我离开河边时，我看到他们俩躺在不远处的一棵山楂树下，男孩手上有个注射器，他赤裸着胸膛，将衬衫揉成了一团，随意地丢在了背后。

在警察和男孩女孩的身后，一架警用直升机嗡嗡响着飞了过来，停在我的头顶，正对着对岸政府修建的廉租房。直升机没待多久，却是最可怕的访客。我确信我能感觉到旋转的桨叶带起的风在我的皮肤上拂过，发动机的轰鸣声吵得我的脑子嗡嗡作响。接着，我往芦苇丛更深处缩了缩，直到另一边的黑莓灌木丛伸出的枝丫划伤了我的脸颊，此时，我那亲爱的小家伙在他的包里发出了咕噜咕噜的声音。

我得时刻保持警惕，同时祈祷自己运气足够好，不会被发现，否则那架直升机随时都有可能在我毫无防备的情况下将我们一网打尽。

狗狗们也来了，蹦蹦跳跳的，扭动着背脊，时常还能听到狗主人在远处大声呼唤。我不知道自己会不会被嗅出来。我的小家伙泡在福尔马林里，应该没有自己的气味吧？但我怎么能确定呢？之前福尔马林洒得到处都是，况且，爱丽丝在他肚子上划下的伤口可能会恶化，现在他随时都可能散发出腐烂和死亡的恶臭味。我家花园里，时常飘荡着一股死老鼠的臭味，那是被隔壁邻居养的猫咬死的。

最后我好像透过芦苇丛看到爱丽丝的妈妈吉莉·布拉斯走了过去，但或许那只是一个普普通通的、穿着粉色夹克的中等身材的女人，她正在吃巧克力；我好像听到爱丽丝在喊我，但也许只是一个正扯着嗓子遛狗的人。听到那声音，我又躺了半个小时，直到快九点、九点半的时候，天色暗了下来，我用尽全身的力气克制住自己想蹑手蹑脚爬出这里的冲动，免得现出原形时像个邋遢鬼一样。

好吧，我承认，有一刻，我突然冒出了放弃"带小家伙出走"的念头。

但这时，我想起了爱丽丝眼中坚定的光芒。我记得她是怎么掐我手臂的，她还想吓唬生着病的劳拉，用一个标本罐吓醒她，甚至想把我们的小家伙送回那个他已经待了几十年的架子上。想到这儿，我还是决定先按兵不动。

我快步走回长途汽车站，途中经过了人行天桥、廉租房，又看到了那对女孩和男孩以及那个注射器。此时的我全身僵硬，由于睡眠严重不足，脑袋剧痛难耐。尽管如此，我还是试着鼓起勇气，摆动双臂，就像我曾听到妈妈向她的女客户推荐的晚上外出走路的姿势那样。可妈妈自己晚上从不出门，所以我一直不知道她是怎么坚定地说出那些话的。

阴沉沉的天空下起了雨，像是昨天傍晚的雨没下完一样，雾蒙蒙的，飘飘洒洒，越下越大。我绕着大街又走了一圈，拐了个弯进入了长途汽车站前院，雨水劈头盖脸地向我袭来。我像"落汤鸡"一样爬上停靠在院里的约克往返利兹的长途汽车，湿袜子在运动鞋里发出吱吱的响声。

谢天谢地，车上还有一半的空位。车厢温暖又干爽，出风口喷出的热气吹在我湿透的头发上。不管怎么说，这场雨也算帮了我一个忙。那个姜黄色头发、秃顶的司机并没有注意到被雨水淋湿、穿着连帽衫的我。我侧身挤进车厢，在一个和伊薇年龄相仿的女人身旁徘徊，只是为了确认一下那到底是不是她。我，一个十二岁的男孩，本该在学校上课却流落在外，然而司机并没有觉得哪里不对劲，甚至我行李里发出的奇怪水声，也没有引起他的注意。

我选了一个靠窗的座位，紧紧地挤到窗边，把包放在右手边的座位上，这样我的胳膊就可以紧紧地搂着它了。

长途汽车启动了，晃晃悠悠地驶出了车站，停靠在出城向北的考文垂路上。司机清了清嗓子，亲切地提醒我们系好安全带，还祝我们旅途愉快。

我坐着，看着熟悉而古老的伍德帕克逐渐变得不那么熟悉，洪泛平原上原本平坦的土地逐渐隆起，地势变得崎岖不平。我还记得，当我们这片没有树林的平原被重新命名为"伍德帕克"，以纪念铁路沿线昂贵的住房开发项目时，爱丽丝是如何嘲讽的。我们当时想着，这个新名字一定是为了让今后在这儿买房的人忘记它过去糟糕的地理环境，让他们不再认为洪水会入侵这片临河的内涝平地。多年来，伍德帕克周围那些褐色的排水沟一直散发着潮湿的霉味。

车辆穿过城市北端，进入连绵起伏的田野。右边的斑马线上有测速摄像头，它曾是爸爸的死敌。在城市的最边缘，也就是高速公路的起点，有一座水塔，看着像个倒立的圆锥体，塔顶被削掉了。

我用手指沿着车窗玻璃，从右上角到左下角，描画着一颗又一颗飞溅的雨滴。我的头靠在雾蒙蒙的玻璃上，留下了一道道印记，看起来就像小孩儿的涂鸦。

我想睡觉，但我的脑袋却一直想个不停。当我到达北方时，爸爸和他的女友会在那里吗？我问自己，他们会在吗？可那是周五的晚上，他们在哪儿都有可能。那个逃难而来的非洲女人，听她的声音，性格和伊薇截然不同，可能她也会像爸爸一样喜欢外出，喜欢欣赏城市的风光。会是爸爸前来为我开门吗？还是她呢？她会像平时见客人那样，穿着她最喜欢的衣服见我吗？他们会生气或者感到惊讶吗？爸爸还会像以前那样说我古怪吗？

"看看你教的孩子！"很久之前的一个晚上，爸爸下班后对着伊薇大吼。因为当时他下楼跟我打招呼，喊了我四五次我都没搭理他。

我想我当时真的没听见他说话，因为他经常不在家。

"你让他整天做白日梦！"爸爸吼道，"如果你再不管教，他就会变成一个真正的怪人，一个非常古怪的小孩。即使现在我看着他，也看不出他是我的儿子。"

那时，我走下楼，常看到伊薇转身背对着爸爸。她从壁炉架上的镜子里和他对视，用手掌捋平头发。她吵架时经常做这个动作。

"丹尼，"她平静地说，"你经常不在家，我能有什么办法呢？"

我收回思绪，俯下身轻声对小家伙说——"嘿！我们要逃走了！"我告诉小家伙，"到目前为止一切顺利。"

和小家伙聊天让我感觉好多了。他让我时刻牢记这是一场拯救行动，是我们的伟大计划。

我看到周围大约有六名乘客都闭上了眼睛，把头靠在了蒙着雾的窗户上。在我们后面三排，有一位戴着羊毛帽的女士，她吸气时会发出响亮的呼呼声，她的左耳从卷起的帽檐下微微探出，带着点儿粉红色。

我把嘴凑近帆布袋。

"我们得保存体力，我们走得太匆忙，忘记带食物和水了，到下一站得买点东西。我们连站都站不稳，摇摇晃晃的，还感觉口干舌燥。"

我的小家伙像听懂了一样，耷拉着脑袋，表示对我的同情。

我轻轻地敲了敲罐子，接着说："坐好了，只要我们按兵不动，很快就会到那儿的。"

天空突然变成了黑色，即使现在还是午饭时间。大雨倾盆而下，这压抑的天色让我更紧张了。我想起几年前遇到的日食，那时我大约九岁，也有这种压迫、头痛的感觉。

那天上午十一点十一分，黑暗笼罩着一切。鸟儿已经准备归巢了，就连晾衣绳上的衣服也被黑暗的天空映衬得失去了原有的鲜艳。妈妈把我叫了进去，锁上了后门。她有一个客户，她担心如果她不在那里守着我，我会忍不住去看太阳。

在那种阴暗的天色下，我仿佛进入了另外一个星球，四周陷入了死一般的寂静。被妈妈拉进室内时，我感觉我的头很难受。如今，这种压迫紧绷的感觉再次向我袭来。

一场冷雨过后，车厢里的水汽蒸发了，我能看清外面了。路边的堤岸和树篱形成了一道连绵不断的绿色矮墙，就像一条光滑的亮绿色缎带，在马路旁蜿蜒，一卷一卷，没有间断。偶尔还能看到教堂的尖顶和拔地而起的电塔，大颗大颗的雨点颤抖地拍打在窗户上。

我感觉自己是一粒密封的胶囊，在这条汹涌的高速公路上飞驰。我安稳地坐在座位上，系好安全带，头朝前，没有任何多余的动作，这就是我到达目的地的方式 —— 如子弹般飞到北方，抱着我的小家伙，不跟任何人说话，就像一粒胶囊在雨中飞驰。

* * *

那人不知是从哪里冒出来的，就像我曾经在电视上看过的一部电影的结尾一样。一个来自外太空的银装异服人突然出现在一个小男孩的生活中，在这个男孩最不需要他的时候，在他正忙着自己的事情，又或是坐公交车回家的时候。

突然，一个比我爸爸年纪还大、脸颊红润且头发乌黑的男人坐在了我身边。我的袋子和里面的罐子被紧紧地挤在了我和他之间。

我心想："糟糕！"

在莱斯特一站，我一直在睡觉。早些时候，司机说要在那儿停一会儿。这人一定是在那里上的车，这意味着我还是放松警惕了，我睡着之前应该把腿伸到旁边的空座位上，把空位占着的！

雨已经停了。地平线上的乌云下透出橘色的微光。我猜一定是这光线把我晃醒的，阳光洒满了我的双眼，而我的"新邻居"正目不转睛地注视着我，仿佛他能从我的脸上找到一个未解之谜的答案一样。"好吧，"他说，"这个世界还是那样，男孩子们在学校待不住，到处乱跑。"

他说话带鼻音，伊薇曾说过，这种腔调听上去很高雅，就像她曾给西尔弗太太做过紫红色的指甲，她觉得那样显得很精致一样。"西尔弗太太这样的客户是黄金客源！"她说。

我什么也没对那个男人说。

"是的，太阳底下没有新鲜事，"他自顾自地继续说道，"男孩子们逃学，翘课也好，辍学也罢，不管现在是怎么个叫法，他们就是去冒险了，独自走向广阔的世界！"

听了这话，我心里又涌起一股强烈的恐惧。我假装在研究前面的棕色路标——奥尔顿塔。"该死，"我对自己骂道，"该死——该死——该死！"我的安全感瞬间坍塌了。"永远不要相信一个成年人，"这是我第一次告诉爱丽丝我爸爸要去北方安家的时候她说的话，"阿尼，不要相信任何成年人，就连父母也不要相信，"提到父母这个词的时候，她啐了一口唾沫，"他们越是觉得自己知道得多，"她接着说，"就显得他们越愚蠢。"

我收紧还搂着小家伙的手臂，让小家伙更靠向我这边。

"别担心，"那人说，"我不是打小报告的人，也不是来偷东西的。我也不想破坏你美好的一天。你们这些孩子没有经历过多少风雨，我知道，你们没怎么见过世面，让人难以接近，没有真正地狂欢过，你们的快乐总是转瞬即逝。所以我很同情你，我也不想妨碍你去做想做的事儿。"

我环视了一下车厢。戴羊毛帽的女士还在那儿，她一只耳朵竖了起来，旁边的座位空着。为什么啊，为什么他要坐在我身边？

他手里拿着一瓶未开封的矿泉水。"喝水吗？"他主动问道。

我看了看瓶子，又看了看他布满脏斑的手指。我看着他的脸，尽管他说话时眉毛上扬，但我还是看不出他的表情。我又看了一眼瓶子，检查了一下封条，是完整的，水在淡蓝色的塑料瓶里荡起涟漪，我口渴极了。

我从他手里接过瓶子，心想，出门在外，喝一口陌生人递过来的水，也没什么大不了的。可就在我把水递回去之后，他终于露出了真面目。

"听起来你像是带了一加仑①的水，但你还是如此口渴。在我们旅行的整个过程中，你的'水'一直在咕咚作响。孩子，你包里装的是什么？是童子军那种装奶茶的保温杯，还是送给女朋友的一瓶特大号伏特加？"

---

① 1加仑（英制）约等于4.5升。——编注

"不是伏特加，"我说，"我还没到喝酒的年纪呢！"

我恨不得踢自己一脚！我怎么一股脑儿都说出来了呢？

我低头瞥了一眼我的小家伙。到目前为止，我还没有找到机会好好看看他。我把柳条袋紧紧地攥在手里，紧紧地靠在我身上，在我睡觉时，车的晃动导致他的嘴巴张得大大的。不知道是不是这个原因，那个人一直坐立不安，不停地挪动着，好像他坐得不舒服似的。大部分罐身仍然藏在我棕白色的羊毛外套里，但它的顶部已经露出来了，科尔名字中的"尔"字也露了出来，铜玻璃盖的边缘清晰可见。如果这个人还要继续追问，只要他轻轻一拉，一切就都暴露了。

我把胳膊肘重重地压在了罐子顶上。

那人喝了一口他瓶子里的水，把水瓶放在了两脚之间，不耐烦地扭动着膝盖。他的手夹在大腿之间，互相摩擦着。

过了一会儿，他说："你是个有趣的男孩儿，非常有趣，需要有人来发现这一点。"

"什么？"我说，我本想收回我的话，但为时已晚。

"稍微有点儿好奇心的乘客都会发现的。天知道你的袋子里装了什么，但不管它是什么，我的建议是：小心点儿。我没胡说，有人在留意着我们的行踪，我们一直处于被监视的状态。你该去你计划好的地方，做你该做的事，然后回家，把所有东西都放回原位。"

他故意把腿挤到我的腿前，标本罐被推到了前面，包裹着外套的东西又向下滑了几英寸，玻璃后面露出了一条凹凸不平的白色曲线：一个肩膀。我立刻认出了那是小家伙的身体，不巧的是，我旁边的乘客也看到了那不仅仅是一个罐子。也许他并没有发现尸体，但他看到的已经足够多了。他看了看，又看向别处，然后又看了看。他用手背摸了摸额头，喘着粗气，又喝了些水，然后咂了咂嘴唇。但他一句话也没说，我正等着他的一声怒吼、一声爆发、一次猛扑，但什么都没发生。

最后他深深地叹了一口气，我几乎能听到他胸口的咯咯声，不知怎的，我知道他会保持沉默。我感觉他大概已经猜到了，他能感受到我的困境，仅此而已。他并不急于根据他的认知采取行动，反而在拖延时间。

那一刻，我明白了小家伙 ——"小鱼"的重要性。我明白了，是小家伙救了我。他，这个罐子里的精灵，已然成了我的保护者。原本我是这小家伙的救星，可此刻突然发生了变化，是他救了我。

我逐渐减轻了按在盖子上的力量。

我说："我不知道这东西该放在哪里。"

"什么？"那人说。

"你说我应该把每一件东西都放回原处的。"

"这是一份值得做的工作！"他说。

高速公路上有一条弯道，落日的余晖从我的脸上转移到了他的脸上。我不再眯着眼睛，我看到了那个人的全貌，他的皮肤惨白，眼睛通红，鼻子上布满了凹凸不平的紫色青筋，瘦削的双臂紧紧地交叉在胸前，肌肉像编织绳一样凸了出来。

到下一站时，天已经黑了。那人说了句"好 ——"然后站起来，目光投向了上方的衣帽架。

我们抵达了一个处于夜色中的城市，这里紧挨着高速公路，它的长途汽车站十分嘈杂，而且位于地下，被废气笼罩着。在车站停留的十五分钟里，我想在自动售货机里买三根巧克力棒。我捣鼓着贩卖机，一边把硬币塞进机子里，按着按钮，一边把小家伙放在两脚之间夹紧。我想起爸爸那双冰冷的手，想起了爱丽丝，还有她吃巧克力时额头皱起来的滑稽动作。这个想法让我感到一阵困惑，每当一天结束的时候，爱丽丝经常会说，剥开巧克力包装纸就像剥香蕉皮一样，一点点巧克力就能让她满血复活，吃一点巧克力，就有家的感觉。

她会把巧克力往嘴里一塞，接着皱起额头，然后像马一样打喷嚏。

之后，她常常会加上一句，这是才华横溢的莱昂纳多·迪卡普里奥最喜欢的动作。她总是知道很多无用的知识，还有些零碎的医疗知识。爱丽丝的脑袋就像一个不断转动的万花筒，但无论我们之间发生了什么，她都是我的朋友。我现在明白了，我开始想念她了。那天下午，她割开了那只狗的眼睛，那是我第一次鄙视她。即便如此，此时此刻，我还是想她，从离开她家花园大门的那一刻起，我就开始想念她了。

莱昂纳多认为那个动作最能表达一天结束的真谛，爱丽丝对此表示十分赞同。

奇怪的一天结束了，我回到车上，将小家伙放在我的腿上，把巧克力掰成一块块，每块都吃了两三口，我一边吃一边想着爱丽丝。沿着高速公路上硫黄色灯光的路灯向外望去，我试图找出闪烁着的星星。但那些星星似乎很少，要不就是因为今晚异常黑暗。

我记得，爱丽丝写过很多诗，其中有一首关于黑暗的诗。她写道，暗物质充斥着整个宇宙，暗物质渗透进宇宙的每个角落，就像蛋清裹满了蛋黄一样。

上个星期，她邀请我到她的卧室去看她新买的彩绘版《天文学》，她还告诉我这是书中的话 ——"宇宙充满了暗物质，但这似乎还不够，上面还充满了暗能量。"这意味着在宇宙中很少有像我们这样的物种，地球被称为"孤独的星球"，是一种委婉但正确的说法。

我一直强撑着不让自己睡着，但又感觉像在做梦。我仿佛看到了眼前橙黑相间的天空，耳边还有长途汽车引擎的噪声。在我的梦里，长途汽车和车队中行驶的白色铰接卡车并排飞驰，看起来就像现实中的长途汽车正在超越卡车一样。只是在我的梦里，卡车的侧面是空白的，车身没有任何标志或文字，我看不见卡车的零部件，但能看到卡车的内部。我可以看到横截面上的一排排小型塑料孵化器，里面装满了灰蓝色的胎儿。我看到卡车正在向北运送数百个小胎儿，他们被关在笼子里，就像一排排被囚禁的小鸡。

我坐在座位上，看不出那些胎儿是死是活，但我敢肯定，他们都一动不动。

我从噩梦中惊醒，浑身是汗，于是决定努力让自己保持清醒。在去利兹的路上，我不断拍打着自己的脸，想消除睡意。到后来，我感觉脸颊像被针扎般刺痛。

第六章 爱丽丝

城镇大约两英里外，在往南穿过伍德帕克通往多切斯特的路旁，有两个紧挨着的山岗，人们叫它们"温伯恩岗"，周围还有铁器时代留下来的古坟墓。这里地势平坦，主要散布着一些漫滩和水草甸，所以隔着数英里都能看到土丘顶上茂密的山毛榉。数百年来，温伯恩岗一直是当地的瞭望台和据点，相传它们在罗马时代之前就存在于此。当地人都知道，凯尔特人曾在这里抵御来自南方的拉丁入侵者，而几个世纪后，罗马后裔却在蓬头垢面的撒克逊人面前屈服了。运气好的话，人们周末来这儿甚至还可以在周围的田野里捡到铁器时代的燧石、箭头和罗马陶器的碎片。

周五下午，爱丽丝准备去温伯恩岗看看。她的直觉告诉她，阿尼很可能藏在那里。在伍德帕克，所有孩子都知道这些古老的田野里隐藏着神秘的宝藏。

她放学后直接步行出发，虽然路有些不好走，但好在她对这条路很熟悉。爱丽丝第一次参观这里是在她八岁上小学的时候。去年夏天，城市考古协会在这里考古，她又来了几次。那时劳拉在其中一个墓穴上协助考古工作，她的活儿就是筛出陶器碎片，然后把它们洗干净。考古学家们允许劳拉把挖出来的来自罗马不列颠人餐桌上的碎牛骨和牡蛎壳带些回家。劳拉带了一根尖尖的、带锯齿的骨头回家，送给了爱丽丝，让她当作刀具收藏起来。"这骨头真像一把阿善提人的兵器，"劳拉把它递过来时恍惚地说道，"也许是某个骁勇善战的非洲帝国军人的武器，是真正的战士才能拥有的。"

但是爱丽丝不喜欢把骨制刀具和黑天鹅绒袋子里的金属刀具混在一起。她不想让骨头蹭到她的刀片，那样刀片会变钝。于是，她把它放在了床头柜上，方便睡前握在手里把玩。她喜欢用拇指沿着它锋利的边缘摩挲，想弄清楚究竟是什么样的士兵在那个遥远的年代使用过它 —— 是在沙漠里、平原上，还是在茂密的森林里？是为了征服，还是为了复仇？

在塞尔文街的兰蒂斯便利店里，她买了一瓶水和一根巧克力棒。她一边吃巧克力，一边沿着主干道往南走。吃完巧克力，爱丽丝把家里的钥匙挂在了胸前，拎着水瓶继续向前走。她突然觉得很放松，肆意地摆动着双臂，同时也在敏锐地观察着四周。今天她没有从阿尔比恩街绕道走，出门前她把刀袋放在了床边，忘了带出来。

她经过一家薯条店，这家店营业到下午就会关门；又路过了渔具商城，她第一次路过时发现橱窗里的钓鱼竿上结起了蜘蛛网；还有一家名叫"狐狸旗杆"的酒吧在营业，但店里很冷清；垃圾回收中心还开着，但里面似乎也没什么人。主干道上到处都挤满了汽车，街道两旁是低矮的房屋。"阿尼可能就藏在这些地方，"爱丽丝心想，"是在那个住宅开发区里？英国南部的某个街区，还是《东南新闻报》曾报道过的一个老房子里？"

回收中心后面有一个足球场，附近还有几幢房子，穿过一片茂密的黑莓灌木丛和干草地，就到了城镇的南部边界。这条路一直延伸到城外的大型乐购超市。爱丽丝走在人行道上，这条人行道有点偏离主干道，接着她穿过一片田野，跨过几道阶梯，这正是去年夏天劳拉和她的队友们徒步走过的路线。过了一会儿，两座山丘映入爱丽丝的眼帘，山顶上的树木在风中摇曳，像旗帜一样。

早些时候下过雨，爱丽丝回想了一下，当时她应该正在打扫实验室，雨估摸着是在午饭时间下的，现在田野上已经蓄起了银色的小水洼。脚下的沙路很干燥，但晶莹的水珠已经把路边长长的草压得耷拉了脑袋。而那边，在下一个台阶后面的两座土丘之间，还弥漫着些雾气，就像映照在地面上的一朵云。

在这片古老的土地上，能够独自一人享受如此新鲜而干净的空气，想到这里，爱丽丝就兴奋不已。她意识到，她以前从来没有像今天这样，一个人踏足户外。但其实也并非完全独自一人，她感觉周围的空间充满了未知，还暗藏着玄机。她感觉待会儿可能会有意想不到的事情发生，好像这片土地上深埋的史前文明会突然揭开自己神秘的面纱，在世界面前露出真容。

她决定忘掉昨晚那件糟糕的事情，忘掉和阿尼的争吵，忘掉徒劳的等待，忘掉劳拉的折腾。今天又是新的一天，可能会有好的收获。

她继续往前走，脚下的小路与另一条穿越干草地的狭窄小路交会，山岗在地平线上隆起。

爱丽丝记得，学校有一次组织户外实践活动，他们坐在一辆租来的大巴上，沿着这条小路龟速前进。那天的课程目标是考察和描绘温伯恩当地的丛林野生动物。老师要求必须用给出的两种方式中的一种来作图，当大家涌下大巴的时候，她大喊道："首先标记好本地动物，接着把它们画出来，再贴上本地动物标签，最后记得把外来动物划分出来。"

本地动物包括灰松鼠、小鹿、猫头鹰和啄木鸟，外来动物则主要是鼹鼠和兔子，还有一些害虫。

爱丽丝陷入了回忆，她想起她父亲法鲁克·汗，又想到自己竟然遗传了他那乱糟糟、难打理的鬈发，气得磨了磨牙。她动了动脚趾，发现自己也不幸遗传了爸爸那宽阔的八字形脚趾。"所以……我又是哪一类人呢？外地人还是本地人？异乡人还是本土人？或者说，是个讨厌鬼？"她在心里默默地想着。

相比爱丽丝和劳拉的脚，吉莉的脚趾又长又瘦，她说她的脚趾是"爬树的脚趾"，说她的祖先曾用这些长脚趾抓在弯曲的树枝上，避开不列颠尼亚的沼泽。她的祖先一直生活在这片漫滩上，也就是靠近查特韦尔河与泰晤士河的交汇处。她还说，无论多么潮湿和泥泞，无论米堤亚人如何迁徙，他们都能奇迹般地在这片土地上安家。

爱丽丝又扭了扭自己宽大的脚趾，觉得自己的脚趾是属于旱地或者沙漠的，属于她父亲的家乡，属于喀土穆那宽阔干燥的土地。她想象着，在古代，这样一双脚如何带着非洲的财富来到了欧洲。商人们不远万里，领着骆驼商队，带着巨额黄金、贝壳、象牙、染料和印有图案的布、锯齿状的骨刃，有的也许还带着幼奴，穿过一望无际的撒哈拉沙漠，来到了这里。

她查看了一下方位。在那边的石墙和三棵白杨树旁，是他们学校旅行时停车的草地。去年夏天她带了一个背包在此野餐，还和劳拉一起分享。也就是说，在这附近，再往前走过一片原野，就是市考古协会开辟的古坟区，也是劳拉曾经工作过的地方。

一具姜黄色、成人大小的骨架，一边颧骨埋在泥里，另一侧的眼眶对着天空。爱丽丝可以再次描绘这具骨架的细节，尽管她从未见过它。劳拉曾为此兴奋地尖叫过，还把这些细节都告诉了她和吉莉，劳拉说考古是一件非常奇妙且意义非凡的事情。

在劳拉参与挖掘工作的倒数第二天，考古团队在一个三英尺高的坟墓里发现了一具完整的人类骨架，双腿蜷缩，这是一个重磅考古发现。那天晚上，劳拉回到家，一边推门，一边惊呼着这个消息。她的脸上虽然满是灰尘，但谈到这个骨架，眼神依旧神采奕奕。她说，虽然这具骸骨被埋得离地面比较近，但至少是罗马人，是二三世纪的罗马人。骸骨被周围的棕色黏土染成了淡淡的姜黄色，那是一种近似尼古丁的颜色。烧焦的大麦残骸被神秘地掩盖在它的脚下，除此之外，还有一块银色的印记，可能是犁的刮痕，像宝石一样在额骨上闪闪发光。

为了把骨头完整地挖出来，挖掘工作不得不延长了两天，且花费不菲。像劳拉这样的志愿者和经验丰富的人也都参与了进来，施以援手。他们的每个动作都得小心翼翼的，因为挖掘组长告诫他们，在挖出埋在地下的头骨时，千万不要碰到眼窝，因为眼窝很容易裂开。

紧接着第二天，劳拉说，这具骨骼被确认为一个二十来岁、高大强壮的成年男性，他的大腿骨很长，头骨又高又圆。

据挖掘负责人推测，他可能来自遥远的非洲帝国的南部或东部，可能是从埃及、努比亚，甚至是利比亚远道而来的士兵，毕竟在罗马帝国统治不列颠的早期，有不少非洲士兵在这片土地上作战。负责人说之后他们会给这具骸骨做碳年代测定，以验证他们的猜想。

"他可能是摩尔军团的士兵！"劳拉激动地对爱丽丝说道，她的声音因某种强烈的情感而颤抖着，"甚至有可能是个努比亚军官，来自尼罗河沿岸一个繁华的小镇；或者是个苏丹人，是非洲最高大的人之一，被带去了帝国最寒冷的边疆巡逻。"

"他身上没有任何伤痕，也没有任何迹象表明他是怎么死在这片远离家乡的沼泽地里的。尽管他个子很高，身体也很健康，但也有可能是在某次小规模冲突中负了伤，或者因为感冒发烧倒下的，"劳拉接着说，"埋葬他的时候，某个好心的朋友，或者军官同事，或许是想起了他们在遥远的沙地上一起度过的快乐时光，在他的脚边放了一把燃尽的稻穗以表悼念。"

看着劳拉连续几个小时不停地清理、洗刷，挖掘负责人告诉她不要太紧张，那个蜷缩的努比亚男性尸骨虽然看起来很特别，但他绝不是独一无二的。这里的田野布满了头骨和骷髅，就像蕴藏真金的岩石。负责人还说——虽然我们要小心挖掘他，但他也不是块雕花玻璃，不是那种大腿骨像杆子一样细的家伙。

"我怎么能不激动呢？"劳拉拿着刷子在空中画出了一道弧线，指了指面前的尸骨，又指了指自己，"现在，在泰晤士河的漫滩中央，在家就看到了来自非洲的痕迹，看到了自己的影子，我怎么能不激动呢？"

爱丽丝站在开阔的白杨树荫里，一阵冷风吹过她的后背。今天，她不想再思考那些埋在地下、正在凝视着她的头骨了，不管它们是英国人还是非洲人。她深吸了口气，此时此刻，她也不想再过多地去想那些已经死去的人了。问题是，劳拉说的那具骷髅并不是她所知道的唯一一个。她和她的伙伴阿尼都很清楚，就在离山丘不远的地方，还埋着另一具年代更近的尸骨。

几个月来，这个谣言在他们学校里传得沸沸扬扬。

去年年底，七年级的代课教师，也是当地的绿党（一个关注环保的政党）积极分子达琳·米勒选择长眠于温伯恩的某个地方。

由于突发的恶性败血症，她在弥留之际要求把自己的尸体安葬在山坡左侧的一棵铜山毛榉下。

吉莉最先把这个消息告诉了劳拉，劳拉又把这个消息告诉了爱丽丝，爱丽丝再传给阿尼。爱丽丝左边较高的那一片树丛是达琳最喜欢散步的地方，她想象着古时候这里是一个重要的交通枢纽，无论大路还是小路都在这里交会。她戴着一颗漂亮的赤焰水晶，因为她相信植物和磁铁有一种神奇的魔力，她觉得她的骨头能感应到这种特殊的力量，还说她的指甲间会长出青苔。

人们说达琳没有棺材，事实上，她确实没有使用传统意义上的棺材——不是那种常见的棺材，也不是华丽的花园样式的棺材，只是一个环保的纸板盒子。爱丽丝听劳拉说起过这事儿，在她还在学校的时候，吉莉有次吃低脂餐时告诉劳拉的。"我们现在说话的时候，或许正有几棵小草从达琳的尸骨上缠绕而过呢。"劳拉说。

一阵寒意从爱丽丝的后背袭来，即使傍晚的太阳暖洋洋地照在她身上，她还是莫名感到一阵沮丧。这里并不像一开始看起来那样美好，反倒令她失落。现在，雾团和水坑已经消散不见了，土地显得更加空旷，看不到任何人类活动的痕迹，就连劳拉的挖掘也不曾留下任何痕迹。数月的时间，沟渠里长满了草，或许早在几周前甚至几个月前，草就已经遍布达琳的坟墓了。站在这片空旷的土地上，爱丽丝感到孤独，她觉得自己暴露无遗，天地间只有她一个人孤零零的身影。

从昨天开始，自从那小家伙从罐子里蹦出来后，她就一直被自己糟糕的计划困住了。

她回头看了看这个小镇。她扫视着这个土丘，从任何方向看都看不到人的踪影，看不见一个活人，甚至连一只羊都没有。说实在的，她满怀着希望来到这片绿色的原野，却依旧寻不到一丝阿尼的踪迹。

她再次转过身，环顾四周，但是什么也没有，没有人，也没发现什么身影正弯着腰小心翼翼地抱着一个罐子，更没看到有人弓着腰把罐子放在树木掩蔽处。

爱丽丝想象着自己经历死亡的场景，顿时吓得头皮和腿上都起了一层鸡皮疙瘩。她的脑袋里充斥着这些可怕的想法，于是努力让自己回忆起达琳·米勒老师生前的样子——她那么温柔，手臂软软的，检查拼写作业的时候，脖子上的水晶挂坠会轻轻蹭到学生的耳朵。可……现在爱丽丝脑子里突然又全是她当时去看望劳拉时，在挖掘现场看到的场景：嘈杂的人声、石墙边的一排大篷车、破旧的手推车、臭烘烘的移动厕所，以及地上插着的彩色标记针，看着就像要开集市一样。

她继续往前走，却不知道该去哪儿。即使眼前的路很平坦，她也迈不开步子，像在走艰难的上坡路一样。她拉伸了一下，强打着精神，汗水从她的太阳穴上滑落。走着走着，她脚下的土地渐渐变成了有些坡度的土丘，辽阔的原野向四周伸展开来，看不到尽头，她这才意识到自己不知不觉已经走到很高的地方来了。

她在路边的草丛中选了一块松软的地方坐着，然后躺了下来。由于爬山带来的疲惫，爱丽丝感到浑身十分沉重。她躺在地上，凝视着傍晚的天空。远处的飞鸟零零星星地飞过淡蓝色的天空，像几抹浮云飞快地掠过，一会儿就不见了踪影。一束光洒落下来，洒在山丘之间。爱丽丝将耳朵埋在了周围高高的草丛中，她听到了窸窸窣窣的沙沙声、嗖嗖声，还有咔嗒声，那似乎是本地动物和外来动物发出的声音。她感觉自己的骨头——髋骨、肩胛骨，甚至股骨都抵在了坚硬的地面上。

爱丽丝心想，可惜昨天的雨下得太大了，如果天气再晴朗些，她和阿尼还有他们的小家伙可能就会穿过渔具商城还有"狐狸旗杆"酒吧来到这片空地上。要是他们没有因为那道不小心割开的创口而争吵，有了阿尼的陪伴，出城的路也许就不会这么漫长和陌生了，他们就能走得更远。当尸骨、死亡这些可怕的想法从她脑海里冒出来时，他们还能在一起说说话，可能还会商量说，"在我们闯了这么大的祸之后，我们应该为小家伙找一个安息的地方。"

"不是消亡，而是吸纳！"劳拉的挖掘队长在发现那具高大的罗马人骨架那天对考古团队这样说道。"那里不是灭绝之地而是一个吸纳魂灵的地方。”当劳拉回家转述这个信息时，她噘着嘴巴，声音洪亮，听起来就像在布道一样。

“这是个投胎转世的好地方。”达琳·米勒肯定也这样想。这片郁郁葱葱的绿地中一定蕴藏着某种特殊的能量。

爱丽丝也这样想，直到现在，她确信阿尼也会认同这个观点。阿尼肯定也记得达琳和古罗马尸骨的故事，或许……他们会把这两个故事联系在一起，把小家伙也带过来。

爱丽丝想象着她和阿尼一起徒手挖土的场景，也可能是用罐子上带着红色密封橡胶圈的铜盖来挖，那个盖子肯定比昨天的冰盘好用，也比她的金属锉刀方便得多。接着，她想，他们可能会在树根附近选择一个安全的地方，就像亚兹埋三明治皮时总喜欢埋在老地方那样，如果他们想来献花的话，还能再找到这个地方。她和阿尼做这个工作的时候一定都很严肃，各自忙着手里的活儿，没空说话，因为他们都意识到自己的责任重大。

他们会把罐子直接埋进刨好的墓坑里，可能会想起达琳·米勒的那种纸板箱棺材，然后把小东西从玻璃罐里倒出来，直接安葬在土里，确保它被这块土地所吸纳，吸纳而不是消亡。又或者，阿尼会脱下自己的卫衣，把小家伙包裹起来，稳稳地放进墓坑之中。

不管是躺着还是坐着，他们都会把小家伙以“蜷伏”的姿势安葬在那里。在爱丽丝家中吉莉的那本《朗文短篇百科全书》里，凯尔特人的黑白照片上就是这么画的——“蜷伏”是当地的风俗。

起风了，小草开始挠爱丽丝的腿和脖子，沙子不知怎地钻进了她的耳朵。该休息了，在这漫长的一天结束的时候，爱丽丝必须认真做个总结。

《在一天结束的时候》是莱昂纳多·迪卡普里奥最喜欢的一首歌，表达了在危险境况下的乐观心态。

爱丽丝开始往小镇的方向走，她哼着歌，脚步轻快，脚底发出了一阵阵"嗒嗒"声。当她感到有点儿沮丧、有点儿失望时，她就喜欢像现在这样走路——跟着旋律的节拍走。她喜欢沉浸在歌声中，和歌词产生共鸣，然后想象自己是一颗独自飘浮在轨道上的行星。她越过最后一道台阶，走上马路，穿过黑莓灌木丛，经过红绿灯前排队的汽车，车上成堆码放着乐购超市的货品。在回收中心的方向，两只海鸥正盘旋着俯冲下来，却又在最后一刻突然转向，动作优雅利落。放在平时，她总会停下来看一看海鸥，但今天，她沉浸在自己的歌声中，丝毫没有注意到它们。

经过"狐狸旗杆"酒吧的时候，爱丽丝的哼唱变成了低沉的吟唱，和酒吧传出来的音乐融合在了一起。酒吧的点唱机正在播放莫比的歌——《为何我痛彻心扉？》伴着柔和的金色灯光，歌声透过窗户倾泻而出。"痛彻心扉！"爱丽丝喃喃自语，每次重复唱的时候都用其他部位取代"心"这个词，比如她的头、背、胸腔，甚至五脏六腑。

渔具商城和薯条店之间的公交站台上，坐着一个独腿男人，他正挠着自己的大腿。他肩上背着一个透明的塑料袋，里面装着一堆各种品牌的空水瓶——依云、索尔思、沃尔维克，还有喀里多尼亚。爱丽丝别过头去，这个男人看起来脸色不太好，要是阿尼在，肯定也会这么觉得。他的脸被这炎热的天气烤得红肿憔悴，但爱丽丝不会因此轻易地心生同情，毕竟，世界上到处都是生活没那么如意的成年人。

她走过游乐场小河上新建的水泥步行桥，手指在装饰栏杆的银色新涂鸦上游走，想着涂鸦上写的是什么字。她的腿像灌了铅一样沉，一阵"哗啦"声从溜冰场上传来，刚才的曲子还在她脑子里响个不停，"为何我身心俱疲？"

在拐下那条街之前，她还有最后一项任务要完成——绕过阿尼家一次。和她预想的一样，阿尼房间的窗帘紧闭着，里面看起来一片漆黑，她只好快步离开。

突然，她看到马路对面，有张白色的纸条钉在了阿尔比恩街7号的门上。那是一张对折的小纸条，上面写着她的名字。她冲过去，撕了下来，突然感到有些害怕，眼前一片模糊。是阿尼吗？这是什么？该死！如果他伤心了，该怎么办？她更自责了。

"亲爱的爱丽丝，"纸条上写着，"事情更糟糕了，我受不了了，我自己去了医院急诊室。请不要告诉吉莉。别担心。——爱你的劳拉"

"怎么会这样！"爱丽丝的脑袋嗡嗡作响，"我真的痛彻心扉！"

第七章　阿尼

一个地名从我的脑海中闪过 ——"海尔希尔"。我想起那天妈妈穿着白色工作服，看着爸爸寄来的信的场景。信封和他复活节时给我寄巧克力蛋的那个信封一样，妈妈盯着背面的地址，抿住嘴巴，抬眼望向天花板，一字一顿地说出了"海尔希尔"这几个字。这个名字很陌生，妈妈念得很迟疑，听到这个名字，不知怎的，我的脑海中浮现出复活节的小兔子在翠绿色的山丘上像天线宝宝一样蹦蹦跳跳的场景。

我现在又想起了那张画着山丘和大雏菊的图片，那上面画着的是利兹的海尔希尔。

利兹的长途汽车站比南边那个车站还要阴森，也冷得多。这里什么都没有，只有一排排公交候车亭矗立在油污斑斑的水泥停车位上，四面透风，也没有巧克力贩卖机。除了远处昏暗低矮的霓虹灯，其他我什么都看不到，空气中弥漫着潮湿的气味。

很长一段时间里，我一直紧闭着双眼，我感觉自己的脸非常干燥。我独自坐在下车的地方，想将一将思路 ——我现在在哪里？这很重要。接下来我该怎么走呢？这个问题更重要。

我现在主要遇到了两个问题。第一，这座城市比我想象的要大得多，人很多，也很繁华。我本来打算步行去爸爸家的，但这显然不太现实，步行可能要花好几个小时，我又没有地图，肯定会迷路。

第二，虽然我知道爸爸家住在格兰奇特勒斯街区，但我忘了是在几号，离家前牢牢记在脑子里的那个数字早已被我在路上忘得干干净净了。

我紧闭眼睛，坐着想了想。过了一会儿，出租车震耳欲聋的声音把我震得一激灵。我睁开眼，一辆白色的丰田正在倒车，车速很快，轮胎发出了刺耳的声音，最后停在了我的旁边。

出租车司机远远地把身子探出车外，急急忙忙地，看起来像是要从窗户逃走似的。

"格兰奇特勒斯街区，去吗？ 或者到哪儿都行。"他朝我吆喝着，似乎没有什么恶意。

"海尔希尔，"我再次脱口而出，终于想起来了，"海尔希尔，格兰奇特勒斯街区 29 号，但我坐不了你的车，因为我付不起钱。"

我心想，现在最好还是不要浪费钱，我今晚可以在户外待着，还能省下钱吃个早餐。以我对爸爸的了解，周末他估计不在家，他从来都靠不住。

出租车司机坚定地摇了摇头。

"我看你坐在那儿都快半个小时了，孩子，这么冷的天，你还没穿外套。为了过来看看你，我甚至还拒绝了上一个客人呢。一会儿有人来接你吗？像你这么大的孩子通常会有家长来接的吧？你可千万不要大晚上步行去海尔希尔，路上有一段很长的高速公路，还有几家禁入的酒吧。"

"我走着去也能到的。"

我其实没有故意傲慢无礼，但他不耐烦地摇上了车窗，把车开回了车站。

我继续坐着，把自己裹得更紧了，双腿缩进了连帽衫里，柳条图案的包贴在了我的肚子上，凉飕飕的。我坐在寒风中，微眯着眼睛想，这附近的公共汽车站周围有卖地图的商店吗？或者有什么地方张贴着地图吗？我已经想起爸爸家的地址，只需要一张地图就可以到那儿了。

车站管理区旁边，有排低矮的商店笼罩在黑暗中。报刊亭、咖啡店以及一些没有营业执照的店铺全都关得严严实实的，仿佛店主们已经很久没营业了。对面的酒吧还开着，但我不想进去，毕竟我还带着小家伙。我看见一群人站在酒吧的窗前，紧紧地挤在一起，在一台远得几乎看不见的电视机前看比赛。他们向后仰着头，偶尔挥舞拳头，捶打对方的手臂。他们看起来似乎不太乐意被打扰，当然更不想被一个只有他们一半大、手里还拎着个女士购物袋的孩子打扰。

我远远看见两个少年，十六七岁的样子，径直穿过长途汽车站。他们好像刚出酒吧，正迅速地逼近我，像是要来找我麻烦。

坏事还是来了，突如其来的，我遇上麻烦事儿了。

虽然他们离我不远，但我也没看清他们的脸。他们越走越近，挡住了我眼前的光亮。我猜他们大概和爱丽丝姐姐的男友菲尼克斯年龄相仿。有个高个子的家伙，脖子和脑袋像一个实心的长方体，另一个矮矮瘦瘦的人看起来吊儿郎当的，手一直动来动去，一会儿摸耳朵，一会儿摸下巴，还没完没了地拉着自己的衬衫和裤子。

可怕的是，他们一开始并没有说话，只是严肃地站在我面前，摆出一副高高在上的模样，他们的衣服几乎擦过了我的腿。我感觉身上的每一个关节都突然松了下来，浑身发软。我知道我肯定跑不动了，于是弯下腰拿起我的包，想确认我的小家伙待在购物袋里没有感到害怕。

"噢！天哪！你看，这里有个恶心人的家伙，"高一点的那个说，"光是看着就会让人恶心的那种。"

"的确很恶心，"矮一点的那个表示赞同，拖着脚走得更近了，"一个十足的白痴罢了，跟他交谈纯粹是浪费口舌。"

突然，我能感觉到他的腿压在了我的腿上。

小家伙在罐子里咕咕哝哝地"说"着什么，但是声音很小，他们没有发觉。

"袋子里是什么？"

我本想说："不关你的事。"但我没敢说出来。

我感觉我的肩膀被猛地往上扯了一下。我想躲到一边去，但我完全动弹不了。他们拉得很用力，连帽衫紧紧地勒着我的脖子。罐子里的小家伙似乎又咯咯地笑了起来，这次声音更大了，不过他们俩还是没听见。我不知道小家伙为什么会发出这样的声音，他的咯咯声听起来和我一样不安，尽管如此，他还是让我平静了下来，让我知道，这里还有个小家伙，和我一起面对这一切。

有小家伙在我身边，我感觉安心多了，他为我撑起了一片天，让我能冷静下来。在这个空间里，我一边观察他们的举动，一边想着自己该做些什么。我不如老实点儿，干脆把东西给他们看看，免得惹上麻烦。

那个瘦子仍然紧紧抓着我的上衣。我吃力地伸长脖子，把柳条图案的包口尽量撑开，开始一件一件地把东西拿出来，放在身后的座位上——我的牙刷，伊薇教我叠的、卷成一团的袜子，还有个红色鸭嘴兽豆豆娃娃，我把它放在了腿上。

我把装钱的信封卷成一卷，塞进了运动裤的口袋里。信封刺得我腿疼，但我现在管不了那么多了。

遇到那个男人之后，我把罐子抱得更紧了，把羊绒衣角折成三角形，就像生日礼物包装纸那样，接着把它们塞入了袋子的底部和侧边。我把那个羊毛包裹拿了出来，放在鸭嘴兽娃娃旁边的座位上。现在我得非常小心，由于害怕，我的手心出了很多汗。

就在这时，那两个大孩子哈哈大笑了起来。他们的笑声很刺耳，那个瘦子放开了我，笑得四仰八叉，差点儿倒在他朋友身上。我心里一紧，是因为鸭嘴兽娃娃吗？的确，对一个中学男孩来说，这是多么幼稚的玩具啊！还是他们发现我的小家伙了？毕竟，没有哪个孩子会背着一个巨大的泡菜罐子去旅行。

到最后我也没搞清楚他们到底在笑什么。

"那是什么？"个子高的那人笑得很大声，然后随手一指。

他指的一定是罐子。

"我妈妈给我姨妈做的东西，"我说，"我要和姨妈一起过周末。这是一份礼物，是腌洋葱，我妈妈做的一罐腌洋葱。"

接下来的一分钟里，他们笑得更大声了，笑得前仰后合。他们咯咯地笑着，还重复着我说的话——"周末礼物！腌洋

葱！哈哈哈哈哈哈！"但是突然，就像音响被关掉了一样，他
们止住了笑，取而代之的是回荡在空气中的汽车引擎声。出租
车司机第二次把车停在旁边，他向后一靠，站在离我不远的地
方，砰的一声打开了他的后车门。

"嘿！伙计们，"他说，"快离开这里，这孩子比你们小。
你们最好小心点儿，我以前就经常看见你们在这附近闲逛。"

他转向我："还有你，收拾好你的东西，进来。"

我还没来得及把东西装进柳条图案的袋子里，那两个男生
就走了。我把罐子稳稳地塞在臂弯里，钻进车里。我轻轻地抚
摸着罐子上小家伙的后背和肩膀的位置，我真想好好感谢他。
我想，他已经用自己的方式救了我，是他给了我勇气。

* * *

很长一段时间，出租车司机、小家伙和我，都只是静静地
坐着，没说话。我把购物袋放在了旁边的座位上，用小腿把罐
子紧紧夹在双膝之间。我浑身疲惫极了，感觉自己就像洗衣机
里被洗了太多次的衣服，又软又皱。

我靠在坐垫上，注意到颈枕上搭着一条红黄绿三色的针织
围巾。

汽车沿着一条高架高速公路疾驰，接着又是另一条，我心
想，这也许是今天走过的第五十或第一百条路了。接着，我们
从一个斜坡上开进一处山谷，两边都是陡峭的斜坡，到处都是
一排排的房子。远处的山丘连绵起伏，就像沉睡着的兔子。这
样的街道太多了，处处是砖房，看不到花园的影子，四周散发

着一种暗棕色的光，小岛上全是褐色的鹅卵石和巨大的灰色围板，似乎连青草都没几棵。

我们等红灯的时候，车窗前闪过了一张白人女性的美腿照片，光滑细腻，像抹了蜡一样。我们刚停稳，信号灯就变绿了，否则我一定会为伊薇记住广告上那个美容产品的名字。

"好吧，至少今晚没下雨。"我的新救星——司机先生突然说道。他突然冒出的这句话让我很惊讶，说得好像他已经和我畅聊了很久一样，"他们说有百分之五十的可能性会下雨，但事实证明我们很幸运。"

他是对着后视镜说的。我从后座上能看到镜子里他的眼睛——深棕色的眼睛隐藏在眼镜后面、斑白的后脑勺、熨过的衬衫，还有剃得干净利落的头发。

我想不出什么话来回答他，脑子里只想着钱。我没有钱付车费，更不敢让他带我去找爸爸。

如果我做的第一件事就是找爸爸要钱，他肯定不会开心地出来迎接我，更不会欢迎这突如其来的"晴天霹雳"。

接着车内又陷入沉默，车子又开过好几个红绿灯。

"没多久了！"出租车司机又试着跟我交谈起来。

我的肚子里传出一阵咕噜声，他好像注意到了，但装作若无其事。

"你知道吗，孩子？"他接着说，"在我们国家，只有女人才会那么做，相互送大瓶的蜜饯，就像你的罐子里的东西一样。比如还债的时候，她们会互相送果酱，而且要求还多着哩！"司机用夸张的声音配上戏剧性的表情，惟妙惟肖地模仿了起来，让我想起学校老师教我们大声朗读时说的话，"别打开窗户！玛拉，我的橘子酱还在煮，会冻坏的"，"达尔西，你想要多辣的酱？那些辣椒里藏着什么"，"是的，先生，泡菜在我的家乡家喻户晓"。

司机先生好像没有发现什么，不是什么都逃不过他的眼睛吗？他肯定注意到了，罐子大部分时间都放在我的腿上，他也听到了我和那些男孩的对话。他从后视镜里看着我，我不禁弯腰向前，紧紧地抓住我的小家伙。

"没错，"他轻快地点了点头，"一定是你藏在那儿的那个罐子刺激了他们。"

说话间，车开上了另一座山。鹅卵石路上传来车轮的沙沙声，我搓了搓手掌，捏了捏自己沉重的胳膊和腿，让自己不要睡着，无论如何都不能睡着。出租车司机按了一下车上的收音机按钮，车里突然传来了一阵刺耳的掌声、管弦乐队的嗡嗡声，还有小提琴的嘎吱声，我吓得跳了起来。

"把你吓了一跳吗？"他咯咯地笑着，"为什么会吓到呢，你没想到一个黑人竟然会听这种音乐吗？或者说你想听一些非洲节奏的蓝调音乐呢？"

"只是声音太大，把我吓到了。"

听到这话，他把声音调到最低，低到我几乎听不见，似乎是想听清楚我在说些什么。

"我对非洲有点儿了解，"我说，"我最好的朋友的父亲来自非洲。他就住在那儿不回来了，而我的朋友在英国，所以她不常见到他，事实上，她几乎没有见过她爸爸。她妈妈说，她爸爸住在尼罗河岸边。她爸爸有时和你一样，开出租车，有时开客船，是一艘小帆船。我朋友说她爸爸的业余爱好是钓鱼。"

最后一点是我瞎编的，我受到了我们教室里那张埃及钓鱼壁画图片的启发。但无所谓了，我似乎已经渐渐适应了和他交谈。

"孩子，有个消息要告诉你，"他变了腔调，声音听起来像我曾听到过的那种古怪的塔法里教派的口音，"我不是非洲人，尽管我肤色是黑色的，但我并不来自非洲。我叫吉姆·诺尔森，我来自老加勒比海的一个小岛，那个岛坐落在一望无际的蓝色大海中。"

我红着脸坐着，从镜子里看到他的眼睛眯了起来。

"你能不能认真听别人说话，傻阿尼！"我仿佛听见了爱丽丝的责备声，"你怎么可以贸然下结论！他不是非洲人，也不是非洲混血，甚至一点儿非洲血统都没有！"

"那么，是你妈妈把泡菜送给你姨妈，还是反过来？"司机问道，仍然眯着眼睛，"我在长途汽车站听你提到过。"

"我妈妈送给她的，"我说，"这个罐子来自我的家乡，在南方。"

"你妈妈没有把目的地缝在你的口袋里，或者在你的包里放一张写有地址的纸条吗？"

"我把地址背下来了，"我诚实地说，"我觉得它会被我牢牢记在脑子里的。"

"好了，你什么也不用担心，我会把你送到那里的。这里是格兰奇山，下一条街是格兰奇路，再往前就是格兰奇特勒斯街区。这一带的街名多得出奇，连我们这些开出租车的人也常犯糊涂。"

我们驶向一条用圆形黑石头铺成的陡峭街道，电缆和电线织成的网遮住了头顶的天空。旅程的终点离我不远了，但我动弹不得，连一根手指头都抬不起来，也没有力气确认小家伙是否还在我的腿上。我倚靠着的座位如此柔软，颈托就像是为我的头型量身打造的。于我而言，外面既黑暗又密集的房屋似乎才是真正的异乡。

几秒钟后，我才反应过来他话里有话。

"你不会真的……要把一罐腌洋葱送给你姨妈吧，孩子？真的吗？你真的要去看你姨妈吗？"

"什……"我几乎把这个词吞了下去，然后又重复了一次，"什么？"

"我的意思是，我感觉你没有告诉车站那些男孩真相。不过你也没必要告诉他们实话，如果我是你，我也会对他们撒谎的。"

没有什么可否认的，我对着后视镜点了点头，怕他没看见，又连着点了两次。车在一个转角颠了一下，"格兰奇特勒斯街区"的全称用白色颜料涂写在黑色条纹墙上。司机把车停在街道的最里端，那里的门牌号是十开头的。他停下车，转过身，现在我看不见他的眼睛了，只能看到路灯下他眼镜的反光。

"我想告诉你一件事，"他说，"但在那之前，你得先告诉我你的名字，你的真名。"

"阿尼·宾斯。"

"我叫吉姆·诺尔森。你知道那首《圣诞颂歌》吗？我还是个孩子的时候，我们在老丛林里经常唱这首歌。"他把手伸到椅背上，唱道，"诺尔森……天使说的……第一个圣诞节，就是这个诺尔森。"

我伸出手，和他击了个掌。

"好了，阿尼，"他仍然背对着我，"接下来你认真听我说的话。我干这一行，见过形形色色的人，但我从来没有见过哪个男孩像你这样心烦意乱的，或是拿着这么大的罐子，罐子还被紧紧地包了起来，从来没有。现在我不想知道你藏了什么，不管是断手还是割下的耳朵，蝾螈的眼睛还是什么青蛙的脚趾，上帝会保佑我们。现在地球上难免有很多奇怪的东西，还有些零碎的东西，比如手臂或者躯干，漂浮在古老的泰晤士河上。现在车里有一股奇怪的味道，我猜肯定是因为你的大罐子！但我仔细观察了你，我认为你不会做坏事儿，所以我不想去猜测你今晚要干什么，或者听命于谁，"他朝街上看了看，又抬头看了看街灯，"但是，如果你要处理这个罐子，那肯定需要人帮忙。听好了，你只需要打电话给我，知道吗？明天周末放假，我会开车去伦敦看我妹妹。如果你需要坐车回南方，假如你没钱，或者你很害怕的话，你就给我打电话，明白吗？你要回去的时候，就打我电话，我叫吉姆·诺尔森。"

他用手指夹着名片，递给了我。红色名片上的电话号码用亮黄色标注得很显眼。

"听到了吗？"他又重复了一次。

"谢谢你，先生。"

"不用客气，"他轻松地耸了耸肩，"能确保你的安全，就已经谢天谢地了。我没有孩子，但我有很多侄女和侄子，他们有的住在这附近，有的在我家那边。遇到有麻烦的人，我相信，别人也会像我一样乐意帮忙的。"

"麻烦？"我在心里反复琢磨着这个词。爸爸还和我们住在一起的时候，他一惹伊薇生气，伊薇总是会责备爸爸——由于工作的原因，爸爸的手总是冷冰冰的，喝了酒之后，脸总是通红，妈妈一直看不惯他。于我而言，一个不在家的父亲根本不会带来任何麻烦，但如果我心血来潮想让他周末陪陪我，那事情就得另当别论了。

诺尔森先生松开手刹，汽车沿着街道滑行，最后停在父亲家对面。门上钉着铜质号码 29 号，房子和街上的其他房子没什么不同，都是背靠背的红砖房，有两个窗户，一个在正门旁边，另一个在一楼。房子的管道涂了漆，看起来和排水管一样，外面缠着铁丝网，以便和邻居的房子区分开来。房子前门大开，阳光洒在石阶上，门前的人行道中央，有个圆顶烧烤架子正冒着烟。

我注意到这座房子的涂漆排水管和窗框上有些独特的设计，但我现在还不能确定那到底是什么。此外，烧烤架两侧还摆放着两个纸板箱，我暂时也没空理会它们。此刻，我终于抵达了格兰奇特勒斯街区 29 号，有人在家，我得去跟他们打声招呼。

吉姆打开车灯，然后又立刻关上了。一个身影出现在了 29 号房门口，那是一个高大的女人，非常黑，一块巨大的头巾覆盖在她的头和肩膀上。那头巾直挺挺的，像蛋挞一样一层层的。她环视了一下街道，然后看向我们的车。

吉姆吐出一口气，呼吸明显加快了。

"所以你并不只有一个非洲朋友。"

我的手摸索着车门把手，他抬起我的手，开门让我下了车。

"安全起见，你要不要把你的罐子交给我保管？"

他的问题让我感到有点儿吃惊，我看着他的脸，想确定他是不是在开玩笑。我摇了摇头，将罐子放入柳条图案的包里，轻轻地、稳稳地将它拿下了车。那位女士仍然盯着我们看。

"不用担心车费，知道吗，阿尼？只要记住我说的话，保管好我的名片！"

说完，他在街道尽头倒车，在拐角处踩下油门，离开了这里。我清楚地记得，他离开得很匆忙。

在我站的地方不远处，两辆车之间有一群女孩蹲坐着，共享一支香烟。令我庆幸的是，她们并没有来打搅我。我走向那扇灯火通明、敞开的门，脚步沉重，仿佛拖着铅块。我的眼皮也越来越沉，几乎快要睡着了。

但这个女人是我父亲的女朋友，我在心里安慰自己——她和父亲是一起的。

父亲曾和我一起生活过。在那女人的身后，我瞥见了一把熟悉的摇椅——一把褪色的蓝色座椅，那是父亲带走的家具之一。摇椅上空无一人，我想她刚刚应该就坐在上面，而父亲可能正坐在她对面，坐在另一把褪了色的蓝色摇椅上。这一刻，我感觉自己回家了。

我走过去，握住她的手。

"你好，我叫阿尼，额，阿尼·宾斯。"我说得磕磕巴巴的，也不知道接下来该说些什么。如果说我之前有一个明确的目标，那现在，这个目标已经被我抛到九霄云外了。为什么我会在这里？我不知道。我想要什么？也许我曾经知道，但现在我忘了，我好像无法向爸爸解释这一切。这段旅程实在太漫长了，以至于我原本的计划早已蒸发殆尽，我甚至都不知道面前这位陌生女士的名字，我知道爸爸是故意没有告诉我和伊薇的。

这位女士紧紧皱着眉头，但她也紧紧地握着我的手，握了很长时间。她用力地把我拉上了楼梯，让我跟着她走。我一边托着罐子，一边跟跄地跟着她走进了屋内。

"你爸爸不在家，"她随意地指了指那张我熟悉的、磨损的扶手椅，蓝色的破旧椅子上没有爸爸的身影，"你先坐会吧。运气好的话，他很快就会回来。"

她转过身去，好像要拿我的东西。但我已经在椅子上坐好了，我的包里装着那小家伙，包就放在我的脚边。

她径直朝一个小侧柜的方向走去。在珠子网状的架子下，有一碟油滋滋的香肠和一碗卷心菜沙拉。

"今天我们要吃烧烤，四月的晚上不是很冷，你要跟我们一起吗？"

我坐在爸爸空着的扶手椅对面，膝盖上放着一个纸盘，狼吞虎咽地吃着她给我的四根香肠。其实我已经吃饱了，但还是忍不住一直吃着。我吃的时候，她静静地在狭小的客厅里踱步，时不时地摸摸自己的首饰或是碰碰桌子边，还有这里我非常熟悉的几件物品 —— 蓝色的扶手椅、妈妈仍然想念并时常提起的一张茶几、崭新的飞利浦牌立体音响，还有从跳蚤市场上淘来的一幅画，上面画着军队行进的场景。

如果不是到处都摆着我没见过的照片，我感觉自己就像回到了家一样。这些照片各式各样，遍布房间的每一个角落，就连地板上都摆满了木质相框：一些是写真照，照片上的背景幕布很正式，颜色很鲜艳，上面的每个人都化了妆。她特别爱惜它们，有时还会一直用手抚摸这些照片。她也会用手轻抚前门后面的墙上那个挂满钥匙的木架，用手指划过挂着的钥匙，就像在玩木琴玩具一样，发出叮叮当当的声音。

前门一直敞开，气温越来越低。她绕着房间走来走去，顺手打开电暖炉，但始终没关上门。每当有人从街上走过，我都感觉可能是爸爸回来了，可无论门口有没有动静，她始终都无动于衷，看起来似乎并不期待我爸爸今晚归来。

她时不时地瞥我一眼，我便立刻转移视线，但她一旦走动起来，我又忍不住四处张望。事实上，我总是忍不住盯着她看，因为我太好奇了，我以前从没有见过她，虽然这样做可能有些无礼，但在那一刻，我宁愿大声打嗝也不愿把视线从她身上挪开。

她长得很漂亮，红绿相间的头巾和宽大的裹身裙让她看起来像只高贵的天鹅。无论她头垂得有多低，头巾的形状都很坚挺。我注意到，她高大修长的身躯和宽阔的背部跟伊薇的瘦弱形成了鲜明的对比。电暖炉温暖的光亮映在她细腻、深色的皮肤上，她仿佛在闪光。

我不禁想，爸爸做了什么厉害的事情，才能迷住这个充满魅力的人，把她带到这座小房子里？

"你是丹尼的儿子？大儿子？"她突然转头问我。

"我没有兄弟姐妹！"我想纠正她，但她还在继续说：

"你今晚就在这儿睡吧？"

我点了点头，回答这个她早已知道答案的问题。然后，她又开始摆弄那排钥匙了。

我想知道爸爸跟她说过什么。关于我和伊薇，他有没有提到过什么？比如说，"我有一个儿子住在南方，他有深色的头发。他是一个梦想家，喜欢把一切打理得井井有条。"从我坐的方向看，房间里的上百张照片里好像没有一张属于我，也没有妈妈的照片，甚至我们家族的任何成员都没有出现在照片里，连爸爸本人也没有。

这时我才意识到这个房间里根本就没有白人的照片，除非它们藏在其他照片后面。这个想法让我有些不安，我开始怀疑她是否欢迎我的到来。但我提醒自己，目前来看，这位女士并没有不待见我，她握我的手握了很长时间，她拉着我靠近她，还给了我食物。于是我想，也许这座房子是她的，照片上都是她的家人，而爸爸实际上是个客人，一个新来的、还没住多久的客人。

我感到前所未有的疲惫，至少就我所能记得的时刻而言。这位女士一直在四处走动，像在催眠一样，即便是一个清醒的人也该犯困了，更何况我早已困得要命。我的头越来越沉，脖子无力得像根弹簧一样摇摇晃晃。我也想尽量保持清醒，迎接爸爸的归来，但我已经昏昏欲睡了。接着，我把头抵在扶手椅上，陷入了沉睡，我甚至感觉自己发出了呼噜声。我想到了那小家伙在地上，正蜷着腿休息，此刻我真的很羡慕他和像他一样的人，可以一直休息。

在某一刻，我意识到那位女士把一条闻起来和她身上味道一样、带有青草香气的毯子盖到了我的肩上。她双手放在我的下巴下面，手上还有薄荷的味道。又过了一会儿，她用手掌托住我的前额，我抬头看着她那忧虑、难以置信而又悲伤的眼睛。随后，灯光熄灭了，我确定她就坐在前门台阶上，轻声地抽泣。尽管她努力克制着自己的情绪，但我依旧可以听到她断断续续的呜咽声。门仍然敞开着，凌晨清新但带点灰蒙蒙的雾气正涌入屋内。

　　"孩子，可怜的孩子，"她抽泣着喃喃自语，声音里带着哭腔，"孩子，是个可怜的孩子！"她的身体开始不停地轻轻摇晃。我蜷缩在椅子上，竟然看到她正把小家伙抱在怀里。小家伙还在他的罐子里，但是裹在罐子外的羊毛外套已经掉在旁边的石头台阶上，而她手里正抱着罐子。

第八章　爱丽丝

劳拉笔直地坐在医院靠窗的白色病床上，看上去很不安。爱丽丝穿过通往病房的旋转门，冲到姐姐床前，准备扑进她的怀里，可看到劳拉脸上诡异的表情时，爱丽丝停了下来。劳拉已经醒了，意识也很清楚，她并未因为疼痛而扭动身体，甚至看上去压根儿就没受伤。她靠在病床上，熟练地将被子拉到下巴的位置，就跟平时在家一样。

爱丽丝站在床边。

"你还好吗，劳拉？"她尽量表现得漫不经心。

"还好吧，就像你经常提到的那首歌里唱的，一天结束了，一切都该好起来了。"

爱丽丝小心翼翼地依偎在姐姐腰间，就像往常一样，还悄悄地瞥了她一眼。劳拉看起来还是老样子，蜷缩在被窝里，和以前一样瘦，只是眼睛看起来更明亮了。

这是一间四人病房，除了劳拉，里面还住着两名年轻女性，她们和劳拉年龄相仿，也可能比她稍微大点儿。此刻，她们正平躺在床上，头发散落在枕头上，睡得很熟。这画面像极了《圣诞前夜》中的一个场景，那是爱丽丝小时候最喜欢的书，是本杰明在她五岁生日时送给她的礼物。书中的孩子们也是如此惬意地躺在床上，脑海中幻想着糖果仙子在欢快地跳舞。

看到病房如此整洁干净，爱丽丝隐隐感到有些失望。她四处寻找输液注射器和心脏监测仪的踪影，想看看病床底下有没有挂着几个红紫色血袋或黄色渗液袋，但什么也没发现。她迫切地想看到一些跟医学和器官相关的物品，比如——悬挂着的提取物、一个不起眼却鼓胀的血袋，或者……哪怕有一台不锈钢设备能让她摸一摸，她都会觉得很有趣。

那把不锈钢刀具，现在正在她的裤兜里，轻轻贴着她的大腿。

劳拉抓住爱丽丝的手，紧紧握着，着急地向她解释道：

"爱丽丝，我今天早上睡过头了。我想试试是不是多睡一会儿身上的疼痛就能消失，"她推了一下妹妹，以确保她在听，然后继续说道，"菲尼克斯总是爱睡觉，他常说睡觉包治百病。"

看着爱丽丝噘着嘴，劳拉笑了笑，接着说："但那种疼痛感并没有消失，相反，它好像突然间变得更严重了。我感觉越来越不舒服，到了今天下午起床的时候，我的肚子很疼，突然下体处流出很多血。我的月经周期通常都不太准，可这次不一样，血很浓，出血量也很大，就像有某种东西要从我的体内涌出来一样。我擦干净了地板，可我不敢再躺回床上去了，我怕躺下去就再也起不来了。我本想等你放学回家，可我太害怕了，我实在疼得受不了了。我也不敢让吉莉知道这件事，幸好今天是周五，她在阿尼妈妈家做美容。于是，我从存钱箱里拿了点钱，叫了一辆出租车，直接来了这家医院，在这里住院不需要大人陪护。"

劳拉的话里提到了阿尼和他的妈妈，爱丽丝内心一阵触动，就好像有什么东西碎在了里面一样。

劳拉显然没事，但阿尼仍然下落不明，摆在她面前的，还有两个"营救计划"。

"现在需要保持警惕，"爱丽丝自言自语，语气十分严肃，"劳拉采取了自救措施，可目前仍然不可松懈。"

"后来呢？"她朝劳拉问道。

"这应该就是一次严重的出血，医生说这种情况是有可能发生在我这个年龄段的女生身上的。之所以会这样，是因为我们还在生长发育，身体还在不断变化，有时生点儿病，或者肚子胀，都是正常的。我拒绝了他们提出的刮宫手术，我认为绝没必要那么做。"

爱丽丝紧盯着劳拉，眯起眼睛，像是在仔细琢磨她的话。

"我不同意做那手术，所以医生决定先观察一段时间，这就是为什么我现在还在这儿躺着，但……"劳拉发出了一阵奇怪的咳嗽声，继续说道，"没事了，一切都结束了。"

爱丽丝感到失望，但失望的背后又涌出一股解脱感。这种感觉就像是在她有机会参加聚会之前，玩具和生日蜡烛已经被人收走了。劳拉安然无恙，这真的很好，但爱丽丝希望让劳拉"获救"的人是她，她想成为劳拉的头号帮手。在她眼中，姐姐就像一个活生生的、能给她带来乐趣、充满诱惑力的实验标本，她想从姐姐身上得到些研究结果。

爱丽丝忍不住地说："劳拉，你竟然担心和烦恼了这么久！就连我都可以告诉你，那是女生身上常出现的毛病。不过，至少这件事能让你明白，你不能再花那么长时间节食，吃那么多冷冻牛排了！我敢打赌，罪魁祸首就是这个，就是它让你胃疼了，还让你大量失血。我早该告诉你的，没有人天天靠吃冷冻牛排来填饱肚子。"

爱丽丝想起劳拉放裤子的抽屉里那些紧急避孕药。她想知道，下次再偷看的时候，盒子上的封条会不会已经被撕下来了。

"接下来我可能会有点儿惹人厌，"劳拉翻了个白眼，脸上却洋溢着幸福的笑容，似乎并不在意自己将要说的事，"爱丽丝，请不要将今天发生的事告诉菲尼克斯。我猜他现在应该醒了，正在享用早午餐。他不会想起我的，更不会猜到发生了什么，我会自己找时间告诉他的。"

姐妹俩望向窗外的晚霞，霞光照耀在城市上空，劳拉将爱丽丝的手握得更紧了。

"其实，最让我感到害怕的并不是流血，而是昨晚查房后，医生做检查时我所看到的那一切。我听到几个护士说走廊尽头的病房里有人病得很重，房门没有关，我往外看的时候，碰巧那个人正被推着经过。或许是因为白天失血过多，我浑身发抖，那景象真令我崩溃！那个人，也许是具尸体，被一张床单盖住脸，一动不动，硬朗的面部轮廓仍清晰可见。我忘不了那一幕，那个人看上去是那么地僵硬，实在是太可怕了！我不停地哭啊哭，直到现在还忍不住想，那个人死了吗？他是谁？他被送去了哪里？他要一直躺在那儿吗？孤独地躺着，再也不会被人注意到了……"

爱丽丝坐立不安。她不想再听到任何关于死人的事了，她受够了，这两天这些话题一直萦绕在她耳边。她试着平复情绪，将烦恼吞进肚子里，想出一些她和劳拉都感兴趣的话题，比如一份只含牛排的食谱，或者名人李小龙——前几天她在吉莉那本名为《你好》的杂志中看到了一篇关于他的短文。

"有件事你听说过没？"她对劳拉说，"我在妈妈那本杂志上读到，功夫明星李小龙在准备一场比赛的前几周，每天只喝些生马肉榨的汁，他最终死于心脏病。他长期大量摄入生肉，身体看上去强壮了，但长此以往，过度摄入肉类也成了他猝死的原因之一。这就说明了一切，不是吗？"

劳拉疑惑地瞥了爱丽丝一眼，又移开视线，似乎根本顾不上那是什么。她松开妹妹的手，打开床边的灯，骤然亮起的灯光使她们都不由自主地眨了眨眼。隔壁房间传来足球比赛的声音，伴随着人群的欢呼声和咆哮声，爱丽丝确信她今晚是睡不着了。

"你能来真是太好了，爱丽丝！"劳拉坐直身体，做了个鬼脸，咬了咬嘴唇，"我会感谢你的，不过，现在我们得想想该怎么应付吉莉。天黑了你还没回家，她肯定会问个不停。"

"我会像往常那样告诉她。"爱丽丝耸耸肩，努力使自己听起来不那么泄气，但声音中还是充满了失落，她心里那个又大又红的惊喜气球已经爆了，她仍旧无法释怀，"我会说你在菲尼克斯家，要待到很晚。"

爱丽丝静静地坐着，病房里一片寂静，隐约能听到劳拉旁边床上年轻女人急促的呼吸声，伴随着几声轻柔的叹息、喘息和呻吟。

劳拉将嘴唇凑近爱丽丝的耳朵。

"就是她，刚才还哭着闹着，说着梦话，喊着一些男孩的名字，詹姆斯、肖恩什么的，很长一串儿，声音小到要贴着耳朵才能听到。你不知道她有多可怜，也许她今天做了那个流产手术才会如此伤心。我感觉她嘴里喊的是已经想好的新生儿的名字。"

"新生儿的名字？"在劳拉的手不停忙活的间隙，爱丽丝轻声嘟囔了一句。想到待会儿自己要说的话，爱丽丝不由得脸颊微微发烫。

但她姐姐的脸色没有丝毫变化。爱丽丝发自内心地觉得好奇，为什么劳拉在提到新生儿的时候连眼睛都没有眨一下。

旋转门后面的走廊里，铃声叮当作响，这意味着医院晚间探访的时间结束了。楼道处的电梯门传来"砰"的一声，爱丽丝慢慢地站了起来，下午走了太长时间的路，此刻她的大腿感到一阵酸痛。她朝旁边病床上那个时不时叹息一声的年轻女人走近几步，看到了她刚梳过的棕色头发和一张满是倦意的脸。

"也许不是你想的那样，"爱丽丝转过身，弯腰亲了一下姐姐的脸，"也许她没有做过你说的那种手术，她可能只是在喊她男朋友的名字，或是在梦里见到的其他人。况且，这里看起来也不像是那种能做手术的病房，这里没有足够的医疗设备，也没有输液注射器之类的东西。"

"你可以这么说，"劳拉伸了伸懒腰，闭上眼睛，"我吃了太多的止痛药，没力气反驳你。"

爱丽丝又看了劳拉一眼，试图弄清楚她所提到的男孩名字背后是否藏着什么秘密，但劳拉看起来十分平静，似乎并没有什么异样。

"我明天还要过来吗？"

劳拉点了点头，说道："他们让我星期六出院，对！就是明天早上。我出院你怎么能不来呢？你还是来吧！我们可以在医院的花园里见面，就在你进来的那条路上。"

"那我在停车场后面那里等你，"爱丽丝说，"在那棵树下。"

* * *

那天晚上，爱丽丝梦到了那小家伙。她梦见自己躺在家里房间的床上，那小家伙也在，阿尼把它送回来了。小家伙此刻正和她待在同一屋檐下，它不知怎地从罐子里逃了出来，蹲在靠近暖气片的地毯上。窗外是一个弯月，月光从窗户照了进来，它好像一个驼背的小妖精。爱丽丝感觉身上有什么东西，那些东西好像与伤口、刀片和划开的内脏有关，她不愿多想，但能感觉到那小家伙想要吓唬她。

她转了个身，面向墙壁，可那小家伙似乎仍想引起她的注意。它狡猾地盯着她，爱丽丝感觉到，那家伙正把肚子贴在地上，一步步往前爬，离她越来越近。她转过身，情不自禁地顺着枕头往外看。她看见一个小家伙在地板上抬头望着她，圆头骨、尖鼻孔，它那非洲人般的高额头，在月光下泛着诡异的光。爱丽丝感觉那小家伙是来找她算账了，它的头一会儿看向左边，一会儿又转向右边，小手交叠着放在敞开的胸膛上，仔细地观察着整个房间。

爱丽丝挣扎着，却发现自己的腿怎么也动弹不了，她感觉自己的双腿笨重无力，就连身上的其他部位也是如此。"那个空洞却又仿佛在凝视的部位真的是它的眼睛吗？"她问自己，"一个连眼睑都没长全的家伙是怎么做到四处张望的呢？眼神还那么坚定！"

爱丽丝拿起自己那些寒光四射的刀片和刀具，按锋利程度把它们摆放在床头柜上。

虽然她没有从噩梦中惊醒，但第二天早上当她睁开眼睛时，梦中的细节还是如电影般在她的脑海里挥之不去。

＊　＊　＊

第二天早上九点，爱丽丝奋力爬过一座山坡，前往医院。昨天她是坐公交车去的，今天她决定走路去。她的大腿已经不疼了，整个人也没什么不舒服，除了胸口有点儿隐隐作痛，就像是昨晚梦里的那个小家伙用针扎了她一下，留下了什么伤疤一样。

"阿尼是我的'犯罪同伙'吗？"爱丽丝在心底问自己。她不知道自己是在担心他，还是想念他，也不知道他去哪儿了。此刻，无论阿尼有没有拿着那个标本罐，她都无比希望他能在这儿，她想念他的陪伴。她不介意那小家伙是不是他们之间某种无形的纽带，只希望此刻阿尼能出现在她面前。事实上，她感觉自己胸口像针扎一样痛的真正原因是 —— 她找不到自己与阿尼之间的联系了。从昨晚起，他就失联了，而正是因为她对劳拉生病所做出的无用的、愚蠢的猜测，才让他们陷入了眼前的困境。

　　她从没有想过找不到阿尼会让她如此难过。过去她总是向阿尼"下达命令"，告诉他下一步该做些什么，可如今他却不在这里，也不知道他在哪里。她已经顾不上那罐子里的小家伙了，无论阿尼对它做了什么。她最想念的是阿尼。她想念他跟她打招呼时的那副惊讶表情，好像在说："你还好吗？"她想念他，他的脸、他颤抖的下巴总是在泄露他内心的想法，他们在一起时，她最烦他的这种表情了。她也想念在上学路上与阿尼碰面的时刻，今天早上，她忍住了，没有绕道经过他家，她不想冒着撞见伊薇的风险。爱丽丝想，或许伊薇正等待着她周六上午的第一个客户，正与谁谈论着阿尼，说他去谁的生日派对了、去郊游了或是去参加慈善步行活动了，毕竟阿尼常用这些作为外出的借口。

　　医院附近房子的窗户都采用了双层玻璃设计，相较于平坦的伍德帕克来说，更显新，也更干净。前面的公园里停满了银灰色的汽车，就像昂贵的宝塔一样排列在各处。路变得陡峭起来，爱丽丝经过了一家相框店、一家酒吧和一家服装店——这家店的橱窗里只挂了一件衣服，像掉落的罂粟花一样凌乱。还有一家名叫"迪丽斯"的美甲店，爱丽丝想起劳拉曾经不停地夸赞这家美甲店的口碑有多好，但去年夏天，在参加完考古挖掘工作后，她却说她做的美甲被毁了，手就像一双爪子。

　　她得告诉劳拉她看见这家美甲店了，它确实开在这儿。

　　医院就在前面，靠近山顶，在一条笔直的长路尽头。这里的房子由抗风化的混凝土建造而成，高高的屋顶直冲云霄。爱丽丝觉得这家医院看起来不太像是英式建筑，反倒有点儿像美式或者其他什么风格。这是家当地人引以为傲的大型综合医院，建筑风格不像传统医院那样，反而充满了艺术特色。

爱丽丝想着，在劳拉住的病房附近，一定有个地方，里面堆满了最先进的不锈钢医疗器械。

她在隔离门处转过身，眺望着城市的淡绿色树木。在晚春的晨光中，周围的山丘依稀可见。这里风景很好，她朝左边远远望去，看见了温伯恩岗的轮廓，下面是黄绿色的水草地，接着，她又朝上看了两眼，看到了两棵很高很高的树。

劳拉坐在医院花园里一排栗树下的木凳上，看到爱丽丝远远地朝她走了过来。她一边挥手，一边在嘴里念叨着些什么。

爱丽丝还没张口问，劳拉就大声地说了一句："我很好！"她的左肩正上方挂着一块黄铜牌匾，上面写着："纪念波莉·圣约翰，她深爱着这里。"劳拉一边读着牌子上的内容，一边往旁边挪了挪，为爱丽丝腾出一块空位。

"快看这个！"她指着那块牌匾，对爱丽丝说。

这是个地势低洼的园中园，站在木凳上甚至可以俯瞰整座花园的风景。它离停车场比较远，坐在这儿根本听不到汽车的鸣笛声，就连车轮轧在砾石上的声音也很小，听起来就跟无线电台里发出的静电噪声差不多。

爱丽丝感觉这个花园有些奇怪，她坐了下来，竖起耳朵听了听，终于找到了原因。这里到处回荡着叮叮当当的声音，还有灯光在闪烁，到处都挂着玻璃棒、竹子和金属管制成的风铃，不光是树上，就连花园中央的玫瑰灌木树篱也被围了一圈。

"这里过去一定是个游泳池，"爱丽丝说，"它的形状就跟泳池一个样。"

"现在它是一个纪念花园。"劳拉回复道。

"应该不是我想的那种纪念花园吧？"爱丽丝叹了口气，试着让自己放松下来。

"什么意思？哪一种？"

"我也不知道，但是我觉得它跟医院有关。我满脑子都是那些病人，还有你昨天说的死人。劳拉，我们并不常来医院，我只是想起了学校里去世的那个老师——达琳·米勒，她被葬在温伯恩岗。昨天我路过了那儿，但是我搞不懂那片土地是怎么变成她的墓地，她的'纪念花园'的。"

爱丽丝一边说，一边在心底提醒自己："长话短说，没必要解释那么多东西。"

劳拉张了张嘴，支支吾吾地，好像要说些什么。

"我记得达琳·米勒老师，在我上七年级的时候，她总是很耐心地给我讲阅读。我想，也许她只是想静静地与这片土地融为一体。一些父母选择将孩子埋在这儿，应该也是希望他们安息于此。"

爱丽丝看了看姐姐的脸，担心她是不是止痛药服用过量了，因为，此刻，她的声音在颤抖，那感觉就像伊妮德·布莱顿笔下的幽灵。

"什么意思？什么孩子？"

"我的意思是，有些大人会在这儿埋葬他们死去的孩子。这个花园归医院妇产科所有，妇产科病房就在后面。有些孩子没能活下来，他们的父母就会来到这儿，挂些风铃，放些花，甚至将骨灰撒在这里。这些都是病房里的那个女孩儿今天早上告诉我的，我现在确信她遇上什么不好的事了，她一直重复着

‘婴儿夭折’之类的话题，她说即使只有三个月大小，那些胎儿也已经成人形了。"

"别说了！"爱丽丝不耐烦地转过身，"三四个月大的时候还是胚胎，根本不是婴儿，更别说一具完整的尸体了！生物书上是这么说的，不信你可以看看书上的图片，我们不需要来墓地学这些东西！"

劳拉并没有因为爱丽丝的话而受到影响。

她说："我觉得这里真的很美！而且这里也不是墓地，这里没有坟墓，也不会消亡灵魂。'不是消亡，而是吸纳'，还记得去年夏天那位考古学家说过的话吗？"

爱丽丝猛地直起身子，想逃离这里。

"天哪！劳拉，你能不能闭嘴？去年那次，你明明说你只是把它们当作玩笑话，可现在，医院里的这些事与你有什么关系吗？"

劳拉揪住爱丽丝的裤带，用力把她推回到座位上。

"你才闭嘴，蠢爱丽丝！看看你后面是什么！"

爱丽丝看向后方。四个不同年龄的女人穿着黑色或灰色的衣服，在树林间蜿蜒前行，排着庄严的队伍。她们之中，领头的女人是最年轻的，她把一个小木盒压在肚子上，盒子上用丝带系着一个小熊维尼图案的气球，气球在空中轻轻地摆动着。走在最后面的女人表情看上去不太自然，她正充满感情地演唱着滚石乐队的歌曲《潸然泪下》。

队伍渐行渐远，当这群女人走到玫瑰树篱附近时，爱丽丝几乎已经听不到她们的声音了。她拉住姐姐，说："我想我们该走了。"

她们远远看见那群女人手牵着手围成一圈，跪在地上，将木盒放在面前的草地上。

"再坐会儿吧，我感觉这里挺好的啊！我们并没有打扰这些人，我很尊重她们所做的事情。她们在面对过去，思考死亡。而这也正是我对吉莉不满的原因，她总是想方设法逃避过去发生的事情。你看，我们面前这几个人就敢于直面已经发生的事，她们为盒子里的胎儿祈祷，还帮他把气球绑在灌木丛上。"

"那又怎样？我认为她们是在自欺欺人。她们的孩子真的有过生命吗？有过去吗？没有吧？世界上每天都在发生战争，每天都有人伤亡，死去的人已经够多了，哪里还用得着担心这些死了的小胚胎呢？"

"但是，爱丽丝，我倒是很想记住这些死去的小人儿，不管他们有多小。"

劳拉看向妹妹的眼睛，爱丽丝却立刻将头扭向了一边，两人陷入了沉默，劳拉突然表现出了一丝不耐烦的情绪。

"天哪，爱丽丝，你没看出来吗，其实我是从这些事情里想到了我们俩的经历，想到了我自己的过去？我看事情的角度和你不一样，也许这和我的阅读障碍有关。对我来说，过去和未来、出生和死亡，它们是相互交织在一起的，所以我觉得'记住过去'是有意义的。想想吉莉和她编造的那些故事，那些关于她和法鲁克在一起的美好时光，她总是谈论过去，却从未真正地直面自己的过去，想想看这是不是很好笑？再说说我和你吧，好好想想我们俩的过去，它到底是什么样的呢？很显然我们并不是一出生就在这里的，我不禁想，我出生时，正值嬉皮士文化风靡时期，正是吉莉一时的风流韵事把我带到这个世界，我不能接受。"

劳拉站起来，用腿踢着凳子。爱丽丝想抓住她的脚，拉住她，让她不要乱动。她想告诉劳拉："你的身体不太好，应该放松点！生活总是充满意外，大部分死亡都是无法预料的，我读过的每一本书里都是这样说的。"

但她还是没有说出口。

"我对我们的过去没有什么疑问，劳拉，我不愿意去多想它。我并不在意生命是与随机游走的细胞有关，还是与老法鲁克有关。我知道你的想法与我不同，但这又有什么关系呢？我们见过他吗？我们所知道的所有关于他的事情只有——也许他已经去世好几年了。沙尘暴冲毁了他的房子，尼罗河的洪水将他从床上冲走，之后再也没人见过他。还记得吗？你给我看的《国家地理年鉴》里有几张照片，女人们在尼罗河里划着木筏，请求河神发慈悲，不要毁坏她们的庄稼，可那有用吗？洪水仍然频繁暴发，一切该发生的事情还是会照常发生。"

劳拉低头看向爱丽丝，看起来很不开心。

她说道："但是我介意！我想有归属感，我想知道这种所谓的'随机游走的细胞'是如何让我们成为姐妹的。我们的爸爸也许是苏丹人，但他也有可能是圭亚那人，或者海地人、摩洛哥人……什么人都有可能。我并不介意这个国家在哪儿，我只想知道他是哪国人。我也不介意我们是何种肤色，我只想知道这种肤色到底属于哪。自从去年在温伯恩岗参与考古挖掘工作后，我就一直在查资料，甚至做笔记，我想研究明白古老的非洲王国以及它们历史悠久的城市。爱丽丝，你总是随身带着小刀四处闲逛，还切碎东西做实验，难道你就没一点儿想法吗？"

爱丽丝陷入了沉思，在医院待了这么久，可劳拉还是这么容易生气。

"问题的关键是，劳拉，你可以继续寻找，但即使你整日寻找，也不会有令人满意的答案。即便我们的肤色看起来像非洲人，你也可以说我们就是本地人，这取决于你看待事情的角度。吉莉不是曾经指着地图告诉过我们法鲁克住在哪儿吗？她还说欧洲就在非洲的边界上。再想想那个被你们挖出来的家伙，那个来自努比亚的高个子老骷髅，几千年来，这些大洲的位置说不定就是在不断变化着的呢！"

当哀悼的妇女们走过，返回停车场时，爱丽丝停了下来。队伍里最年轻的女人现在走在最后面，她两手空空，双手扶腰，一脸愁容。一位年长的妇女朝着爱丽丝和劳拉点了点头，打了个招呼。她们每个人都走得很小心翼翼，确保后面的人能跟上步伐。

那个年轻女子在离长凳不远的地方扔下了一块白布，爱丽丝和劳拉将它捡了起来，然后继续坐着。那块孤零零的、躺在草地上的布，唤醒了爱丽丝内心的忧虑——她想知道阿尼到底去哪儿了？可在这个到处葬着死胎的花园里，她根本无法静下心来思考。此时，他本应该和她在一起，可他到底去哪儿了？他迷路了？受伤了？究竟发生了什么可怕的事情，迫使他躲了这么久？如果他回来了，他怎么还不来找她呢？

她突然觉得头很烫，还很疼，喉咙又干又哑，声音听上去奇怪极了。

劳拉搂住了爱丽丝的肩膀，说道："唉！爱丽丝，是那位可怜的女士，还有那个小木盒子让你伤心了吗？"

"不是因为这件事。"爱丽丝用手捂住眼睛。

"那是因为什么？是因为爸爸的事吗？是我刚刚说的那些话影响了你的心情吗？你也担心、也希望我们有同一个爸爸对吗？别伤心了，是那样的，我们是亲姐妹，这毋庸置疑。"

爱丽丝用脸蹭了蹭劳拉的肩膀。

"不，不是的，"爱丽丝说着，感觉自己潜入了一个阴暗的、深不见底的湖，"不是那样，劳拉，是因为阿尼。"

"阿尼·宾斯？"劳拉推了推爱丽丝，脸上露出惊讶的表情，又重新抱住她，低声说道，"我怎么不知道你那么喜欢他！"

"不，不是你想的那样，我们只是朋友，我们……不管怎么说，我们年龄差不多，看对方还算顺眼，就成了好朋友。"

爱丽丝并没有说错，尽管她和阿尼都特立独行，尽管他们俩在一起总是格格不入，但阿尼是真正让她感到亲近的好朋友。阿尼喜欢幻想，她很务实，但她明白他们是互补的，他们都拥有古怪的性格，也不喜欢同别人打交道。

爱丽丝吸了吸鼻子，给劳拉讲起了过去两天发生的事，但她没有提到那个标本罐还有小家伙。她告诉劳拉，她和阿尼因为学校的一个课程项目而产生了分歧和误会，他离家出走了，没有留下任何消息，她心里充满了内疚。

"劳拉，我很害怕，我不是担心我自己，而是……可以找的地方就这么多，可我却根本找不到他。"

劳拉倾听着，微笑变得微妙起来，她想要亲一下爱丽丝的脸。

"我知道了，"她说，"其实整件事很简单，我们要做的就是去找他！别担心，就像你说的，地方就那么多，况且我们还有整个周末的时间。你先说说阿尼平时喜欢去哪儿吧，我们可以开菲尼克斯的车去，我经常在聚会后开车送他回家。不过我们得先想想他可能会去哪儿，然后沿着那条路走，你和阿尼年龄差不多，你想想，如果是你，你会去哪儿？"

"他不会走远的。"

"会不会是去哪个亲戚家了？"

"有可能。但是他家里没多少人。他爸爸和伊薇离婚了，去了北方安家。他还有个奶奶，一个人住在离艾尔斯伯里不远的地方。我还记得，有一天下午，她来过这里，嘴唇干得发裂，说除了商店里的收银员，她已经一个月没跟别人说过话了。"

"那我们可以先试着找找这位奶奶，她是宾斯家族的一员吗？我们需要知道她的准确住址。"

"或许我们可以问问伊薇？"

"你敢直接去问她吗？"

"嗯……但是我需要你的帮助，比如说……我们可以假装路过，找个话题，问她阿尼的奶奶，也就是宾斯老太太最近怎么样，还可以顺便看看伊薇是否对阿尼的此次'出行'产生了怀疑。"

"但我们需要一个理由，用来解释为什么我们要在周末阿尼自己都不在家的时候去她家。"

"为了调研一个历史项目，这个理由怎么样？"爱丽丝对自己的编造能力赞叹不已，觉得自己的计划是那么完美，就好像一切都是事先安排好的一样。她接着说："学校每年都会要求我们学生参与几次社区志愿服务，做些垃圾清理或是旧衣物回收的工作。这次我们可以假装在调研一个历史项目，告诉伊薇我们需要采访当地的老年人，和他们聊聊童年的回忆，听他们分享五六十年代的摇滚乐与婴儿潮的故事。噢！不对！应该说这是你开展的一个项目，就说你明年要去一所预科学校，现在正在做准备，这样她就不会问为什么阿尼没有参加了。"

"这计划听起来好像还不错，爱丽丝，但我要先打个电话给菲尼克斯，看看他现在有没有用车。算了，还是先叫辆出租车回家吃午饭吧，我不会只吃牛排了！饭后我们再看下一步该如何行动吧。"

第九章　阿尼

我别无选择，只好跌跌撞撞地站起来，走到门口，站在前门的台阶上。旁边就是爸爸的女朋友，我想，或许我真的可以把罐子交给她保管。

她把装有这个小家伙的罐子紧紧地抱着，独自啜泣，声音听起来令人心碎，仿佛里面装着的是一个真正的、活着的胎儿。我本可以翻个身背对着门，假装一直没醒，就当什么事儿都没发生，但是我没有，毕竟我们这两个不速之客——我和我的小家伙此刻还在这儿。我走到门口，理直气壮地站在她身边。

我必须这么做，原因有三点：

我担心我的小家伙，担心她一时冲动可能会对他做些什么；第二，即便不受待见，我仍要让她知道我还在这儿；第三，我想站得离她更近一点儿，把手搭在她的背上，毕竟我今晚还得借宿于此。"不要脸！"我仿佛听见爱丽丝在说我。可我想把一切安排妥当，想用手拍拍她的背，用胳膊搂着她的肩膀，和她搞好关系。

我快步走到她身边，可她并没有注意到我。她的啜泣声变小了，但她好像并不在意有谁在她旁边站着，也没有抬头。我能感觉出来，周围所发生的事情并没有打扰到她。

她把罐子放在台阶上，用手背擦了擦鼻子，取下头饰，放在餐具柜上。她的头发稀疏，剃得很短，跟我的发型有得一比。她俯下身，想拿起我盖在小家伙身上的羊毛外套。

她背对着我，我看不到她手上的动作，要不然我会叫出声来。我总得说些什么或者发出点儿声音，让她知道我此刻就在她旁边站着。当她再次靠在开着的门上时，小家伙已经从罐子里出来了，被她抱在胸前，身体裹得紧紧的，只露出皱巴巴的额头，还有盖在他身上的棕白色羊毛外套。

"罐子里又冷又干，即便是个死去的胎儿，也会受不了的。"她直直地看着我，严肃地说道。我记得她是个护士。

我感觉自己最后一点秘密都被扒得干干净净。

她那直勾勾的眼神，让我想到了我所做的一切。我感到了前所未有的压力，焦虑像一把刀，刺穿了我内心的防线。这是我父亲家，像伊薇常说的那样，是我那个缺席的父亲的家。我连夜带着一个偷来的、被裹得严严实实的死胎标本来到了我的父亲家里，可他却不在家。我带着秘密从学校一路跌跌撞撞地过来，却被他的女朋友，一个护士，当场抓了个现行。

她洞穿了我的一切，包括我给那小家伙准备的简陋的藏身之所。

我来到这儿，原本是为了寻找一处安全的庇护地，想着可以离开爱丽丝一段时间，来寻获内心的放松，但此刻，我却找不到自己此行的真正目的了。

我本想问她，我爸爸什么时候回家，但直到现在，我都没有提到过一句与他有关的话。她会怎么想呢？这个男孩压根儿不关心他的父亲。

最终，我什么话都没说，我感觉自己什么都不能说，什么也做不了。我没能把小家伙抢过来，只是站在那里，一动不动，盯着他那像蛋壳一样雪白的头顶。在清晨惨白的阳光下，我觉得他看起来比死了还要糟糕，就像是来自另一个世界的幽灵。

他终于摆脱了他的罐子，呼吸到了新鲜的空气，可外面不是他的家，外面干燥极了。

她拍了拍身边的石阶说："先坐会儿吧，有什么事等会儿再说。"

她的语气听上去很温和，不像是命令的口吻。我没有拒绝，在台阶的另一头坐了下来，中间留出的空间足够一人穿行。

她似乎在轻声说些什么，我能听见某种声音正从她周围传来，弥漫在空气中，与清晨时在对面房屋的白色拱门里盘旋的黑鸟儿，还有附近影影绰绰的树林里传来的不见踪影的鸟的叫声交织在一起。不知怎的，我想起了一些常在这个时间点起床的人——送奶工、护士，还有环卫工人们，想起了爱丽丝，还有一些仍在睡梦中的人，比如伊薇。

站在台阶上，我突然明白了为什么这所房子的窗框和前门在黑暗中看起来如此不寻常——它们被漆成了对角线的形状，涂上了天蓝色和深绿色，绿条纹上还点缀着一排排的白色圆点。我想，这肯定是眼前这位女士的杰作。

烧烤架的布置或许也是她的主意。那个新买的、漆黑发亮的烧烤架被人放在了石板路中央，座位是用帮宝适尿布盒制成的，十分显眼。我还记得，过去爸爸总是认为吃这些特制的食物是在浪费钱，他常说："我们只是想填饱肚子，为什么还要费这么大的劲弄这些呢？除了圣诞晚餐，其他都是浪费，尤其是烧烤这种无聊的东西，太浪费了！"

"卡特里娜，"她朝我点了点头，收紧了下巴，介绍着自己，"昨晚没告诉你。"

"卡特里娜。"我重复道，心中松了一口气，总算知道她的名字了。

她再一次收了收下巴，问我："那他是谁呢？"

"他？你是说这小家伙吗？"

"是的，"她将他抱得更紧了，问道，"小家伙？你喊他'小家伙'吗？"

我点了点头，想把我的手也放在他身上。

我注意到卡特里娜在轻声哭泣，几乎没有发出任何声音。她的身体微微晃动着，右手手腕上的木手镯每摇晃一次，门框上就会发出咔嗒咔嗒的声音。她有节奏地来回走着，脚后跟抬上抬下，脚底传来的声音仿佛一阵轻盈的击鼓声。我不禁好奇，是不是我睡觉的时候，她一直都在哭。

她张开嘴，滔滔不绝地说了一长串话，偶尔会停下来喘口气。我感觉很奇怪，明明昨晚我还在苦苦揣摩她的意思，而现在每一个字都一清二楚了。唯一的问题是，她有时称自己为"我"，有时称自己为"卡特里娜"，就好像在说自己以外的另一个人，所以我花了些时间才想清楚她说的那些话到底是什么意思。

"好了，阿尼，"她说，"你想知道我为什么要帮你吗？

我来告诉你原因。卡特里娜生了五六个孩子，她带着他们来到这个世界，但这些孩子一个也没能活下来。他们跟这小家伙很像，但有些出生得早，有些出生得晚。当我生其中一个时，医生拿着刀划开了我的肚子，我感到有风灌进来，那孩子有一个漂亮的圆脑袋，身形也很好看，可他还是死了。其他孩子都长着又尖又长的脑袋，就跟这小家伙一样。"她捧着小家伙的头，摇晃着，手镯咔嗒咔嗒地响着。"实际上，"她接着说，"卡特里娜非常清楚新生儿的样子。她有助产士证书，所以见过很多婴儿，她见过可怜的、生病的新生儿，那些婴儿生下来脑袋就像酒椰纤维一样耷拉在背上，心脏在身体外面，小小的手臂就像小翅膀。我觉得这小家伙生下来或许也跟普通婴儿没什么两样，小小的，头朝前伸着。但就像我的孩子一样，他没有选择活下去。还有一种可能，也许他体内某处藏有一个洞，所以他的灵魂顺着洞飞了出去，又或者他曾环顾四周，找不到方向，觉得这个世界太陌生了，不适合他居住，就像卡特里娜生的每一个孩子一样。"

她把小家伙抱得更高了些，放在她的下巴和肩膀之间，仿佛举着一把小提琴。

"孩子们离开我，然后又回来，一遍又一遍。在我的家乡，一片三角洲流域附近，我们伊博族人管这些小家伙叫奥格班杰孩子①。这些孩子总是敲着同一个肚子、同一个妈妈的门，揪着妈妈的头发，想再试着出生一次。'求求你，再让我出来一次吧！我想用我的双臂拥抱你，让你感到温暖，再试最后一次

---

① 奥格班杰孩子（Ogbanje Child），伊博族（西非主要黑人种族之一）民间传说中的邪恶精灵，相传会给出生的家庭带来厄运。——译注

吧！'听到孩子这样苦苦哀求，妈妈们怎么会忍心拒绝呢？她们只得同意，然后孩子们就冲了进来。尽管如此，大部分孩子还是没能带着对生的渴望活下去。"

我试着把目光转向躺在她肩膀上的小家伙，但又有点儿害怕。我听说早已死去的东西适合躺在远离阳光的地方，当空气和光接触到它们时，它们会消失殆尽，只留下石棺底部的一缕尘土，还有一条油腻的纹路。我怕第二次从罐子里出来的小家伙会突然开始缩小、变色、发紫，像受了伤一样哭泣。但当我硬着头皮把目光移到他躺着的地方时，只看到他灰白色的头顶贴在卡特里娜细腻光滑的脖子上。

"在工作中，"卡特里娜说道，"我见过很多遭受怀孕之苦的女人，她们身材走样，变得浮肿，胎儿在她们的身体里到处乱动，让她们全身都不舒服。有些甚至会出现宫外孕的状况。胸部和膝盖也常遭受子宫痉挛带来的疼痛。"

她半闭着眼睛，抿着嘴唇，好像在哄小家伙睡觉，接着说道："卡特里娜算走运的了，她没有遭受过那种痛苦，可还是有一个四处游荡的小胎儿来回逗她、戏弄她，伤害了她五六次。"

她一边说，一边拍着小家伙的背，抱着他的腰。

"在我的国家，老一辈找到了一种有效的治疗方法来应付这些不安分的、幽灵般的胎儿。作为一个现代护士，一开始我并不相信这些所谓的好方法，但后来，我渐渐发现，尽管到这儿多年了，我还是感觉自己是个外人，总是觉得孤立无援。随着时间一年年地过去，我慢慢听进去了他们说的话。我是个有经验的护士，获得的资历证书也很多，但我感觉这地方还是容不下我。人们第一次见到我时总会问 ——'你什么时候回家？'内政部的人也在我的居留许可问题上拖拖拉拉的。当我遇到麻烦或感到悲伤沮丧时，我就又一次想起了那些说法。"

她把嘴唇凑近小家伙的脑袋，继续说："老一辈认为，应该对那些奥格班杰孩子采取些强硬的措施，把它们埋在沼泽深处、树下或者约克郡的沼地里，不让它们的灵魂自由地来去。有人甚至会在家折断那些婴儿的胳膊，把它们丢在人迹罕至的森林里，或者放在陶罐里，并封好罐口，再丢到很远很远的地方，让它们没法找到回家的路。人们还会挖走附近的灵物，魔法石或者贝壳，把它们碾成碎片，不给那些孩子苏醒的机会。妈妈们则需要塞些泥土到耳朵里，避免再次听到孩子们的呼唤。她们得走得远远的，才能摆脱掉那些奥格班杰孩子的灵魂，就像卡特里娜走了很远很远才到达这里一样。她曾在她的国家与政府对抗，所以没几个人想让她回去。看到某些运动领袖被关进监牢，她拼命筹集资金来支持他们的工作，而面对那些不干正事的坏官员，她也只能在心底诅咒他们。可这一切都无济于事，卡特里娜仍旧只能坐在那儿，怀念她曾失去的所有孩子。她坐着做梦，想抚平内心的痛苦。"

接着，她解开了小家伙身上的羊毛毯，好像在给他一丝喘息的空间。这是我第二次近距离面对着小家伙的脸，但我只瞥了一眼就把目光移开了。那张脸有点像老人的脸，布满了皱纹，一双小小的、淡蓝的、茫然的眼睛皱成一团，像久经沧桑。卡特里娜顺着我的目光，低下头盯着小家伙看了很久。她似乎并不介意他的样子，因为接下来她开始用一种轻柔甜美的声音和他说话。

"你长得多帅啊，从头到脚都很好看！尽管过了这么多年，你的皮肤还是一如既往地结实紧致。一些考虑周全的聪明人拿剃刀在你的胸口划下了一道口子，驱走了你的邪恶，也方便我们随时认出你。"她说，"你要是能听得进去我说的话，那在回去找妈妈之前一定要三思，因为这可能会让她再次陷入焦虑之中。你胸骨上有一道发黑的伤口，那似乎是剃刀碰过的地方。小宝贝，如果你是我的孩子，我也会在你两边的肩膀上各划下三道特别的口子，这样我就能随时找到你。我会把你裹起来，给你温暖的拥抱，在你的伤口上敷药膏。那样或许你会想活下去吧，留在这人世间，那我就可以用手试试你有多重，就像你是一个活着的小孩一样。如果我抚摸你、照顾你，也许你会想，'哈，这很好！'然后更加努力，把生命的绳索套在自己的脖子上，你会慢慢地感受到这个世界上的冷热变化，说话时会流口水，有时候，身体上甚至还会脏得长出虱子，就像个真正的孩子那样。"

她一边说，一边抚摸着小家伙的后背，解开羊毛外套，然后又裹住他，在外面加上了一条她从门边的木钉上取下来的红围巾。我实在是太困了，就把头靠在门框上，这样就不会摔倒了。我迷迷糊糊地想，要是哪儿有张床可以让我躺着就好了，哪怕是一小块地毯也行……就在这时，她吓了我一跳。

她突然挺直腰，不再盯着小家伙，重重地咳嗽了一声，说："阿尼……"

她声音的变化着实吓了我一跳。我不知道她为什么会无缘无故地换了一种新的语气——那种护士日常说话的腔调，听起来既陌生又熟悉，夹杂着非洲口音和北部口音。

"阿尼，我想你会喜欢我接下来的计划。"她说。我猜，这才是她真实的语气，她在病房里、在街道上跟人说话的语气。"现在还早，我们可以去散散步，我知道一个可以散步的好地方，一个美丽、绿色、开阔的地方，现在很少能找到这种地方了。我们可以去那里走走，呼吸一下新鲜空气，回来的路上或许还能喝杯热饮、吃顿早餐呢。这附近有一家咖啡馆，就在那家你爸爸也知道的五金店隔壁，说不定我们还能在那儿找到他。有一天，他喝了一晚上的酒，早上就在那儿吃早餐，"她哼了一声，继续说，"他晚上总是去喝酒或者干什么别的事。"

她俯下身拍了拍我的脖子，我一脸困惑。我能感觉到她摸完小家伙的手是湿的，因为在她刚拍过的地方，我的衣服粘在了皮肤上。

"不要担心，"她说着，又换了一种语气，"我要去换身衣服，穿着它们太难走路了。你爸爸和我昨晚举行了一个小型聚会，吃烤肉，喝啤酒，我们在周末时经常这么做。"

她的话里提到了我爸爸，我几乎可以接着问她——"那他现在在哪儿？"但她没有给我机会，仍在继续说："我想带着你的小家伙去我说的那个地方，你觉得怎么样？"

我不知道是该微笑着说好，还是皱着眉说不。但她好像从我的动作中看出了什么，她站了起来，膝盖处传来一阵轻响。她小心翼翼地把小家伙放在我睡过一夜的蓝色扶手椅上，然后走上楼，消失在我眼前，她上楼的时候每一级楼梯都吱呀作响。几分钟后，她又下楼了，头上没有裹头巾。她穿着牛仔裤和白衬衫，衣服熨烫得平整贴身，我觉得那是我能烫出的最好的效果了。

她把小家伙放进羊毛外套里，又把一条新的红围巾放进柳条图案的袋子里。看到她提着伊薇的袋子，我总感觉哪里怪怪的。她似乎又改变了主意，把小家伙抱了起来，将围巾对折起来，围成一个袋子的形状，绑在胸前，将小家伙放在她背上的这个小小的、扁平的"包裹"里。接着，她拿起柳条图案的袋子，里面装着羊毛外套和我的全部东西，然后将手放在了门把上，站在那里等着。

很显然，她完全不介意我像个机器零件一样站在房间中央，一直没说话。

"我爸爸呢？"我总算迟疑地蹦出几个字。

我的手发痒，想拿回我的东西，抱走我的小家伙，提回那个属于我的柳条袋子。

她将头看向街区的另一边，说："他总有一天会回来的，也许就在一个今天这样晴朗的日子里吧。上个星期我说，我讨厌他那张脸，特别是当他……"她在寻找合适的字眼，最后用了"喋喋不休"这个词，"在我们聚会的时候，他总是喋喋不休，都不像我认识的那个人了。他为什么会变成这样？为什么他在自己家里开完派对后还要和朋友去酒吧？难道是去和他的新女友吃一顿好酒好肉的美餐？是什么让他变成这样的？他结交的都是些什么狐朋狗友啊！"

这些问题似乎没有直接的答案，但我还是说："他和我们住在一起的时候就喜欢去酒吧。每天早上，他一从酒吧回来，我妈妈就会用地毯刷把他沾满烟酒味的衣服刷干净。"

"好吧，陋习难改，换作是我，我会直接将他的衣服扔进垃圾箱！等等，孩子，我想到了一件事。"

她绕过我，开始在相框堆里翻来翻去，最终选出了三四个相框放进包里。她拿起相框时用手遮住了上面的人脸，但我敢肯定那就是她家人的照片。我突然感到庆幸，还好可怜的小家伙没有出现在那些相框里，不然会被永远地封印在相框之中，像在一个封闭的玻璃箱里表演特技的魔术师。

尽管如此，我还是为小家伙担心。我跟着卡特里娜走到街上，担心羊毛外套会擦伤他的皮肤，担心他在她背上保持不了平衡。我还怕他冷，我感觉冷空气已经掠过他的羊毛外套，他的身体逐渐变得干燥起来，皮肤都要裂开了。可明明爱丽丝昨天才和我达成共识，我们要尽最大的努力让这小家伙处于湿润的环境中。

走着走着，我突然想转过身看看装小家伙的罐子，却想起卡特里娜把它放在了门边。可是，我们明明应该像携带小家伙的便携式浴缸一样随身带着它啊，必要时还得把小家伙再泡在里面呢！我想去把罐子拿回来，可是为时已晚，门已经被她锁上了。她把包挎在胳膊上，耸了耸肩，背着小家伙，将他推到了一个更舒服的位置上。

我们踏上了那条铺满鹅卵石的街道，这正是我昨天来时的路。接着我们转了个弯，穿过了一条条纵横交错的街道，街道旁边都是挨得很近的房子。我们左拐右拐，发现在一条道路的尽头就能拐进另一条街。我们没怎么说话，她大步走着，在前面带路，仿佛一个肩负使命的女人。如果我停下来喘口气，她就会耸起肩膀等着我。

我们的目的地是位于山上的一片绿地，这片绿地一直延伸到我们正在爬的斜坡的坡顶，每次转弯的时候，她都会将它指给我看。那地方看起来像一个公园，四周长着枝叶繁茂的深绿色树木，还有一扇围着栏杆的木门。当我们走近时，我看到四周乱七八糟地立着许多墓碑，上面沾满了露水。

卡特里娜拉着我的手，想带我去这片墓地看看。她像前一天晚上一样，使劲地拽着我，我别无选择，只得跟在她后面。我抬头看着她，她走路时身体上下起伏，就像背上的小家伙正在呼吸一样，我的脑海里瞬间浮现出这小家伙活着的模样，他会伸手，会说话，会扭动，甚至还会翻身。

我们穿过几条全是墓碑的过道，双腿掠过被露水浸透的高大荨麻，来到院子左边的一片高地。卡特里娜似乎很清楚该往哪儿走，而我却像个亡命之徒一样挣扎着才能跟上她。还没走多远，我的裤脚就被露水打湿了，裤子粘在皮肤上，从脚踝到膝盖都湿漉漉的。

到了山顶，她抓住我的肩膀，推着我转了个身。我们站在一排波浪形的石板和一个巨大的大理石十字架中间，身后是深色的冷杉树。湿漉漉的草地四周，到处都是盛开的蒲公英。透过十字架，我看到了笼罩在蓝色晨雾中绵延数英里的城市。

"天哪！"我说。我能听出自己的声音是多么沮丧无力。

我在正前方的石板上坐了下来，喘着气。石板顶部长满了厚厚的一层酸黄色地衣，遮住了上面的图案和文字，我用一根手指在上面刮了刮，却还是没能认出上面到底写了些什么。

卡特里娜并没有像我那样喘着粗气，她呼吸有些沉重，但听起来还算平稳，像睡熟了一样。她正忙着把东西放到石板上，先是从包里取出照片，将它们面朝下放好，接着又解开绑在背上的红围巾，用手往下拉了拉，将那小家伙的头从毛茸茸的毯子里露了出来。她把小家伙侧放在石板中间，我想让她看看他，检查一下他的情况，但她正忙着在腰上打结，系着一条我从没见过的三角形披肩。我想，这条陌生的披肩一定是被她放在包里悄悄带过来的。她自言自语，弄了快十次，才对打好的结感到满意。

"我不是这个国家的人，所以人们总是对我指指点点，但我想说——站稳脚跟的最好办法就是生个孩子。"她打了个结又解开，"虽然我的孩子们都没能活下来，但我来到了一个新地方，这又是一个新的开始。丹尼的儿子给我带来了这个小胎儿，不管他是由于医院救不活而被遗弃的，还是什么原因，他都给我带来了希望。"

她弯下腰，像是在小家伙身上找着什么，我没看清。

"这标记很特别，"她对小家伙说，声音低得我都快听不见了，"有人在你身上做标记，是怕你在森林里迷路了，对吗，孩子？那么……你来对地方了，这里只有石头和墓碑，非常安静，离我家也够近。"

起初，我望着外面山坡上那些竖得歪歪扭扭的十字架，没明白她的意思。但当我眯起眼睛，又看了一遍的时候，我突然意识到了什么，那感觉就像头上挨了一棒。

我突然灵光一现，明白了她为什么会说那些话。

她打算把我的小家伙留在这些古老而破败不堪的墓碑中间，当作祭品一样。我想起了她提到过的那些老一辈讲过的传说，那些不愿留在世间的婴儿会被父母诅咒，然后被遗弃，埋在很远的地方。我敢肯定她也是想把我的小家伙给埋了，献给神灵和祖先。她带来的照片就像一份保证书，她把它们正面朝下放着，可能就是为了祈求神灵和祖先，她已经失去这么多孩子，不要再让她失去更多了。我想起她喊我"丹尼的大儿子"，或许她也想在英国和我的爸爸——丹尼·宾斯生一个自己的孩子，而且要这孩子活下来。

某种力量突然涌上了我的腿和胳膊，我扑向她，头撞到了她的腰。我把鼻子埋在她蓬松的黑色钩针披肩里，抓住她的手臂，双脚咚咚地踩着地面，听到不远处有个声音在喊："不要，不要，不要！我的，他是我的，我的！"

我松开她的衣服，转过身去，伸手去摸躺在石头上的小家伙。他笨拙地侧着身子，我努力地放慢动作，以免伤到他。我抱起了小家伙，但我感觉手上轻飘飘的，好像只有一阵冷风拂过。就在这时，卡特里娜抓住我的肩膀，今天早上第二次推着我转过身。我抱着小家伙，站在她对面，有些气愤地看着她的眼睛，但她的表情看起来却很和善。

"孩子，孩子，听我说，"她再一次以护士的口吻说道，"小家伙是你的，这没问题，我不会跟你抢，也不会跟你吵，我只是想给你一些建议。我认为你得让他好好睡一觉，安息于此，还得张开他的嘴巴，让他透透气。但到头来，你想对他做些什么，还是你自己说了算。"

她握着我的手，慢慢地把小家伙从我的手上弄到了她的手里。我没有阻止她，只感觉自己起了一身鸡皮疙瘩，牙齿也开始打战，可她还在说个不停。

"对我来说，阿尼，能够看到这小家伙，还能抱着他，我已经知足了。他和我一样，没有身份证明，在这地方找不到归宿。我这么做，只是想把他放在我和我自己孩子的照片旁，祈祷上天保佑我们一切都好。他身上特别的标记让我对他有了特殊的感情，他给我带来了好运。"

我紧紧地盯着卡特里娜的脸，看到她的眼睛里充满了渴望。我想让她明白，我在试着理解她。突然间，我觉得我和爱丽丝好像施展了某种魔法，虽然一切都超乎我们的想象，但昨天那个"冒险"好像突然变得有意义了起来。出于好奇心，爱丽丝在小家伙身上划了道口子，因为她是个年轻的"准外科医生"，因为她讨厌我和她争执。但现在，正是这道口子让小家伙变得特别起来，是爱丽丝给了他这个特别的标记，一道永远专属于他的标记。

"让他喘口气吧，"卡特里娜说，"我想跟你说两件事，阿尼，一件大事，一件小事，但是，这两件事是大事还是小事取决于你自己的想法。"

我垂下眼睛，看着地上沾满露水的草地，还有像小太阳一样的蒲公英。

"我想说的大事是，稍晚一点儿的时候，请你离开这儿，离开我家，可以吗？我知道这对你来说不容易，毕竟我们才认识，你跑了大老远是为了来看你爸爸，但你是个聪明的孩子，所以我想你能理解。过段时间，你再来这儿好好玩一玩，行吗？你可以坐火车来，我会去车站接你。在我的故乡，我们会把水倾倒在地上，感谢祖先赐予我们的一切，到时你来的话，我也会按照风俗，把水泼在地上，欢迎你的到来。但现在你还是走吧，回家去吧，好吗？我想一个人静静，我不想一直和孩子们待在一起了，不管他们是死的还是活的。我感觉我失去的那些'鬼宝宝'已经够多了，它们时常纠缠着我，还用小拳头捶打我。"

她重重地叹了口气。

"阿尼，我还想向你请求一件小事，但事大事小，还是跟刚刚一样，看你自己是怎么想的。让我和你的小家伙单独待半个小时，可以吗？我保证我会像你看到的那样温柔地对待他，我会为他唱歌。他胸口的伤口还是裂开的，我会用手指轻抚伤口，紧紧地抱着他。你去散会儿步吧，去买杯茶，喝杯牛奶，或是喝一瓶芬达，我说的那家咖啡馆就在我们来的时候经过的最后那条街上，你喜欢什么就买什么！之后，我们就回家，你带着你的小家伙，让他安然无恙地回到罐子里。我不会再打扰你们，你们回到南方，找个安静的地方，让这小家伙回到属于他的'家'，好好休息一下。"

她把她那轻如羽毛的包裹放在石板上，很坚定地把手放在我的前臂上，然后把整整两英镑的钱塞到我手里。我起身准备去旁边走走，她转身回到墓碑那儿。在长草扫过我双腿发出的沙沙声中，我能听到她在轻声哼唱着些什么，但我没有回头。

是小家伙身上特殊的标记——那道伤口，让我可以放心地离开。同时，我也有了一种感觉，我和爱丽丝已经在不知不觉中实现了卡特里娜的愿望：给了她一个和小家伙独处的机会。

第十章　爱丽丝

爱丽丝上车后，劳拉启动了车。过了一会儿，劳拉在阿尔比恩街 8 号猛地停了下来，正好停在了伊斯拉和阿米娜双胞胎家旁边。原来这对双胞胎正站在窗边向她们挥手，这姐妹俩留着同样的鬈发，穿着同款太阳色围裙。劳拉把车停正，甩了甩头发，长舒了一口气。爱丽丝朝双胞胎挥了挥手，她惊讶地发现自己此刻的心情出乎意料地好，心中充满了对旅行的期待。对于没有驾照的家庭而言，汽车是新奇的物件，所以即便是开着菲尼克斯那辆已经有十五年历史、挡风玻璃开裂、手刹都失灵了的菲亚特，她们都觉得是一种享受，觉得今天是个适合外出的好日子。

爱丽丝把副驾驶座位往后拉了拉，感觉像躺在吊床上。她想象自己现在是块石头，被挂在吊索上，或是个小球，被人捏在手里。她希望有个人能把她抛出去，让她跳过这个无聊的周六上午，最好能穿梭到不远的未来，去一个空旷的地方，好让她能厘清思路，把所有难题都一一解决。

她们顺利地找到了伊薇，伊薇的工作很忙，她是在工作中途溜出去见她们的。她先给客人敷好面膜，然后抽空溜了出来。她穿着白色工作服，站在走廊里，说话时看着手上的指甲，几乎没提阿尼。"是啊，他去参加学校的什么旅行了，"她漫不经心地说道，"你们一年要参加几次这样的项目啊？"

"你们正在做的地方性历史项目是劳拉的还是爱丽丝的？是大项目还是小项目？"姐妹俩还没来得及回答，伊薇就已经在粉色便利贴上草草写下了她婆婆的名字和地址。

"看到你们为伍德帕克中学做贡献，我也很开心！"伊薇瞥了一眼手表，便急匆匆地下楼了。

她们顺利拿到便利贴后，爱丽丝的脑海里浮现出一个令她开心的念头：达芙妮·宾斯太太，艾尔斯伯里比克罗夫特路 17 号……而十七岁，正好是劳拉的年龄！她坚信她们离阿尼的藏身之处又近了一步。阿尼对他妈妈说的是他去参加学校的旅行了，这一点完全在爱丽丝的意料之内。她在试图理解阿尼，理解他善意的借口，理解他悄无声息的"诡计"。不知道为什么，她和阿尼似乎重新"联系"上了，她在向他发送"暗号"，他也在向她传递"密语"。她觉得自己把阿尼的行踪猜得八九不离十了。无论如何，她和劳拉得先去宾斯太太家看看，于是继续开车向前驶去。

车子行驶在出城方向的伦敦路上，灰暗的路灯下，马路显得干燥发亮。道路两侧棕色的联排别墅像某部电影的取景地，让人仿佛置身于 2002 年的英国。低矮的花园墙后立着绿色的带轮垃圾桶，别墅的白色飘窗上挂着宜家的板条百叶帘，一张捕梦网正在路边某个孩子的卧室里轻轻摇晃着。这里几乎每三座别墅里就有一家民宿，门上挂满了吊篮，张贴着"空房"标识。到处都停着小汽车，一旁的防盗警报器闪个不停。

劳拉将车速切换到四挡，慢慢放松下来，准备和爱丽丝好好说说话。她想让爱丽丝知道她现在的心情有多么好，她感觉很兴奋，很轻盈，就像飘在许多泡泡上。她有种强烈的预感，爱丽丝和阿尼的事情也会顺利解决，昨天在医院的花园里她就有这种感觉了。她坚信，在今天结束前，阿尼会被找到，一切都会好起来的。

她结结巴巴地喊了一声爱丽丝。

但爱丽丝并没有注意到，只是瘫坐在座位上，一副心神不宁的样子，不停用肩膀蹭着那破旧的塑料软座椅套。绿灯接连亮起，就像汽车引擎里有个神奇的控制开关正在操控，为她们指路一样。

爱丽丝本来不相信任何她看不见摸不着的东西，但此刻她觉得那小家伙已经变成了一股无形的力量，一直在推动着她们的旅程。那个原本已经死去了的生命仿佛变成了一股能量，带着她们穿过绿色和金黄色的田野，一路上飞速驶过镇上的酒吧、开着零售小店的公园、手机贴膜店和带有"乡村联盟"字样的广告牌，到达它指引的地方。

"我特别喜欢菲尼克斯安静思考的样子，"劳拉说，"我喜欢他洞察一切之后发表自己见解的样子。"她的呼吸变得轻盈而急促，就好像她正凝视着一个极具诱惑力的宝箱，思索着下次该拿出哪件珍宝一样，"在和吉莉相处的日子里，我很痛苦，但菲尼克斯对我很好。他听我说话，抱着我，还夸我漂亮，我还有什么不满足的呢？"

爱丽丝半闭着眼睛，看到一只红色的风筝在头顶盘旋。她想起劳拉曾要求她发誓对病情保密，不要对菲尼克斯提起任何与之有关的事情。

"我渐渐能理解吉莉的良苦用心了，"劳拉说，"我明白她为什么担心，之前也许是我太计较了。我曾想过节食、吃低脂的东西，也想过加入那个叫'麦肯齐'的减肥俱乐部，那里的人号称吃沙拉就能减肥。我知道吉莉担心我伤害自己，但很多女孩都这么做。吉莉一直觉得我讨厌自己这臃肿、黝黑的身体，担心我会一气之下把这些赘肉割掉。可话说回来，家家有本难念的经，对于我们这种仅靠母亲撑起来的单亲家庭来说，发生这种事也在意料之中……"

听到"割掉"二字，爱丽丝微微动了动，摸了摸自己的裤兜，那里放着她收集的刀具，装在一个丝绒袋子里。金属刀片紧贴着她的大腿，冷冰冰的。袋子旁边还有一把用布包着的长刀，她通常不会带在身上。这把长刀是爱丽丝祖父的一把20世纪30年代的锥形剃刀，爱丽丝上次做解剖实验后才发现这把刀藏在墙壁和衣柜之间的缝隙里。

劳拉还在继续说个不停："我有时候真的挺不理解的，为什么人们要制造痛苦，还要忍受痛苦呢？比如詹姆斯·迪恩，还有比他更帅的人吗？可他在遭遇车祸后，人们竟然发现他的皮肤上满是用烟头自残的烫伤。我看过相关报道，平时他会用衣服遮住身体，就像我们出水痘时会遮住满身的痘痘那样。可我不理解，为什么像他这样的人也会陷入这种境地。我简直不敢想象，那些可都是烫伤啊！"

爱丽丝一时兴起，想检查一下剃刀还能不能用，于是用食指和拇指捏着剃刀，摸了摸刀片，看它是否锋利，而后又瘫坐回座椅上。这把剃刀是在她和劳拉准备出发的时候，她突然跑回去带出来的，以防在路上用得着。她想用这把刀来做点儿特别的事情。她之前一直想将这把刀作为和解礼物送给阿尼，希望阿尼能原谅她。

劳拉已经说了很长时间，这时，爱丽丝插嘴道："不知道莱昂纳多·迪卡普里奥在一天结束的时候是不是也会有这种自残的念头？你说呢？毕竟，他拥有一切，又是那么才华横溢、帅气迷人！"

爱丽丝也没想到自己竟会说出这种话。

但劳拉没有细想，也没有回应什么，只是继续开着车，手指仿佛在方向盘上弹钢琴。此刻，她脸上挂着微笑，似乎想到了某些美好的事情。

"菲尼克斯一点儿没变，"劳拉岔开话题，"我们第二次见面也是在那个初次相遇的俱乐部，他看起来很紧张。那个时候，我就确信我们会成为灵魂伴侣的，而且一定会比罗密欧与朱丽叶还要亲密。"

爱丽丝把头斜靠在副驾驶座位的头枕上，劳拉时不时侧过头看她一眼，但她毫无回应。爱丽丝不想听到任何关于菲尼克斯或青少年恋爱的事了，劳拉似乎也看出来了，于是开始说东说西。她讲话的声音和轮胎轧在柏油路上的声音、超车的呼呼声混在一起。最后，她终于安静下来，没再说话了。时间过得很快，前方的路也开始变得极其狭窄。

爱丽丝突然意识到，姐姐今天下午完全没有提到住在遥远的喀土穆的法鲁克·汗。

地面传来轮胎驶过混凝土公路的刺耳声。劳拉噘着嘴，紧闭着下唇，操纵着方向盘，把车停在加油站旁边的人行道上。"我想我们应该到了，"她一边说着，一边越过爱丽丝拿起了放在后座上的地图，"艾尔斯伯里……就算没到也离这儿不远了。"

* * *

宾斯太太家的白色大门敞开着，好像房子的主人已经知道她们要来，现在正放下手里的活，张罗着准备欢迎她们，要为她们烧水沏茶一样。这幢平房位于郊区的比克罗夫特路上，爱丽丝她们来的时候正值午后，温暖的阳光照耀着门阶上几盆打蔫儿了的牵牛花。

姐妹俩先是用指关节轻轻地敲了敲门，无人应答；接着她们用力地猛敲了几下，门后还是没有丝毫回应；于是她们挥动拳头，对着门中间狠狠一击，可还是没人出来。她们一直喊"宾斯太太""宾斯太太"，还是没有回应，于是姐妹俩更大声地喊道——"宾斯太太，您在家吗？"屋内依旧无人应答，只有一只黝黑发亮的猫从她们脚边跑过，一溜烟儿钻进了昏暗的房子里。

沿着走廊往里走，爱丽丝看到松木桌子上摆放着一部白色的电话，上面有一个超大的键盘，听筒垂在地上。木制的壁柜上摆放着一排猫头鹰陶瓷摆件。靠近门的地方，有一双系带式户外鞋，放在一张 2000 年 9 月份的报纸上，还有一件中号的米色雨衣，挂在鞋的正上方。

一定有人在家。

劳拉和爱丽丝看了看对方，都有些疑惑，然后又喊了一声："宾斯太太，在吗？"依旧无人应答，于是她们一起蹑手蹑脚地走进了屋里。

映入两人眼帘的是一片荒凉的景象。右边的小客厅像个老鼠窝，地板上散落着一堆纸——碎纸、报纸，还有用过的信封，这些纸都被撕成了条状，还皱巴巴的。杂乱的纸张中，几张长靠椅、单扶手椅和小桌子被人随意摆放着。瓷砖壁炉台上，一束干枯的菊花斜插在彩色的雕花玻璃瓶里。

对面主卧室的门半开着。这个房间似乎经历了一场狂风暴雨，像被某种强大的力量侵略过一样。被褥被扯得乱七八糟，散落在地上，原本捆在一起的一摞厚衣服也从衣柜里掉了出来。

爱丽丝和劳拉侧身走着。爱丽丝走在前面，回头看了看。

"好奇怪啊！"劳拉对爱丽丝做了个口型，她的眼神呆滞，还有点儿惊慌。

"是的。"爱丽丝点了点头，她依稀听到劳拉说的是——"是有人死了吗？"

厨房一片狼藉，里面全是水。粉色的方格布窗帘拉得严严实实，地板在忽明忽暗的光线下泛着水光。走近一看，只见地毯正泡在一英寸深的肥皂水里，衬衫和内衣也漂在水面上，像煮熟的意大利面，肉色的连裤袜则像一团海草堆在地上。

爱丽丝脱下运动鞋和袜子，小心翼翼地走向洗衣机，显然这是罪魁祸首。洗衣机的门炸开了，塑料钩也松了，看起来已经报废。劳拉戳着水槽里一堆没洗的盘子，脸上露出了厌恶的神情。

爱丽丝走出厨房门，终于在后花园里看到了宾斯太太，她抓住劳拉的手腕，示意姐姐看那边。

老太太站得笔直，像根杆子一样靠在后花园尽头矮小的玫瑰树篱上。她的一头白发，湿漉漉的，粘成一团又一团。一侧肩膀以一种奇怪的姿势弓着，好像抽了筋一样。她穿着一件淡橙色的睡衣，外面套着一件羊毛衫，泛白的胳膊从袖子里伸了出来。

劳拉跟着爱丽丝走上厨房台阶时，听到了宾斯太太鼻子里传出的嘶嘶声。爱丽丝正忙着擦干脚上的水，她突然意识到老太太可能并不是生气了，而是很害怕。因为她和劳拉是从后门溜进来的，这太突然了，或许是她们吓到老太太了，但她们也没办法，从厨房台阶走过来，只有穿过这条水泥小路，才能到玫瑰树篱这边来。

爱丽丝已经认不出宾斯太太了，就连她嘴巴的形状也与爱丽丝记忆中的不同，和上次在阿尼家看到的根本不一样。眼前的宾斯太太整张脸都干巴巴的，仿佛经历了一场爆炸，又或是经历了一场风沙的洗礼，她的脸上、耳朵上和脖子上都起皮了，整张脸也都干裂了。

过了很久，爱丽丝才伸出手来。她慢慢地举起手臂，想拉宾斯太太一把，但老太太的表情仍然很惊恐，圆圆的眼睛直勾勾地盯着爱丽丝的脸，丝毫没有注意到爱丽丝那只举起来的手。

"我是爱丽丝，是您孙子阿尼的朋友，我们以前见过一面的。这是我的姐姐劳拉，我们这次来得有点儿突然，希望您不要介意……"

"阿尔比，是我亲爱的阿尔比。"宾斯太太突然插嘴说道，苍白的脸上露出了一丝微笑。她身体不算灵活，说话却很轻快，"我总是站在阿尔比这边，即使别人都不赞同我，但是我坚信他是对的。人们都以为，沿着这条路走到河边，过了桥再继续往前走一段就能找到他了。但阿尔比要比你们更熟悉这里，他在这儿住过好几个月，他觉得你们是找不到这条路的，阿尔比知道人们总是会偷偷谈论他们的秘密，还会故意上门找他麻烦。那地方到处都是他们的人，还有他们部队的降落伞！你看，阿尔比相信自己。他说，'总会有一条更加曲折的路，总会有一件又一件事接踵而至'。现在我们知道他是对的，阿尔比知道这里发生的一切，也知道这里的秘密。"

爱丽丝从小路上走到草丛边，想让劳拉也和宾斯太太打个招呼，但宾斯太太后退了两步，似乎想从她们俩身边躲开。要不是有东西挡在面前，老太太可能会因失去平衡而摔倒。

"宾斯太太，您的厨房里似乎出了什么事，"劳拉已经走得太靠前，不得不说点什么，"您的洗衣机好像……"

"你也知道，今年夏天雨下得很大，你都想象不到这雨下得有多大！屋里漏水了，我用水桶和脸盆接水，雨水在盆里哗啦哗啦地响，室内也变得非常寒冷潮湿，我只好穿上毛衣，到花园来躲避这可怕的大雨。"

"我们可以帮您清理，"爱丽丝挤到劳拉面前，"别担心，我们来了，我们为了寻找阿尼来到了这儿。如果家里有毛巾的话，我们可以把毛巾铺在地上，擦掉那些脏东西，或者用旧毛巾、洗碗布、报纸，甚至撕破的报纸碎片都可以。"爱丽丝不安地瞥了劳拉一眼，接着说，"可能在我们清理完之前，您的孙子阿尼就回来了。"

"别做梦了，不可能的！"宾斯太太的眼睛瞪得很大，

"不可能！你怎么能这样想呢，亲爱的？我也曾如此期望过，但你知道我是不会让任何人进来的。我的餐具柜整理得那么整洁，所有的衣物都一尘不染，包括那些旧毛巾！我在这方面一直做得很好，不是吗？我衣服的边边角角都叠得很整齐，而且还熨烫得很平整。"

宾斯太太先是稍稍动了动，然后用力挣扎了几下，看起来像是被困住了。爱丽丝这才发现异样，或许宾斯太太的衣服是被玫瑰刺给钩住了。

为了不引起注意，爱丽丝往宾斯太太左边挪了几步，果不其然，玫瑰刺把老太太的衣服钩住了。爱丽丝示意劳拉继续说话，分散老太太的注意力。此时，劳拉的脸看上去有些扭曲，像吃了什么苦涩的东西。

"我们是不同年代的人，"老太太的语气突然变得神秘起来，"我们那时喜欢吃大块的硬糖。在定量配给的那些年里，我们怎么都填不饱肚子。即便如此，我们这些女孩还是得学会整理内衣裤，学会叠袜子，袜口的蕾丝得翻下来，要叠得整整齐齐，干净利落。不管是放在柜子里还是穿在脚上，袜子都得整整齐齐。柜子就是一个人性格的缩影，再没有比这更私密的地方了，所以我不会允许别人对我的柜子指手画脚，无论如何都不会同意的，更不会让别人那又黑又脏的手到处乱摸。"

爱丽丝听到姐姐咬牙切齿的声音。没错，劳拉感觉自己被冒犯了，就像豌豆公主被豌豆硌到了一样。

爱丽丝也受不了这些唠叨。宾斯太太的肩膀往上抬了抬，爱丽丝终于看到，老太太衣服上有好几处地方都让玫瑰刺给钩住了，她一时很难挣脱。她的羊毛衫就像一张蜘蛛网，缠在了玫瑰的刺上。

爱丽丝想，或许是在洗衣机爆开向外喷水的时候，又或许是自己和劳拉不请自来，走进敞开的前门的时候，宾斯太太匆匆跑进了花园里，一不小心被玫瑰花丛绊住了，接着她的羊毛衫被玫瑰刺钩住了，其间她试图挣脱，反而被缠得更紧。

爱丽丝把一只手放在宾斯太太的肩膀上，感觉老太太的皮肤就像柔软的蜡，包裹着她坚硬的骨头。

"别动，宾斯太太，"爱丽丝说道，接着她欣慰地看到老太太的手臂逐渐放松了下来，"再坚持一下。"

爱丽丝上前，像在做进一步的检查一样，用一条腿抵着宾斯太太的另一条腿，她感觉裤兜里的刀袋正往下掉，还有包在布里的剃刀。

她盯着宾斯太太的脸，把手伸到口袋里，最先碰到了桑托斯铅笔刀，这把刀很锋利，但刀尖太钝，不适合用来裁毛衣的线头。她心想，祖父留下的剃刀该派上用场了，今天她将对这把剃刀的锋利度进行一次快速而又精准的检验，当然，这场检验绝对不会再让任何人流血。

但前提是宾斯太太得保持冷静。

爱丽丝轻轻地抽出刀片。

劳拉看到刀片，点了点头，似乎知道爱丽丝接下来要做些什么。

爱丽丝轻声对劳拉说："跟老太太聊天。"

劳拉没有听清，又问了一次："你说什么？"

"跟老太太说会儿话。"爱丽丝小声地重复了一次，然后又用正常的声音对着宾斯太太说道，"还好没有下雨，不然我们现在都要淋湿了。"

"不过，谁也说不准，"宾斯太太说，"雨和这玫瑰一样，都是悄无声息地来，又悄无声息地离开。伊薇有一天晚上对我说——'妈妈，路边的玫瑰花开得真好，但有些已经开始枯萎，花瓣都掉落了'。她试了很多种方法来补救，包括浇洗碗水、喷特制喷雾等，她绞尽脑汁，但花瓣还是会在不经意间掉落。就像那场战役，在阿纳姆桥上，盟军想尽了一切办法，却依旧没有成功突破纳粹军队的围困。现在的情况也是如此，我们就算使出浑身解数，也无法挽留玫瑰的花期。"

"您和伊薇一直有联系吗？"爱丽丝一边说着，一边将刀片对准宾斯太太肩膀后面那些被玫瑰刺钩住的毛衣线头。

"是的，我和伊薇一直保持联系，有时整天都联系。"

宾斯太太伸出另一只胳膊，此时，爱丽丝裁开了老太太羊毛衫上缠成一圈的线。如果裁得太深，切口会在衣服上留下一个洞，尽管只是一个小缺口，但看起来还是会很明显，所以，爱丽丝一边裁，一边抓住宾斯太太的手臂以防她乱动。

"那阿尼呢？跟阿尼也有联系吗？"

"阿尼？亲爱的，我说的是伊薇。我们虽然有联系，但她并没有时常来探望我。我真希望有人能告诉我，到底是谁，又是为什么会在星期六下午的这个时候来找我。通常这时候大家都忙于自己的事，忙得团团转呢。我承认，你们都是好姑娘，但我没想到你们竟然想帮我整理我的橱柜，我很惊喜，不过我的橱柜很干净很整洁，暂时不需要帮助。"宾斯太太耸了耸肩，她的样子看起来像在驱赶蜜蜂。

这样一来，挂在刺上的珍珠色羊毛衫扣子就松动了，爱丽丝用刀尖轻轻地把扣子取了下来，老太太的左半边身子这才得以解脱。劳拉一直站在旁边，以防老太太像断线木偶一样摔下来。但她现在依旧站得笔直，因为她右半边的羊毛衫也被玫瑰刺紧紧钩住。于是爱丽丝绕到她的右半边，再次开始了解救行动。

右边的问题不像左边那么复杂。爱丽丝轻轻地提起并裁断了几根缠在一起的线，但大多数时候她都裁了个空，好在宾斯太太正看着玫瑰树篱和她的房子之间的草坪，似乎并未注意爱丽丝在做什么。

最后一处被玫瑰刺钩住的地方在衣服最下面。爱丽丝用她的刀片沿着宾斯太太的脊骨滑动，就像在小提琴的琴弓上滑过一个八度音阶那样。终于，刺断了，羊毛衫也恢复了原状，老太太的肩膀终于放了下来，随即从玫瑰树旁走开，仿佛什么都没发生过。劳拉张开双臂等待着，却被挤到了路旁。

"来杯茶怎么样？"宾斯太太用双手摸了摸脸颊，然后平静地看着她们，"我听你们两个姑娘说要去厨房帮忙。"

爱丽丝把她的剃刀用布包上，放回口袋。

* * *

她们走进客厅，散落的报纸几乎淹没了她们的脚。爱丽丝将前门关好，拉上了门闩，拿起一个刚洗过的马克杯，倒了一杯茶。宾斯太太缩着肩膀，坐在扶手椅上。刚才，老太太在后花园里被玫瑰刺钩住的样子就像个奇怪的木偶，而现在她坐在那里，看起来又像一只柔软的布娃娃。劳拉和爱丽丝则并排坐在一张双人沙发上。

劳拉踢了踢脚后跟，碎纸片在房间里四处飞舞。

"就像在洗泡泡浴一样。"她像是没注意到这满地狼藉，乐观地说。

爱丽丝凑在茶杯前，嘬了一口。劳拉想把在场人的注意力吸引到屋内狼藉的东西上，可惜并没有得到宾斯太太的配合。

但老太太的脸上逐渐浮现出了一丝微笑。下午的阳光透过纱帘倾泻而入，她那干裂掉皮的脸庞散发出一种柔和的光晕，就连头发也闪着光。闪着的前门和热气腾腾的茶似乎产生了某种特殊的化学反应。

她摆了摆手，看着屋内乱糟糟的纸片，说道："我在春季大扫除时就说过，最好在屋内留出足够的空间，划分出不同的小区域，清理掉堆积如山的东西，就像把黄油切碎拌进面粉里。黄油块切得越小，就越不容易被看见。"

她缓缓喝了一口茶。

"可是有时越小也越混乱，"劳拉回应道，"比如说字母，我常常将字母和数字搞混。印刷字体太小的话，我几乎无法分辨它们。"

宾斯太太掸去身上的灰尘，就像掸脆蛋糕屑那样，接着反驳道：

"我们需要将大事化小，小事化了，毕竟这个世界上最重要的东西都是看不见的。"

"比如什么事情？"劳拉问，"爱情或玩乐算吗？"

爱丽丝看着劳拉紧绷的后背，知道她在努力让谈话继续下去。

"我不是这个意思，"宾斯太太用手指按着自己的脸颊，脸上的皮屑掉了下来，在阳光下飞舞，"我的父亲常说——'待在家里，不要出去，这样别人就看不见你了。你不想出门就别出门。不要在意别人说什么，自己心里保留一方净土就可以了。待在家里，远离麻烦。'于是我照办了，没有再踏出房门。在幼儿园里，大家都穿着罩衫，连帮工也不例外。那罩衫的领子很硬，我的脖子很难受，所以就直接回家了。虽然我觉得自己在那儿很受欢迎，但是我并没指望这么快就能回家，就像待在家里不出门，也是我压根没想到的。"

爱丽丝看到瓷砖壁炉架上放着一些相框，里面都是阿尼上学时的照片：六岁的阿尼，脸上还有雀斑，门牙掉了，还没长出来；九岁的阿尼，不看镜头，双眼迷离，一副闷闷不乐的表情；十二岁的阿尼，看起来很文静，嘴巴紧闭，眯着眼。

事实上，在这三张照片里，阿尼的眼睛都是眯着的。

劳拉用胳膊肘戳了戳爱丽丝："爱丽丝，你有什么想说的吗？"

爱丽丝试着最后一次喊出阿尼的名字，希望能唤起老太太的一丝回忆，"那一定是阿尼吧，"她指着照片，对宾斯太太说道，"阿尼，您的孙子。"

"照片是伊薇拍的，这是伊薇的儿子，"宾斯太太坚定地说，"从牙齿就能看出来，这是家族遗传。不过伊薇虽然不是家族成员，同我们没有血缘关系，但她在丹尼的前妻去世后帮助了他，上帝会保佑她的。"

"您最近见过伊薇吗？"爱丽丝追问道，"您说她经常联系您？"

劳拉把手伸到沙发上，戳了一下爱丽丝的大腿。宾斯太太看起来有点儿焦躁，她反复地擦拭着脸颊，仿佛要将皮肤擦得一尘不染。她的脚用力蹬着地上的纸片，指甲轻轻地敲击着桌上的空杯子。

"我真想知道他们是谁，"宾斯太太怨气冲天地嘟囔着，"他们打开碗柜，试图拿出我的洗碗布。之前那里面放着一个印有漂亮图案的东西，非常锋利，我可以说那是最锋利的刀了。她的刀片就是那样，像狮鹫的喙一样能够反光，比电视上滑冰比赛的场地还要亮。我认为，不能让这些人在社区里随意走动了，也不能让他们偷偷地四处乱逛了。"

"宾斯太太，您是在说我吗？"爱丽丝问，"是在说那两个把您从玫瑰刺中解救出来的女孩吗？我和我姐姐不是故意吓唬你的，我保证！现在的问题是，阿尼是我的朋友，是您的孙子，他说他去旅行了，但我们不知道他去哪儿了，我原以为他来您这儿了，但似乎并没有，我们希望您能帮忙找到他。"

"算了，别问了！"劳拉摇摇头。

她们静静地坐着，爱丽丝感到一股绝望堵住了她的喉咙。她和劳拉费尽千辛万苦来到这儿，却一无所获。她们得从头开始寻找阿尼，却不知道该从哪里找起。她觉得自己真的太蠢了，阿尼到底去哪儿了？

"如果你一定要知道的话，"宾斯太太突然以一种自信而傲慢的语气说，"他死了。"接着，她深深地吸了一口气，继续用手擦着自己的脸，说："虽然我不知道你为什么要问，但是如果你一定要知道的话，我想告诉你，我亲爱的哥哥阿尔比已经去世快六十年了，那时也正值秋天。在战争的最后一年，他为了守住一座桥，不让敌人占领而战斗，却在行动中失踪了。在那个寒冷的夜晚，他失踪了，人们都说他死了。直到今天，我仍然想念他，电视台也报道过他的事迹。战争，战争，人们总是提起战争，听到这些我就不停想起那些陈年旧事。"

听到这些，劳拉同情地点了点头，爱丽丝却并没有感到特别惊讶。早些时候，她就看到厨房的墙上，褪色的玫瑰墙纸上挂着一位军人的黑白照片。半个世纪过去了，照片已经发黄，但相片中的那个人在夏日阳光下露出的羞涩笑容依旧如初。这位军人——阿尼去世已久的舅祖父阿尔比，被埋在了欧洲的一处无名坟墓里。听到宾斯太太的话，爱丽丝想起了阿尼，这个想法让她起了一身鸡皮疙瘩。"失踪、死亡、散落在泥土里的牙齿……"爱丽丝眼前浮现出一个场景：阿尼躺在地上，眼里塞满了土块，身体被烧得焦黑，牙齿破碎、散落一地。

突然，房间里传来一阵手机铃声，三个人吓得从座位上跳了起来。

劳拉伸手去拿她的包，宾斯太太也拍了拍自己浅橙色睡衣的口袋，她们的手机都是银色的沃达丰牌，但宾斯太太的是最新的折叠款式。爱丽丝捂住耳朵，想大叫，她很担心，害怕电话那头的人是警察、政府官员，或是一位正在遛狗的陌生人，如果是有人在墓地旁发现了一具尚未确认身份但眼窝已被砸得稀碎的尸体该怎么办？

是劳拉的手机收到了一条短信：来自菲尼克斯的一个微笑表情（☺）。爱丽丝俯下身，看到屏幕上方一个圆圆的表情正在令人不安地转动，它的眼睛靠得那么近，看起来非常滑稽。爱丽丝之前都没有注意到这一点，她心里燃起最后一丝希望，想着这条短信会不会是阿尼通过菲尼克斯的手机发来的。他知道劳拉到哪儿都带着手机，没有打电话或许只是因为他不记得她的号码了。

但爱丽丝很快就打消了这个念头，因为这听起来太荒谬了。阿尼会给谁发信息呢？菲尼克斯吗？或者她和劳拉？他不会给这两个人发短信的。

"他醒了，"劳拉高兴地说道，她笃定的语气像在说一位熟悉的好朋友，"不管是什么时候，他起床了总会给我发个笑脸。你知道吗？爱丽丝，我已经整整两天没见到菲尼了，天哪，我好想他！"

"真有趣。"宾斯太太插嘴道。她将手机合上，放回口袋，僵直地站了起来，弯腰走到报架旁，那里还放着一张没有撕破的报纸。她拿起报纸，把它扔在地板上。"我突然想起来，阿尔比之前给我打过电话，哦不，我是说阿尼，是阿尼，他马上就到。伊薇打电话说等着他，不是其他人，不是聪明的那个，也不是呆头呆脑的那个，没人希望这俩人来。我一直想提一下，来吧，为什么我们不再泡一杯茶呢？等我们喝完茶，他可能就来了。伊薇要我照顾他。阿尼，我是说阿尔比。他随时都可能来。"

爱丽丝和劳拉彼此对视，脸上一副难以置信的神情，心中又逐渐燃起了一丝微弱的希望。

劳拉握住爱丽丝的手，用力攥着。

第十一章　阿尼

“宾斯太太，”吉姆将头探出他的丰田汽车车窗，问道，“这是第一次有出租车司机在白天把车停在你家门口吧？”

卡特里娜嘴里嘟囔着，我听不清她在说些什么。她松开我的手，抬头望着天上的云。我们一直在她家门口等着吉姆的车，车来了，我迅速溜到副驾驶的位置，坐了上去。

吉姆把墨镜拨到鼻尖上，看起来像是卡特里娜的老熟人。他说：“我每次来这儿都是接送烂醉如泥的宾斯先生，这次却不一样。”

“烂醉如泥？不，无论什么时候他都能保持足够的清醒，坐上你的出租车，轻车熟路地走进酒吧，通宵放纵玩乐。他总爱去大学城附近，因为那儿的酒便宜。”

“是啊，就连这位有礼貌的年轻小伙来你家做客，他都不回来看看。”吉姆说。

卡特里娜噘起了嘴，摇了摇头，似乎并不乐意听到这话。

“我没想到这孩子会来，”她反驳道，“怎么说呢，我过得挺好的，丹尼想去哪儿就去哪儿，至少他在外面不给我惹麻烦，也不会在家打扰我，这样我能安安静静过好自己的生活，打理好家务。”

卡特里娜小声地对吉姆说了些什么，我没听清，对他们之间的谈话也不感兴趣。她说话时嘴巴总是一张一合的，铿锵有力，语调平稳，就像有一条小鱼在里面游动一样。今天早上，她给我做了一份炸香肠，外面裹着炸洋葱和番茄，跟伊薇在家里做的一样好吃。

吉姆向来闲散，但他还是来兑现承诺了，免费载我去伦敦。早些时候，卡特里娜给他打电话确认过这事儿，当她握着那张黄红相间的名片拨号时，惊讶地瞪大了眼睛，她也没想到自己竟然把这个号码记得那么清楚。

上午十一点整，吉姆如约来了，他咧着嘴微笑着。卡特里娜一边嘀咕着些什么，一边为我准备着三明治，而我爸爸，那个始终未曾露面的男人，可能还在某个朋友家的地板上酣睡。接着，我听见卡特里娜对我说："嘿，孩子，我压根儿没料到你会来，看看你，就这么冷不丁地来了，都不说一声，像个小幽灵一样。"

她又弯下身来和吉姆说话，一双大手撑在摇下来的车窗上，嘴角挤出了一抹微笑。

"万幸的是，世上还是好人多，"她说，"看看你，司机先生，你花了那么多时间去帮助有需要的人，看到街上有人受伤、有人流血，甚至性命垂危，你总是会施以援手。"

说完，她高兴地直起身子，大步走到门口，拿起放在那里的东西，走到我身边。她的手上提着各种各样的东西，我却只盯着小家伙的罐子。她把罐子打开了，玻璃上凝结着一层水雾。我迅速从她手里接过罐子，放在汽车脚垫上，夹在两脚之间。

罐子里的小家伙很安静，没有发出任何声响。一小时前，从山上的墓地回来后，我们就把他放回了罐子里。我太担心他了，我把他抱着，捧在手里，看着他光溜溜的身体，直接将他塞回罐子里。我看到他脖子周围的皮肤上仍然粘着一圈细小的羊毛。

卡特里娜提议倒掉罐子里用了多年已所剩无几的福尔马林，用白醋洗一洗小家伙快要干掉的身体。"这可以让他保持凉爽，他会很舒服的。"她说着，把一瓶醋倒进罐中，还在我的脸上蹭了蹭。

看到小家伙安全地躺在汽车脚垫上，我终于放心了。我再次抬起头，看到卡特里娜耐心地站在一旁。她递给我一个巨大的塑料午餐盒，盒子上有个扣，就像个小行李箱一样，里面装着双份的奶酪、烤火鸡和泡菜三明治，我想，另一份应该是给吉姆准备的。在餐盒一角，她还塞了些小香蕉和小块的圆形烤面包——一种被她称为"砰饼"的食物。

之后，她将印着柳条图案的袋子递给了我，里面装了一瓶水、一件洗干净了的我爸爸的短袖和一双厚袜子，袜子上还贴了张便条，写着"天气冷了穿"。接着，她又将头伸进车窗，递给我一卷叠好的蓝白相间的新布，这块布闻起来很香，边角也磨得很整齐。她说："这个是送给你妈妈的，它能让家里的桌子焕然一新呢！"

最后，她给了我一个用过的信封，里面装着她的名片，地址一栏写着格兰奇特勒斯街区，还贴着尼日利亚的绿邮票。我低头看了一眼，随后点点头向她表示感谢。这是一张在伍尔沃斯商店的机器上自制的卡片，我看到她在上面自称为一名"护理师"。

吉姆吹起口哨，说："嘿，这位非洲妈妈，你是担心我照顾不好这个孩子吗？"

"等等！"卡特里娜举起一只手喊道，手上什么东西都没拿，脸色看上去比昨天好多了，"还有最后一件事！"她伸出一根手指比画着，转身跑进屋里。

吉姆坐在车上，一边刮着方向盘上的污垢，一边转着变速杆。他透过后视镜细细端详着自己的鼻子，像个小学生一样瞪着眼睛。

为了看好小家伙，我待在原地没有动。

没过多久，卡特里娜就从屋子里出来了，右手紧紧握着什么东西。她盯着我，然后把那东西塞进我的掌心，是一个棱角分明、带有旋涡印的木制品。接着，她紧紧握住了我的手。

"带好它，它能保护你。"她急急忙忙地说，还瞥了一眼吉姆。

吉姆好像察觉到了什么，不再挤眉弄眼，坐立不安，只是坐在那儿，一言不发。

"这种护身符能保护像你这样出远门的人，"她的语速很快，说话时有点儿磕磕巴巴，"在我们国家，护身符会保佑一个人的一切，必要时能给人指明方向。万一迷路了，你就看看它，研究研究上面的划痕和标记，或许就能找到回家的路了。"

我摊开手掌，手上是一个细长的木雕脸形护身符，几乎和我的手一样长，上面刻着一双半闭着的、修长的眼睛，背面是复杂的旋涡状图案，看上去一点也不像一幅地图，顶上还系着一个金属挂环。

我好像在哪儿见过这小玩意，好像是在卡特里娜那叮当作响的钥匙架上。商业街的乐施会商店里好像也有类似的物品卖，就装在用芦苇编成的篮子里，一英镑一个。

我将木雕握在手里，心想，卡特里娜送我的这个临别礼物，是不是也算是一份提前的圣诞礼物呢？

"记住我说的话，"她说，"拿好它。"

她撑着车门向后站直，有一瞬间似乎没站稳。她摇摇晃晃，双脚张开，就像有什么秘密被人揭穿了一样。就在快要失去平衡、摇摇欲坠时，她突然抱紧自己的肚子，痛苦地喘着气。

时间过去了一秒钟，空气中一片寂静。她再次抓住车门，将脸凑进车里，轻轻说了几句什么。声音很小，我得凑近才能听清她在说些什么。

"阿尼，我还想请求你一件事。你把我送你的这些礼物带回家，如果可以的话，也送我一件'礼物'吧。还记得吗？今天早上我让你给你的小家伙找个安静的地方休息，让他喘口气。现在我还想说，如果可以的话，请确保你找的地方是个真正属于他的地方，是一个你觉得能让他找到归属感的地方，可以吗？你是个聪明善良的孩子，请务必让他回到他真正的家，也许是某个像非洲的地方，就像非洲才是我真正的家那样。他走丢了，所以请你为他找到一条路，指引他回家，这就是我想要的礼物。"

卡特里娜说话的时候，我看到她的手紧紧地抓着摇下来的窗户，指关节都发白了。

吉姆松开手刹，汽车开始向前行驶，轮胎在黑色的鹅卵石路面上快速滚动着。我扭头朝后窗挥手道别，卡特里娜依旧站得很直，她双臂高举，眼睛闪闪发光，窗户上蓝绿色的圆点图案和对角线花纹似乎把她围起来一样，看起来就像一幅画。

这时我突然意识到了一件事，我感觉自己反应太迟钝了！要不是小家伙正放在我的双腿之间，我真想一头撞在仪表盘上。我意识到——卡特里娜可能早就怀孕了，她在墓地时用我的小家伙祝福的是一个即将来到这个世界的婴儿。道别时，我离自己的至亲可能只有一掌之隔，近在咫尺。

一瞬间，我几乎都要忘了她说的要为小家伙找到一个属于他的地方。我真希望有人能直截了当地告诉我事情的真相。

汽车加速驶出街区，吉姆驾着车平稳地拐弯，沿着海尔希尔的斜坡一路驶去。

我紧紧地抱着双臂，用脚踝夹住装着小家伙的罐子，罐子盖扎到了我的皮肤。那个护身符被我放在腿上，它像在盯着我一样，表情看上去有点儿狡黠，还有些困倦。"坚持住，"我好像听到它在说，"还得当心点儿！"

我回头看了一眼山坡，看到错落有致的房屋、墙壁上像茂密的黑常春藤一样的涂鸦和潮湿的棕色屋顶。"是的，坚持住。"我对自己轻声说。

我的脑海里浮现出卡特里娜关上身后那扇漆过的门，长舒了一口气的画面。她又回到了房子里，回到了她的那个家乡之外的"家"。我仿佛看见她正靠在门上，一只手静静地放在肚子上，用一根手指拨弄着那排摇摇欲坠的钥匙。钥匙的一端有一个位置现在是空的，她划过钥匙产生的那连贯的叮当声因此被打断，因为她将原本挂在那儿的那个钥匙环送给了我。

　　上高速之前，我和吉姆两个人没有说一句话。他瞟了我一两眼，露出了担忧的神色，可能是因为我看起来不太开心。事实上，的确如此，一股说不清的惆怅思绪正萦绕着我。

　　我感觉自己就像一幢废弃的房子，里面的家具被移走了，照片也被取下来了，到处都空荡荡的。不久前，明明还有孩子在有回声的走廊里奔跑，将脏兮兮的手按在墙上，但现在他们都不见了。门口空无一人，也没人会再回来了，房子花园后面泛滥的河水眼看就要决堤了。

　　车子疾驰在约克郡的一个绿色山谷里，吉姆斜着眼睛望向马路对面，终于说话了："所以……你姨妈也让你带了另一种泡菜回去给你妈妈吗？还是放在同一个罐子里？"

　　我没有吭声。

　　"感觉里面是一种异国风味的冷冻泡菜，还加了冻辣椒，是吗，阿尼？"吉姆笑了笑，继续问道，"如果你不介意我问的话，我想知道里面是腌蜗牛还是冻蛙腿或者其他什么吃的？我感觉看起来有点儿像某种动物，平时我喜欢研究食物，所以我比较好奇。"

　　"是的，确实是从冰箱里拿出来的。"

　　我只能这么回答他。我低头一看，惊恐地发现装小家伙的罐子里的水雾凝结成了水滴，水珠在罐壁上滑落，罐子里装了什么东西逐渐变得显而易见。吉姆打开了汽车暖风，我却没有任何能遮住小家伙的东西，这是一个新的难题。卡特里娜把柳条图案的袋子递给我时，它鼓鼓囊囊的，这让我放松了警惕。但我忘了我的羊毛外套不在里面，落在她家了。我们散步回来时，她把它放在了前门的蓝色扶手椅上。此时此刻，它还在那儿，或许等宿醉的丹尼醒过来坐在上面时，还会问上一句："是谁的孩子来过家里吗？"

为了挡住吉姆的视线，我把袋子挪了挪，挡在了罐子前面。我看见他舔着嘴唇，好像在品尝一道道菜，脑子里似乎都是刚刚谈论过的食物。

"在我们加勒比海的一些岛屿上，"他说，"有一道叫葵丝牛蛙的菜，看上去很可爱，它由热带大牛蛙制成，还加入了大量海盐和小豆蔻调味。我感觉你姨妈给你的就是这样的菜，你觉得呢？你想尝尝吗？"

"我不知道，"我只觉得身体发热，汗流浃背，"等我回家打开看看。"

此时，躺在脚垫上的小家伙正被炙烤着，高温迅速地剥去了他薄如蒸汽的伪装。

关于"罐子里黏糊糊的物品究竟是什么"这个话题，吉姆似乎已经无话可说了。他又哼起了曲子，唱的是一首关于蜜蜂采蜜和野樱草的无聊的押韵诗，我一点儿也没听进去。汽车又往前走了几公里，经过层层山丘，厚厚的雨云在我们头顶翻滚，但一滴雨也没下。沿着高速公路往南，映入眼帘的是一片绿棕色的风景，土地似乎被一张潮湿发亮的保鲜膜包裹着。

到达谢菲尔德的冷却塔旁边时，路上堵车了。一辆笨重的、行驶缓慢的卡车试图超越另一辆小卡车，我们就在后面不远处跟着。看着周围山丘的形状和那些冷却塔，我意识到昨晚我待的长途汽车站也在这儿。我认出了右边的一个儿童玩具购物中心，有一条上坡的高速公路，也想起了在漆黑的长途汽车站和繁星满天的夜空中，自动售货机像灯笼一样亮着。

"那个宾斯先生的太太，我对她很好奇。"吉姆再次提起他关心的一个话题。他的拇指放在方向盘上，不停地敲击着那首无厘头的曲子，唱着"我躺在一株樱草花的铃铛里休息……"接着问道，"阿尼，她真的像看起来那样神秘吗？她是不是在顶楼房间里放了一个很大的旧神龛，里面装满了图腾和禁忌品，就像她送你的那种小饰品一样？她是不是有各种面具或者会飞的扫帚之类的东西？"

他用胳膊肘碰了碰我膝盖上放着的木雕摆件。

"我也不知道，我从没去过顶楼。她家只有客厅和楼上的一间房，那是她的私人空间。"

吉姆看着我的脸，接着问道："私人空间？是因为她在那里编织了她的魔法圈吗？为了将她那醉醺醺的'疯子'男朋友关在外面吗？她是不是会什么强大的魔法？我对你姨妈很好奇，我感觉她根本就不关心别人说什么、做什么。你看，她让你带一罐奇怪的泡菜回家，还经常戴着她那条头疼患者常裹着的长头巾出门，根本不怕别人说闲话。我就不一样了，我是个老古板，我很在意如何与他人相处，从来到这里的那一天起，我就很在意这一点。"

我抬头望着冷却塔的轮廓，想知道工人们是如何将混凝土修建得如此光滑流畅。我闭上一只眼睛，接着又闭上另一只，把手按在窗户上，手指试图与冷却塔的形状保持一致。

"不，她也在意，"我终于开了口，"她对我很好，让我有回家的感觉，还和我说了很长时间的话，不过这可能与她心爱的男朋友有关。"

"她男朋友是我爸爸。"我在心里默默地补充道。

"我不是说她不关心别人，阿尼，我的意思是她似乎并不担心自己能否融入这里。我和朋友们常常称这里为'时尚之国'，但我感觉她对时尚毫无兴趣，对这个国家也毫无兴趣。我在牙买加读小学的时候，经常唱莎士比亚的诗，我刚刚唱的那首，就是当时在学校和同学们一起唱的。后来，我来到了英国，不分昼夜地努力工作，在人前也反复吟唱文豪莎士比亚在《暴风雨》和《第十二夜》中的台词，希望自己能融入这里，可为什么想做到这一点会这么难呢？"

我无法回答他的问题，但我看得出来，吉姆皱起的眉头不仅仅是因为那些拥堵的卡车，或许他还在担忧自己的处境，担心自己在南方，在这条长长的高速公路的尽头该何去何从。但同时，他说的关于卡特里娜的话却让我倍感困扰。

"她担心，"我说，"事实上，她很担心与人交往。"

我自己也感到惊讶，这些话竟然从我嘴里脱口而出。我不知道自己在说些什么，我压根儿不了解卡特里娜，她也从未告诉过我她的任何秘密，就算有什么秘密，也与我无关。我，阿尼·宾斯，她男朋友的儿子，出现在他们生命中的关键时刻，可她却把我打发到饮料店里去喝芬达。

吉姆没想到我会这么说，他看起来也很惊讶，不再在方向盘上用手打拍子了。

于是我接着说："我觉得她还是很担心这个世界的。"

"我们不都很担心吗，孩子？我们都为这个世界担心，尤其是当我们因为堵车被困在路上的时候。也许……也只有在堵车的时候，我们才会发现我们是一路人，对吧？每个人都在自己的车里，每个人都为自己，但同时所有人都被困在了一起。"

出租车向前行进了几步，他接着说，"只有堵在路上的时候，我才不会太担心自己是否能融入这里。"

一辆大卡车终于在争夺慢车道的竞赛中胜出，后面积压的车流开始涌向它开辟出的空隙。

"听着，我们得换个话题，"吉姆将车速调到五挡，"你为什么不告诉我你要去哪里，阿尼？不然我不知道应该在哪儿让你下车。你姨妈跟我说在南边，可这范围也太大了，那地方全是些旧城区。"

道路左侧的冷却塔慢慢消失在我们眼前，汽车穿过一座又一座大山丘，经过成片的原野，原野边上是波光粼粼的河面和茂密的树林。我一直没有说话，张着嘴，却发不出声音。我像是一条真正的鱼，大口地喘着粗气，而罐子里的"小鱼"正蹲在我的脚边，他的皮肤变得越来越干。

"我也不知道，"我感觉自己必须得回应点儿什么，"我能晚点说吗？"

如果今天剩下的时间里，我能一直待在这个汽车座椅上，不用想应该去哪里，那该多好啊！

他耸了耸肩，说："在我看来，你的目的地很清楚，不就是回家找你妈妈吗？"

"我再想想，"我轻声说，"我还得想想。"

"好吧，阿尼，那你想好了再告诉我。如果你需要打电话，我的手机就在你右腿旁边。我感觉你姨妈好像知道你要去哪儿，但我还是别再向你打探这些私事了吧。今天我要去探望的那个妹妹，名叫格雷西，她在希思罗机场四号航站楼保税区的史密斯商店工作，那里算是中心位置，所以我能载你去很多地方。她五六点才下班，我们还有充足的时间。"

"谢谢你，"我犹豫了一下，然后说，"我还有点儿事，也许今天还不能回家。"

吉姆似乎不想听到这话，说："孩子，我不该逼你回家，但你要记住万事小心。我把你放下车后，就没人继续照应你了。"

我将交叉的双臂抱得更紧了。

问题是，对于该做些什么，能去哪里，今天会如何结束，我真的毫无头绪。今晚我能不能躺回自己的床上？能不能见到爱丽丝？我根本不知道接下来会发生些什么。我顺着高速公路往前看，只看到远处灰色的地平线和天空。我想象爱丽丝躺在我家旁边的绣球花丛里，等着我回去；想象我出现在她眼前时，她忧心忡忡的样子。她一定会十分郁闷地埋怨我吧？我努力想象自己站在她面前时的情景，那时我一定会站稳了脚跟，挺直了腰，用尽全力对她说："爱丽丝，饶了我吧，我只是想把我们的小家伙带到一个安全的地方，想把他从危险地带救出来，所以才想到'带着他逃跑'这个好办法。"

车子沿着高速公路往前又开了大约四十英里，路标上显示此处位于罗宾汉区。这时，我听到吉姆清了清嗓子：

"嗯嗯……阿尼，请别介意我这么说，我闻到你姨妈在你的餐盒里装了些醋。如果我没猜错，她给你准备了些约克郡当地特有的鱼和炸薯条，用纸包起来然后塞进了你的包里？"他揉了揉肚子，好像刚吃了一顿大餐，"你没闻到吗？车里好浓一股醋味儿，闻着闻着我都饿了，感觉能吃下一头牛。"

"她给我的是些三明治，"我说，"里面夹的是奶酪和火鸡。"

"那可能是那个泡菜罐漏水了，阿尼，你没闻到吗？这味道简直太浓了。听着，我有个想法，车停在下个服务区的时候，我们先吃点东西，你顺便检查一下罐子，把盖子拧紧。"

* * *

我们刚提到服务站，前面就出现了一个"高速公路服务区"的标志。还好吉姆拐了个弯，不然我们就开过了。我把小家伙藏在袖子底下，从车上下来，腿都有些发麻了。我把卡特里娜给的那卷靛蓝色新布折叠起来，盖在罐子上，并把四周都裹得严严实实。幸好她给了我这块布，让这个旧旧的"泡菜罐"都有了些生机。

似乎是受吉姆刚刚说的那些话的影响，我的脑海中萌发了一种直觉——在这场回家的漫长旅途中，我感觉他和我是一伙的。他好像什么都知道，看穿了我的伪装，也洞悉了我的计划。吉姆总是一脸和善，让人觉得你就是他的好队友，所以谁能说这种直觉是错的呢？在眼镜的衬映下，他的眼睛看起来更大了，这种感觉也更明显了。他似乎能洞穿一切，眼观六路。

在高速公路服务区的咖啡店里，椅子摆得歪歪斜斜，桌子底下的黄色油布已经磨黑。一个巨大的银色扬声器正挂在大门上方的墙上，音响系统里传来的是蒂娜·特纳略带鼻音的歌声。

吉姆给自己买了一大杯咖啡和一个芝士汉堡，又给我买了一杯巧克力热饮，但是我没有要，还故意将午餐盒和卡特里娜给的两份三明治都留在了车里。不知道为什么，某种悲伤、烦躁的情绪涌了上来，堵住了我的喉咙。吉姆说得对，小家伙身上散发着一股醋味，非常刺鼻，令人作呕，甚至连我身上都有这种味道了。

服务区的这家咖啡店坐落在高速公路上的一座桥上，四周用玻璃围着，我还是第一次见到这样的建筑。从桌上往下看，可以看到车辆快速驶过，这感觉就像在座位旁放了一台大型电视机，上面正播放着一场精彩的国际汽车大奖赛。车辆来来往往，川流不息，让人觉得它们身上承载着整个国家的运行和发展，如果交通瘫痪了，似乎这个国家就会因为缺乏生机而崩溃，在这个世界上销声匿迹。

吉姆把那一满杯巧克力热饮从托盘里端到我面前的桌子上。放着小家伙的罐子还在我的脚边，从今天早上起，我就知道他一定会说些什么我并不想听到的话。果然，他开口了。

"把那个罐子拿到桌子上吧，阿尼，"吉姆说，"不是我多管闲事，但我感觉你这里面装的不是真正的泡菜。泡菜不是这个味道，对吧，孩子？"

我把手放在罐子上，弯下腰，看向外面的车流，不想去思考任何事情。

"阿尼，快告诉我吧。我不是瞎子，我知道里面并不是泡菜之类的东西，反倒有点儿像是某种有生命的生物，感觉有点儿像葵丝牛蛙，但又好像不是，你能明白我的意思吗？"

我半天没有说话，甚至想听吉姆再多说会儿，这样我和爱丽丝关于小家伙的秘密就能晚点被人揭穿了。但就像他说的那样，再怎么找借口掩盖似乎都没有意义了。我拿起罐子，把它放到桌上的巧克力热饮旁边，但我没有放得太近，我怕小家伙受不了太高的温度。盖在罐子上的那块布快要松了，我试图把它重新盖好，想把小家伙遮起来，即使吉姆已经猜得八九不离十了，那也不意味着我必须同他，同旁边的所有人——比如对面那个正在喝汤的五十多岁的胖大叔，还有穿着淡紫色仙女装、正在自助餐台前排队的一家三姐妹分享这个秘密。

吉姆轻拍着桌子，就像在抚摸某个孩子的头。我看向他的眼睛，但他正忙着四处张望。今天，小家伙的秘密似乎注定要被人揭穿了。我越是拉扯盖在罐子上的布，对罐子精心遮挡，似乎越会惹人怀疑。吉姆现在正全神贯注地盯着我手边的罐子，我甚至感觉他已经透过布料看到了小家伙的正脸。

为了看得更清楚，他低下了头，下巴都快要碰到咖啡杯子了。他紧紧地闭上眼睛，然后又睁开，接着，又把头歪向两边，我看见一滴晶莹的泪珠从他的脸颊上滑落。我感觉胃里一阵翻江倒海，不知道该怎么办才好。在过去的四十八小时里，小家伙引发了一连串不可预知的事件，而现在，似乎又有新的麻烦事接踵而至。

"好吧，"他一开始只说了这么一句话，接着又说，"我开出租车开了这么多年，从来没载过这样一位乘客，一位这么小但却又这么苍老的家伙。"

他的声音听起来很平静，我希望他能保持这种平静。我闭上嘴，表情变得严肃起来。我把椅子转了个方向，挡住了除吉姆以外的所有人的视线。我想，如果我不说话，也许他就不会大惊小怪，他会坚持他看到的，把小家伙当作一个曾经活着的人，而不是像卡特里娜或者爱丽丝那样，觉得小家伙是一个幽灵、一个被施了巫术的弃儿，甚至是一个垃圾。

我紧紧地坐在装着小家伙的罐子后面，看见他握成一团的左手离我的胳膊很近，还看到他腰部的皱纹和微微驼起的后背。在这将近两天的时间里，我想方设法，不让我的小家伙受到任何伤害，可我还是疏忽了。我感觉有一只从某个地方伸出来的脚反复想把我绊倒，我的骨头变得像蛋壳一样脆弱，就连小家伙的罐子都像蜘蛛网一样布满裂缝，快要碎成渣。

"阿尼，阿尼，"吉姆继续拍着桌子，"我想说，你可以选择忽略我的问题，我对此没有意见。不过我还是得告诉你，在如今这个年代，在标本罐里发现这么大一个胎儿是一件不寻常的事儿。你显然知道这一点，否则你就不会把它藏起来了。我想知道你到底是从哪里找到它的，是不是真的因为卡特里娜会魔法？我看这小胎儿已经死了很久，而且你似乎一直都很担心它。但是，它身上的气味真的太难闻了，有一大股醋味，还夹杂着些奇怪的味道，有点儿像是一只死老鼠。"说完，他还用拇指敲了敲罐子，对着小家伙说了一句："嘿！你身上怎么这么臭啊？"

这时，他看到了桌子上自己忘记吃的汉堡。

"阿尼，也许我们可以把它往旁边放会儿？现在我已经知道罐子里是这家伙了，该吃饭了。把它放在你旁边的座位上，用那块布遮会儿吧。"

他狼吞虎咽地吃着汉堡，舔了舔嘴角融化的奶酪。我端起巧克力热饮，举到嘴边，但我实在是没胃口，又把杯子放回桌子上。

过了一会儿，吉姆叹了口气。他满脸悲伤地看着我，我却不知道原因。难道是因为小家伙吗？毕竟他又小皮肤又皱，但这足以让一个成年人看起来如此悲伤吗？吉姆的两只手越过盘子和灰色的桌子，举起装着小家伙的罐子。他用布挡住后面的人群，把罐子放在鼻子底下，不想让别人瞧见小家伙，这一点我很欣赏。吉姆用手帕捂住脸，再次低下头看向小家伙。透过玻璃罐壁，我看到他眼镜镜片后被放大的双眼。接着，他晃了晃自己的身子，好像看到了什么难以置信的东西，他用衬衫擦了擦眼镜，再次紧盯着罐子。

看到这一幕，我真想用手捂住罐子，挡住他的视线。小家伙怎么能被人盯得这么紧呢？更何况，就像吉姆说的那样，他还是一个这么苍老的胎儿。

最后，他说："这真是个稀奇古怪的年代，竟然有这样的东西在这片土地上行走，我从来没有见过。真是种有趣的魔法！你得小心点儿，阿尼，我一直都感觉奇怪，现在我想我应该明白是为什么了。"他的鼻子和眼镜几乎贴在了罐子上，"阿尼，你介意我把这小东西从玻璃罐里抱出来吗？"

反正这也不是我的小家伙第一次从罐子里出来了，我没吭声，点点头表示不介意。我不想同意的，可是没办法。

我不知道吉姆怎么这么快就把小家伙从罐子里弄出来了，他轻轻一拧盖子就开了。他的手放在小家伙的头上，拽了一下，伴随着熟悉的咪溜咪溜的声音，小家伙从罐子里滑了出来。我们小心翼翼地环顾四周，小家伙身上的臭味就像一根钢针一样，直直地插进了我的鼻孔。桌上满是醋渍，但一切都还好，那个胖大叔还在喝汤，穿着淡紫色衣服的三姐妹已经和她们的爸爸妈妈一起吃完离开了。

接下来，吉姆做了一件让我无比惊讶的事。他用那块靛蓝色的布裹住了小家伙的身体，布被彻底打湿了，不能再作为礼物送给伊薇了。他把小家伙捧在手上，搓着那如同橡皮泥一样的额头，接着又伸出大拇指，使劲地揉捏着小家伙的太阳穴和脸颊，像要把他身上的每一条皱纹都抚平似的。

我的双手紧紧攥成拳头，忍住不去抓吉姆的手臂。

他看着我，问："阿尼，你能告诉我吗，这个小胎儿是否和你在北方那个所谓的姨妈卡特里娜有关？我说过我不会多问，但现在我真的想知道答案，这很重要。"

我用力地摇了摇头。

"你真的确定吗？"

我又摇了摇头："卡特里娜确实看到了这小家伙，就像你现在看到的这样，但这东西真不是她的。"看到吉姆还在揉小家伙的头，我也伸出手揉了揉自己的额头，"这罐子是我们从学校实验室拿走的，我和我的朋友想让他重新看看外面的世界，让他获得自由，就像放飞鸽子那样。"

吉姆似乎并不相信我所说的话。

"是你曾经提到过的那位非洲朋友吗？那个半非洲血统的朋友？"

"是的，但这件事和血统没有关系。"

"好吧，阿尼，这个我就不知道了，但我们非洲人时刻都很小心，人们喜欢用巫术和符咒来玷污我们，弄坏我们的名声，说我们不怀好意。"

"巫术？符咒？"我重复了一次，像在召唤魔鬼一样，不知怎的，脑海中浮现出了黑暗中的吸血鬼，还有那些刚刚死去、血管里的血还未冰冷的尸体。

反正小家伙的血管里绝对没有新鲜血液了。

我坚定地说道："感觉照看这小家伙是件还不错的事儿，

我的职责就是保护他的安全。"

"那是当然，孩子。不过，我怎么看到你一直在四处跑呢？我感觉你是在昨天的某个时候，拖着这个罐子，从朋友身边溜走了。"

我把手臂抱在胸前，由于一直保持这个姿势，手臂很酸，皮肤也泛红了。

但吉姆似乎还想继续追问下去，他伸出那只沾了醋、闻起来酸溜溜的手，托着我的下巴，我感觉皮肤上都起了鸡皮疙瘩。

"孩子，我必须告诉你一件事，不是我偏袒这个小家伙，但是我得说，它的出现真的有点儿让我感动。我想知道，既然卡特里娜是个护士，那么……她看到罐子的时候，有没有说这小家伙有多大年纪了呢？"

"他很老，"我慢吞吞地说着，试图拖延时间，"我和我的朋友认为他可能将近一百岁了，毕竟学校的实验室一战的时候就建起来了。"

吉姆摇了摇头，看上去有些不耐烦："不，我不是说那个年龄，我是想问它在妈妈的子宫里活了多久？"

子宫？子宫又意味着别的某样东西，我不愿去想，但我的脑海中浮现出给予小家伙生命的另一个人，就像我自己的妈妈——那个怀胎数月生下我的妈妈那样。子宫意味着在一个满是器官、流动着血液的母亲的身体里，有个小家伙躺在里面，他活着，身体套在妈妈的身体里，像俄罗斯套娃那样，在肚子里越长越大。

我不愿意去想这些。

我只想让小家伙是他自己，就像现在这样，只是个装在罐子里的胎儿，没有任何血缘关系，也不是谁的儿子。

我亲眼见过一把刀划开他的身体。他看上去很结实，但是，刀片划过的时候，他却没有流一滴血，只有一层坚硬的灰色皮肤抵御着来自爱丽丝的入侵。

"卡特里娜应该知道的，阿尼，"吉姆无视我的犹豫，还在继续问，"她说了这小家伙在子宫里存活了多久？"

没办法，我不想一直听到他重复那个空洞的、让我感到不舒服的词——"子宫"，只得喃喃地说："她说他是在快要出生的时候死的，还说他是个奥格班杰孩子。"

吉姆拍着桌子，就像他刚刚得到了一个价值一百万英镑的问题的答案。

"我就知道！我就知道！阿尼，过来，看这里，"他使劲地揉着小家伙的太阳穴和脖子，我看着都觉得疼。他把拇指按在小家伙那像猫一样的肩膀上，试图抚平上面的褶皱，"看，这家伙身上有标记，就在它额头上，也许肩膀上也有。它的额头上有斑点，锁骨上还有纵向的切口。在我们那儿，这被称为'部落标记'，古代贝宁人，还有来自麦罗埃的家庭神像的头上就有这种标记。他们散布在西非，我的族人很久以前就来自那里，我觉得这个小家伙身上的这些正是非洲的印记，可能当时它父母也把它当作奥格班杰孩子，在它身上做过标记。我真的觉得它有非洲血统，它看起来像是来自非洲，我看了它的额头，它的颧骨也是隆起的。"

"但是卡特里娜并没有提到你所说的这些不寻常的标记，按理说，她不会忽略掉这些的，不是吗？"

我能感觉到自己的声音听上去有多生气，但是没办法，对吉姆撒谎太难了。吉姆在说些什么，我似懂非懂，他像在讲某本童话书里的故事。他的一双大手挡住了我的视线，我不清楚他所说的那些标记是否只是小家伙头上长出的皱纹。

我看到吉姆皱着眉头，把小家伙的脸转来转去，拇指贴在他的额头上，似乎对自己的推测深信不疑。

我想了想，说："好吧，卡特里娜确实也说过这小家伙很特别。"

"是的，它身上的特别之处既关乎非洲，也关乎死亡。也许它正是这地球上无数死去的非洲胎儿中的一个，还没出生就死了。也许它妈妈在怀着它的时候就知道，这是个特殊的胎儿，它有着特殊的命运，身上承载着某种重要的使命。看这里，阿尼，它身上真的有很深的印记。"

但我不想看。我把目光转向来往的车流，按着自己的太阳穴，心中满是对小家伙的同情。

对我来说，小家伙的脸上和身上除了皱纹和爱丽丝划下的那道伤口，没有其他任何标记。他身上到处都是皱纹，我真的很担心，而且，在短短两天之内，他已经从罐子里出来了三次，今天下午，吉姆还用大拇指使劲地按他的额头。

我安静地坐着，但吉姆似乎察觉到了什么。他一口咖啡都没喝，突然站直了身子，收起自己的手帕，把那块靛蓝色的布随意包好，递给了我，仿佛在递一袋要过期的切片面包一样。我别无选择，只得伸手接住。他用餐巾纸擦干洒在桌子上的醋，把汉堡包装纸扔进垃圾桶。"走吧！"他拿起那个装着白醋的罐子，另一只手搭在我的肩膀上。

"阿尼，你身上的任务还挺重的呢，这可是一个已经没有生命的胎儿了。但我觉得，这些死去的人并没有从我们身边消失，你的小家伙也没有，我们得好好对待它。"吉姆讲起一些新的故事，但这次我没有再感到迷惘。或许，有时候我确实没能保护好小家伙，但跟其他人不同，我始终相信他是个人，是通人性的。我没有忽略过这一点，也从未想过抛弃他。

吉姆没有再继续说下去。我们在停车场里绕来绕去，不知道把车停在了哪里。这里车很多，不是蓝色的就是黑色的，还有些白色的。他开始低声唱起歌来，唱的是"你在哪里？""我怎么找不到你？"这样的句子，曲调就像之前他唱过的那种蜜蜂采蜜歌一样。

我们终于找到了车。吉姆说他记得车就停在一棵枯树旁，那棵树的树枝僵硬得就像衣架上的钩子。停车场里有五棵这样的观赏树，我们绕着其中三棵树转了一圈，发现车就停在第三棵树的后面几排。

回到车上，他点点头，让我把小家伙放回罐子里。我急匆匆地照做，结果小家伙扑通一声从我手里滑了下去，罐子里的醋溅了出来，洒在罐口边上。小家伙奇怪的、凹陷的耳朵正泡在醋里，看起来就像被压扁了的肚脐。他身上那些不知道是否真的存在过的"标记"，现在正一半泡在醋里，一半浮在外面。

* * *

短暂的休息过后，我和吉姆开启了第二段旅途。一路上我们都没怎么说话，不知道说些什么，也不知道该怎么说。我们在服务区待了那么久，但似乎并没有怎么休息好，吉姆看起来累坏了，我也筋疲力尽了。眼前的高速公路笔直地向南延伸，看不见尽头，我感觉从一段路转到另一段路似乎要花上好几个小时的时间，映入眼帘的只有道路两边一成不变的棕色土地，偶尔会出现一家零售店、一个服务站和一家旅行酒店。吉姆的哼唱声在空气中回荡："你在哪里？这条路怎么这么长？而你躲在哪里，不慌不忙？"

我时不时地会挪动放在地上的小家伙，这样能让我活动一下身体，保持血液循环。但我总会用我的包或者脚挡住吉姆的视线，不让他看到小家伙。我偶尔还会坐直身子，甚至张开嘴，想问问他是怎么知道那些关于部落标记和死去的人的事儿的。有一次我清了清嗓子，想问出来，可话到嘴边却说不出口，就像一个蔫儿了的气球。

我甚至觉得，是吉姆一直搓来搓去，小家伙身上才有了那些所谓的标记。

标着伦敦、圣奥尔本斯、韦林花园城、沃特福德的路牌开始频繁出现。我感觉吉姆朝我的方向瞥了好几眼。他看起来比一小时前放松多了，我却觉得心情更沉重了。尽管我仍然没有一点儿头绪，但我知道我得尽快做出个决定，看看接下来该去哪儿了。这两天，我的脑海中本来有了一条清晰的路线，可现在我却还是不知道该去哪儿。我感觉自己正漫无目的地游荡着，就跟泡在醋里的小家伙一样。

"好了，阿尼，看起来你和我一样都很累了。也许该回家了，好吗？我今天跟你说的那些东西，你还是都忘了吧！什么时候想好了，就悄悄地把那个罐子放回你学校的实验室。"吉姆突然说道。

我下意识地点了点头。安全带把我牢牢地绑在座位上，为了舒服点儿，我试着把腿蜷到胸口，用双臂紧紧地抱住膝盖。突然间，卡特里娜送我的礼物，那个木雕护身符，从我的裤子口袋里滑了出来，戳了我一下，像是在提醒我什么。我用手指抚摸着上面雕刻的图案，背面那一道道的旋涡花纹似乎与正面那张布着皱纹的脸有些格格不入。我想起卡特里娜曾说它能在有需要的时候给我指明方向，带我回家，可……对于小家伙来说，他的家在哪里呢？难道是在非洲的某条大河边上？吉姆似乎会同意这个观点，我的手指继续在旋涡花纹上摸来摸去，心中有一股暖流涌过。我突然间觉得，卡特里娜也会同意这个观点。

我决定了。

我想，如果小家伙真的像卡特里娜说的那样，是一个被抛弃到异国他乡的胎儿，那么就像她说的那样，应该送他回家。他应该回到属于他的地方：非洲。我看到了在柳条图案的袋子里面，放着卡特里娜给我的信封，上面贴着尼日利亚的邮票。我想，如果卡特里娜认为她和小家伙之间有一种特殊的联系，那么他们的家一定隔得不远。我幻想着在那个五彩斑斓的地方，有一条湍急的灰绿色河流向前奔涌，河面上有小船划过，河岸边生长着蔓生植物，树林边上就是村庄，就在那儿，卡特里娜把小家伙抱在胸前，十分亲昵，也没有人再质疑她。

一直以来，我都慢吞吞的，但旅途的最后，虽然跌跌撞撞，满身尘土，但我终于要到达心中的目的地了！

最终，我竟然跟吉姆的建议达成了一致，而卡特里娜也跟他有着一样的想法！

今天早上，当我手里拿着芬达罐子，返回那片墓地去找她时，她的手托着一直躺在石板上的小家伙的头，用护士的语气对我说："阿尼，为了让你的小家伙安息，你必须把他送回他的家，找到一个属于他的归宿。你得给他讲个故事，表达出对他的喜爱，让他更安心地离开，我想，这样……你也会为他感到欣慰的！"

她在车外站着时，又说了好几次："一定要把他送回真正的家。"我知道，也记得，她送我那么多礼物，就是希望我能办好这件事。

我将蜷起的腿放了下去，重新坐直身体，把那个护身符放在膝盖上，告诉自己："坚持下去……"

"吉姆先生，我可以告诉你我在哪里下车了。"在那个狭小的空间里，我的声音突然变得洪亮而自信。

"阿尼，我很高兴听你这么说。你要去哪儿？"

"我和你一样，也想去希思罗机场。"

"你想跟我一起去找我妹妹吗？这倒是没问题，我们都很欢迎你，阿尼！但你的家人呢？他们不会担心你吗？"

吉姆看起来并不是很高兴，他转动方向盘，车子继续行驶在盘旋的路上。

"有机会我再向你解释吧。谢谢你，今天我得去希思罗机场，但我不跟你一起去你妹妹那里，我只需要在任意一个进站口下车就行了，之后我的朋友们会来接我的。"

"好吧！不过希思罗机场很大，在里面很容易迷路。记住，里面有四个航站楼，每个方向都有机场跑道，它们看起来都很像。有一次，我要去二号航站楼接我妹妹，结果走错了，在一号楼等了一个多小时。你记得把我的电话号码留好，有什么事就给我打电话。"

我笑着向他点了点头，充满了自信。

"既然如此，那我就要完成今天的任务了。和你在一起很开心，阿尼。今天我载着你往南开了很长时间，还在车上发现了一个神奇的小胎儿。回到海尔希尔后，我会和卡特里娜分享这一路的所见所闻，不知道她会不会邀请我参加下一次的烧烤聚会。对了，还有一点要注意，照看好你的行李，特别是这罐子里的小家伙。一旦你把它放在哪个地方，被人瞧见了，可能立马就会有人来逮捕你。机场的安检员们可能会把玻璃罐里的小家伙当成一个'小炸弹'，毕竟我们刚刚经历了一场战争，谁都不会掉以轻心去冒这个险。所以，不要让任何人看到你的罐子，因为你永远也不知道别人会怎么想。他们可能会觉得你是一位误入歧途的少年，在这儿装神弄鬼，传播巫术。说不定这事儿还会被报社报道，他们对这种话题最感兴趣了。我会把你送到我妹妹工作的四号航站楼，那里不像其他楼那么拥挤。"

我点点头，表示自己一定会小心。为了进一步打消吉姆的疑虑，我打开餐盒，吃起了午饭。我先吃了一个卡特里娜给我准备的尼日利亚小砰饼，味道有点儿咸，不是很好吃。三明治也放干了，但我坚持把它吃完了，毕竟吃点东西，我就不用提着那么重的行李了。

从目的地确定的那一刻起，我就发现吉姆的注意力从我身上转移了。他嘴角露出了一抹微笑，我知道这次不是因为我或我的小家伙了，我猜他可能是因为即将要接到在史密斯公司工作的妹妹而开心，他可能在想他们接下来要一起去哪里。他的微笑也可能与卡特里娜有关 ——或许他想起了她的魔法、她的歌声、她高挑的个子和迷人的裹身裙，还有她在石板路上举行的烧烤派对。

希思罗机场拥挤的人群映入了我的眼帘，我愣在了原地，久久才回过神来。我把那个护身符抓得更紧了，想起了爱丽丝，我觉得她会支持我把小家伙送回非洲的，她会觉得这是一个美妙的想法。劳拉常常做着关于她们远方的父亲的白日梦，这让她很恼火，但她其实并不介意自己的非洲血统。她经常说："总有一天，我们能行走在撒哈拉沙漠。"而现在，送小家伙回家刚好可以拉近她与非洲的这段距离，完成她计划的第一步。

我的脑海里浮现出爱丽丝那双棕色的眼睛，她像往常一样看着周围的一切，敏锐地观察着，脑子也比我转得快得多。我希望她不要再生我的气了，希望她能把那些吓人的刀子锁在床边的抽屉里，更希望她不要对小家伙的"出走"过于担心。

"吉姆先生？"我咳嗽了一声，清了清嗓子，试着重新找回刚才那种自信的声音，"我能用一下你的电话吗？"

他立刻伸手去拿放在车里的电话。

"嗯！在这儿，阿尼，你随便用。"

第十二章　爱丽丝

　　爱丽丝和劳拉呆呆地坐着。爱丽丝伸手去抓劳拉的手，想确保姐姐也听到了宾斯太太的话。宾斯太太刚刚说阿尼之前来过电话。他真的随时会来？真的吗？

　　宾斯太太得意地向她们点了点头。难道她一直在隐瞒消息，像猫捉弄老鼠那样，捉弄的还是两只只会捣乱还傻乎乎的老鼠？

　　她们不敢对视，以免触发这句"魔咒"。

　　"再来一杯茶怎么样？"宾斯太太问道，"你们一定渴了吧？"

　　宾斯太太的手指一会儿指向房门，一会儿指向自己的嘴唇，好像在念念有词。

　　然后"咒语"应验了。宾斯太太的电话真的响了。爱丽丝一时想不明白，这个堆满纸张的诡异房间是如何仅通过一根电话线，就能轻而易举地和外界的一切取得联系的，更何况之前这电话听筒并没有摆放好。在她看来，这间平房就像隐藏在遥远树林里的一间小屋，一位高挑的公主被囚禁于此多年，等待出身寒门的心上人归来。苦等无果，公主眼睁睁看着青春流逝，只能在纸上用眼泪记录自己曾经等待的岁月……

然后，爱丽丝想起，早些时候她和劳拉端着热气腾腾的茶杯，沿着走廊走过去，看到电话的听筒没有摆好时，劳拉弯腰捡起了听筒，并将它放回了原位。

电话响了五声，然后是第六声，把宾斯太太吓得呛了一下。爱丽丝跳起来，冲过去接起电话。

是妈妈，这个下午发生了太多稀奇事，她听到妈妈的声音一点儿也不惊讶。

"是吉莉。"她轻声对身后的劳拉说。

吉莉，她喜怒无常、嗓门儿很大的母亲。

"爱丽丝，是你吗？我无法表达我现在有多震惊。劳拉应该和你在一起吧？你们闯大祸了！"

"我们很安全，妈妈，别担心，劳拉和我在一起。"

劳拉正仔细端详着木墙上陈列的瓷猫头鹰藏品，小心翼翼地用食指把这些杂乱的小物件摆放整齐。

"我不担心你是否安全，"吉莉说，"我担心的是你一直在搞恶作剧。爱丽丝，你得赶紧解释清楚。你根本不清楚你这样做对我们一家人意味着什么，大家会怎么看我们。他们会说你们是没有父亲管教的少年犯！"吉莉的声音在发抖，爱丽丝听到她沉重地吸了一口气，好像马上要被气晕过去，在快要倒下去的时候又缓过神来，接着气冲冲地说，"你们两个小傻瓜，到底在干什么？"

"等一下，妈妈。我们能慢慢说吗？劳拉就在我身边。我们在阿尼奶奶家很安全。"

爱丽丝下意识以为电话那头的妈妈能看到宾斯太太，便朝着她的方向探了探头。老太太颤颤巍巍地跟在劳拉身后走着，只到劳拉的肩膀那么高。爱丽丝转向劳拉的方向，睁大眼睛说道："到这儿来。"但劳拉冷着脸，并不想理她。

"我知道你在宾斯太太家。天哪，难道是我叫你去的吗？"吉莉大叫了起来，"你猜猜我在伊薇那儿听到了什么？她说，'她们去我婆婆家干什么？'"听着吉莉的斥责，爱丽丝的眼中噙满泪水。母亲的话像冰砖一样一块一块地砸在了爱丽丝身上，"爱丽丝·布拉斯，你必须学聪明点儿，给我老实交代！首先交代你们是怎么把可怜的阿尼截住的，他现在失踪了，连他妈妈也不知道他在哪儿。但伊薇怀疑你知道他的下落，当然我也觉得你知道。还有，你们没有经过同意就拿走了学校的东西！今天伊薇和你的科学老师都给我打来电话，焦急地说，'很抱歉周六打电话来，但是……'劳拉在哪儿？让她来接电话，我本以为她会给你树立一个好榜样的！"

爱丽丝从耳朵上取下电话听筒，恼火地指指电话，指指劳拉，又指指电话。劳拉耸耸肩，不以为意，接着自顾自地摆弄起另一只用贝壳做的小猫头鹰。

爱丽丝俯下身，用电话听筒戳了戳劳拉的肋骨，听筒内还依稀传来母亲的声音。

"劳拉，你接吗？"爱丽丝无声地怒吼道，越来越抓狂。

劳拉后退两步，郑重其事地发出了拒绝的信号，她的手臂像雨刷一样来回摆动。宾斯太太抖动着双手，似乎是在回应她的动作，然后转过身，拖着脚走进前屋。劳拉跟在她后面，眉头紧蹙。

"妈妈，劳拉现在无法听电话，她和宾斯太太在一起，我们在帮她清理房子。"

"帮忙？你们还有这么勤快的一天！天啊，我的姑娘们怎么变成这样了？你们平时待人态度明明又恶劣又莽撞。爱丽丝，我现在严重怀疑，到底是宾斯太太碰巧需要你们帮忙，还是你们主动想帮忙？这整件事不会都是你的'伟大计划'吧？不知怎的，我猜一定是这样，淘气顽劣是你的一贯作风！所以也许劳拉是无辜的，我应该和你谈谈才对。你们这样跑过去打扰阿尼的奶奶，难道没有想过这会造成什么影响吗？我的意思是，你们难道不害怕有人怀疑你们别有用心吗？这对于阿尼的妈妈来说太疯狂了。他妈妈和我一样都是单身母亲，一个人带着孩子勉强维持生活。你自己想想，阿尼那个整天形影不离的小伙伴带着她姐姐四处游荡，她们的'伟大计划'是让他奶奶参与一个学校项目。这听起来确实像是一个体面的项目，据说七年级的学生都参与了。家长们都会这么想，伊薇当然也这么认为，所以她才会毫无戒备地给你们想要的信息。"

吉莉突然停了下来，喘了口气。爱丽丝发现自己的心脏跳动得如此强烈，以至于她能清楚地听见自己的心跳声。她把电话更用力地贴紧耳朵。吉莉平日里就很容易惊慌，但她今天的情绪异常激动，让爱丽丝难以忽视。

"时间就这么过去了，"吉莉说，"伊薇在午休的时候自己瞎猜：'难道阿尼不应该参与一个包括他奶奶在内的项目吗？还有，爱丽丝的姐姐不是休学了一年吗？天啊，为什么这个周末阿尼要去参加学校的旅行，而他的朋友爱丽丝·布拉斯却在打听阿尼奶奶的下落，还说什么去寻找她的童年记忆？一个年纪这么大的老太太，身体还不太好，会不会被陌生人吓得魂不附体？'所以伊薇才给我打电话。当时我坐在这儿想，我能告诉她什么呢？'亲爱的，我压根儿不知道我的女儿们在哪儿。爱丽丝的学校根本没有什么旅行，劳拉更没有。我怀疑她们两个至少有一个昨晚没有回家睡觉，其他事我真的不知道。'我只知道你们现在惹大麻烦了！"

吉莉尖锐的声音在爱丽丝的耳朵里回荡。她靠在墙上，双腿伸直支撑着，慢慢滑坐到地上。"爱丽丝，回答我！你有没有想过现在情况有多糟？告诉你，伊薇在给我打电话之前就想过打电话给警察。再过一会儿，她肯定会报警的。"

"妈妈，我保证有些事情我可以解释，有些事情确实和学校有关，这确实是学校的一个项目。但我不知道阿尼在哪儿，我也希望我知道，可我真的不知道。"

"爱丽丝，现在问题是伊薇不会相信你，而且现在也不是能说谎的时候。你能让劳拉接我电话吗？劳拉在哪儿？"

爱丽丝的后背滑到了墙根，双腿完全伸直了，拿电话的那只手垂到了大腿上，塑料听筒隔着布料与口袋里的刀片触碰，随着吉莉那边传来的声音，听筒和刀片不断共振，发出微弱的叮当声。

伴随着电话那头传来的吱吱声，爱丽丝把听筒放在地板上，挺直身子。

她发现宾斯太太正缩成一团，跪在客厅地毯上的纸堆里。劳拉俯下身来，拍着她的肩膀。爱丽丝不知道发生了什么。劳拉笨拙地搂着宾斯太太——她一定是在逃避妈妈的电话。

"你得跟妈妈说，"爱丽丝无精打采地说，盘腿坐在另外两把椅子旁边，纸片压在她身下刺啦作响，"我说这是学校的作业，我还是坚称发生的每件事都与学校的项目有关。我说我们不知道阿尼在哪里。不过也是，如果我是你，我也不会提医院的事。"

劳拉恼怒地噘起了嘴唇，离开房间，用手指梳理着头发，她这个样子简直和吉莉一模一样。

"阿尔比，他一直都是一个人，"宾斯太太对着地毯低声说，"我们把他送上火车的那一天，他就永远地消失了。桥离得太远了，绿色的山毛榉树遍布沙丘，好多好多男孩都从上面滚了下来。我怎么也想不起他是什么时候站在那宽阔的旧水泥台上向我挥手告别的。"

她们听到劳拉开始生硬地、吞吞吐吐地说话。宾斯太太把头埋在干瘦的大腿上，紧紧地缩成一团。爱丽丝把一只手放在她的肩膀上，她消瘦的肩膀像铲子一样凸了出来。宾斯太太躲开了她。爱丽丝承认，劳拉的退缩是对的，她能感觉到恐惧和不祥正从电话里蔓延出来，蔓延到了整个房子。是时候面对现实了，阿尼没说一句话就失踪了，天知道他去了哪里！她觉得喉咙很干，像吃了满嘴的沙子。

爱丽丝关上客厅的门，劳拉的声音变得低沉起来。宾斯太太开始低声哼唱"阿尔比，阿尼"，有时候是"阿尔比，阿尔比"。这样看来，阿尼显然不是宾斯太太家里唯一归期不定的人。

爱丽丝心想，之前吉莉对劳拉的态度那么强硬，应该一时半会儿通话不会结束。就在这时，劳拉已经轻快地处理完电话，推开门走了进来，比爱丽丝预想的要早得多。她坐进双座长沙发椅，捻着头发，眼睛盯着自己的膝盖。

最后她说："这么长时间以来，菲尼克斯一次也没有给家里打过电话。"

"劳拉,"爱丽丝用有些浮夸但还算有耐心的口气说,"你有手机,他为什么还要打到家里去呢?他给你发短信了,只是你自己无论如何都不想让他知道你很糟糕。他晚上一直在和你保持联系。顺便说一下,他不像有些人。"

"你知道什么啊,爱丽丝·布拉斯·汗小姐?或者我是不是应该说,只沉浸在自己伟大计划里的年度青年科学家——爱丽丝·弗兰肯斯坦小姐?"劳拉抬头指责爱丽丝,挑衅地冷笑道:"你麻烦大了。你本可以提前告诉我的,免得让我白跑一趟。"

她抬起脚趾,指了指宾斯太太的方向。

爱丽丝迎头撞上劳拉冷冰冰的凝视目光,"我不明白你的意思。"

"你不明白?那你怎么不用你那机灵的大脑来破译我说的话呢?你那个科学老师叫什么名字来着……哦对,布罗克班克,他有你的把柄。我记得他是个留着那种坏人的胡子的牛头怪人。他今天给妈妈打电话说,他一整个上午都在学校的实验室里和往常一样备课。可他四处寻找设备时,发现实验室后面的储藏室里少了一件重要的东西,一件非常特别、非常重要的东西。他想问,对于储藏室架子顶层收藏的那个标本,你有什么要说的吗?"

劳拉低下头,直直的黑色眉毛下一双眼睛冷冷地凝视着爱丽丝。爱丽丝无法想象自己现在是什么表情,只觉得自己的头快要裂开了,她的头低得几乎要掉到地上了。

"当然,他说话很委婉,但我想你懂他的意思。"劳拉的语速越来越快，好像愤怒已经快让她喘不上气了，"他说，他知道你听说最有价值的标本之一丢失了肯定会很担心。他也知道你有多喜欢生物学。他告诉妈妈，你是他最得力也是好奇心最重的学生，但他还是忍不住想来问问你，是不是借走了一件标本用于周末课外实验，并且计划周一还回去。他还说，他的电话打得正是时候，这样就可以把一切都扼杀在萌芽状态，这样你或者其他什么人就可以把东西偷偷地放回实验室，也不用被追究任何责任。"

劳拉的手指在头发上绕啊绕，就像旋转陀螺一样。爱丽丝注意到，自从她回到房间后，宾斯太太就一直蜷缩在地板上，一动不动。

"所以，"劳拉说，"我必须说，我真是受够了！这事对我来说简直像新闻一样。而且布罗克班克还告诉妈妈，他最近已经安排把实验室的标本都搬到伦敦某处的解剖博物馆了。在那里，它们能被保存得更好。天哪，爱丽丝 —— 真是糟糕透了！你就不能早点儿告诉我吗？我要是知道你口袋里装着可疑的科学标本，怎么可能还会像现在这样开车载着你到处跑啊？"

爱丽丝的心跳声越来越震耳欲聋。从后背到腋窝，她的短袖全都湿透了，全身都变得黏糊糊的，她从未感到身上如此潮湿和黏腻。劳拉稍微平静了一点，俯身把手掌放在妹妹滚烫的脸颊上，说："爱丽丝，你我现在有共同的计划。这不仅关系到一个不见了的朋友，还跟探索科学有点儿关系，你本来应该把这一切都告诉我的。"

爱丽丝站着没动。过了一会儿，劳拉把手掌从她脸上拿开，向后退了一步。爱丽丝捡起一张散落的纸，是一张旧电费账单，她把它撕成两半，然后又撕成四条。她实在不知道该说什么，甚至想不出该从哪里开始讲起。如果劳拉想知道的话，那得把过去两天发生的事儿和医院的事儿全都说出来。可近两天发生的事不仅仅关乎一个借来的标本，还关乎很多其他的事情，甚至关乎性命。

她一开始是想让她姐姐看看那个标本的："劳拉，你看，我想让你见见这个小家伙，然后让你和它待在一起，这是不是很不可思议？这个罐子就是一切故事开始的地方。"

即使劳拉对此并不感兴趣，爱丽丝仍旧沉浸在自己的设想中。她想，此时此刻，她实在没有办法向劳拉坦白这一切，因为她手边什么也没有。真是糟糕透了。她既找不到阿尼，也没能保护好标本，他们俩一起消失了。现在只剩下她，必须接受布罗克班克先生的指责，甚至承担一切责任。

她把手指一根一根地按在宾斯太太家的地毯上，数着自己可能面临的指控：

偷窃标本，又名盗尸罪；

损害财物，故意和严重损害；

伤害他人；

导致朋友失踪。

现在，也不能利用布罗克班克先生说过的"不追究"和"只是推测的说辞"来脱罪了。天哪！早知道这样，就应该让阿尼在几个小时前就把小家伙扔了，不然自己也不会引火上身。爱丽丝紧闭着双眼，眼前恍惚浮现出小家伙腹部切口的形状，就像被火烤过的伤口一样。从刀口可以看出——那里主要被刀片直切过，一端略为下凹。她睁开眼睛，透过自己和姐姐之间的空隙，仿佛真的看到了刀口的形状，就像《爱丽丝梦游仙境》里倒挂着的柴郡猫的笑容一样。

爱丽丝揪着身上被衣服粘住的地方，露出了怪异的表情。

她琢磨着，引发她崩溃的不是布罗克班克先生，尽管吉莉把他的话留到了最后说，但那并不是压倒她的最后一根稻草。她怀疑，尽管她做了这些事，但布罗克班克先生不是直接来找她问罪的，相反，他可能最终会欠她一个人情，因为她也算给了他一个提示。她本想拿走罐子警醒劳拉，结果却无意间让他注意到了架子上的小家伙的存在。她对储藏室长久以来的热情，对实验室的热心清扫和仔细观察，也许都帮助他意识到胚胎收藏的价值，否则他为什么现在突然说想把小家伙拿回去呢？也许货架上的变动让他想到了钱，想到了如何用这个标本为破败陈旧的实验室添置些全新的设备。

此刻，让爱丽丝心烦意乱的，并不是想到布罗克班克先生可能会大发雷霆，而是那个伤口，还有阿尼那双圆圆的、带着迟疑的眼睛。一想到这些，她就坐立不安。

"所以呢？"劳拉看了她一眼。

爱丽丝说："吉莉跟你怎么说的？"

"吉莉说得很清楚，为了她，回去吧……回家，就现在！这就是她要传达的信息，我说我们会照做的。"

爱丽丝指了指宾斯太太，皱着眉头，说道："那她呢？老太太现在肯定睡得很熟了，她都打呼噜了。"

劳拉站起来，示意爱丽丝不要说话，然后蹑手蹑脚地走到前门，轻轻地打开了门，向外望了望，接着又让爱丽丝到前面的花园去。爱丽丝心想：劳拉已经差不多什么都知道了，也算是抓住了她的把柄，这在某种程度上会让劳拉变得刁蛮霸道，比如像现在这样，直接命令她过去。想归想，爱丽丝还是站起来，跟着她走了过去。

她们面对面站在前院的菱形石头上，一阵冷风拂过墙边的玫瑰花丛。眼下，这些灌木丛看起来还毫无春意，整条街的砖砌平房、紧闭的窗户和稀疏的绣球花看起来也是如此。

突然，爱丽丝听到一声响亮的断裂声，就像干枯的茎叶折断时发出的声音。她环顾四周，但无法分辨出那是什么声音。

"爱丽丝，"劳拉的目光锁定在她妹妹身上，"我们别吵了，你一直对我很好，我知道。我的生活中不能没有你，只是——我真希望你能坦白交代一切。"

"我能说什么呢？我没有带布罗克班克先生说的那个东西，我的口袋里也没有那个标本。"

"我想问的是，你从实验室拿走的东西跟这件事有关，是不是？还有，为什么阿尼失踪了，你最好现在老实坦白你干的好事！"

"实验室的事是个秘密，是我和阿尼一直承诺要保守的秘密，我不能把我们的秘密告诉你。"

"他只失踪过一次吗？从上次我提出要帮忙之后就没再失踪过吗？这些奇怪的事接连发生，你不记得了吗？周四我生病的时候，你提到过一次你们俩的那个秘密，你说你有个秘密，也是一个惊喜。我简直不敢想象你当时打算拿它干什么，我也不敢想象你后来用你的宝贝刀片对那个标本到底做了什么。"

爱丽丝耸了耸肩，用手臂在空中画了一个正方形，她看到姐姐用夹克把自己裹得更紧了。

“我能说什么呢，劳拉？我不想让你更加不安。”

“不安是什么意思？”劳拉更生气了，风把她的头发吹进她张开的嘴里，“我只是经历了一段有趣的插曲，只是月经紊乱，肚子有点疼还有点胀，仅此而已，反正这些都是你还没有经历的。我没有不安，其实我很坚强，我还自己一个人去了医院，而你在实验室里做秘密实验的事倒很可能会分散我的注意力。”

爱丽丝把鞋尖伸进铺路石的缝隙里磨蹭着。她看了姐姐一眼，又迅速挪开了视线。她不想去回忆劳拉在那段痛苦的日子里是如何折磨自己的，也不想回忆那些让她和姐姐分开的烦心事。

“劳拉你听着，这么说吧，到现在为止，我都觉得还没到该坦白这一切的时候，而且，我并没有把标本切成碎片。”

劳拉舒了一口气，噘着嘴，转过身。暮色四合，爱丽丝看着屋顶和烟囱上飘过的缕缕炊烟，一轮明月在高高的云层背后若隐若现。

爱丽丝站直身体，说道：“你还记得《呼啸山庄》吗，劳拉？那是你几年前最喜欢的一本书。凯西的鬼魂走到窗前的那一段总是让你那么伤心，你曾经边哭边大声读给我听。在那一段故事里，鬼魂哭喊着‘让我进去’，手放在破碎的窗户上，洛克伍德先生却让她走开。”

“所以呢？”劳拉突然说，“那跟现在这件事有什么关系呢？”

“还有，在医院的那个花园里，我本想和你说话，但是我没有，因为当时在病房里还有其他的女孩儿和你一起躺着呢。"

"爱丽丝，够了！你已经跑题了，你在开玩笑吗？"

劳拉的手不由自主地颤抖着，她将手叉在腰上，纤细的手指紧紧地攥在一起。

爱丽丝觉得她即将做一件可怕而且残忍的事，但她只能这么做，已经没有回头路可以走了。

"好吧劳拉，我们一直在谈论的标本，其实是一个小胎儿。"

"小胎儿？"

爱丽丝又把鞋尖伸进铺路石之间的缝隙里磨蹭。

劳拉诧异地说："这就是你从实验室拿走的东西？一个人类胎儿？你和阿尼都疯了吗！你们会被逮捕的，报纸上有关于这类事件的报道——有人非法摘除身体器官，医院的冰箱里装满了死去的婴儿的器官！你是说，阿尼带着标本罐里的婴儿离开了？"

"一个胎儿，不是婴儿。我不知道阿尼现在是否带着它，要是我知道就好了。"

爱丽丝和劳拉对视了一眼，劳拉的表情从震惊变成了困惑，然后变成了疲倦，还皱起了眉头。爱丽丝和劳拉对视良久，直至感受到她们之间那份清晰又确切的情感。沉默之中，她们决定为这段不愉快的争论画上句号。她们是姐妹：在这一天结束的时候，还要一起开车回家，还有妈妈要应付，况且是个非常让人烦恼的妈妈……

现在轮到劳拉抬头望着天了。爱丽丝用脚趾在石头上勾勒出了那个切口的形状——她在小家伙身上划下的那道伤口，考虑到当时的情况，那也算是一个整洁的切口了。当时阿尼紧盯着她，哪怕是个有经验的人也可能会切得很糟。

宾斯太太的窗口处传来几声动静，她们看到网状窗帘后面老太太瘦削的身影，眼睛随着她从一边移动到另一边，窗帘也呈现出了颜色的渐变。爱丽丝和劳拉朝着那边挥手，可那白色的身影似乎没有看到她们。

"我们该说再见了。"劳拉面无表情地说。

爱丽丝已经往回走了。

她听到"哐当"一声，门自己关上了，可能是受到了风的影响，也可能是宾斯太太拉门的缘故。

爱丽丝重重地敲了敲门，然后从门口退后几步，想看看宾斯太太是否会有什么回应，但是没有。窗边那个白色的身影摇摇晃晃，定在原地，正对着小路上的爱丽丝。

爱丽丝推着姐姐往前走，准备让她去敲门。劳拉本来准备重重地敲，可就在她把手挥到木门前时的一瞬间，她突然泄了气，门上只传来了柔和的"笃笃"声。宾斯太太站在窗帘后面，劳拉对着钥匙孔大声喊道："再见，宾斯太太！"而此时，爱丽丝已经走在通往花园大门的鹅卵石小道上了。

她扭头说："我想她是在跟我们说话。"

"我想喝杯水。"

"没机会了，她看起来很想赶我们俩走！"

"那我们得在服务区停一下。我想喝点儿东西，一杯亮闪闪的有色甜饮料就行。"

爱丽丝站在副驾驶座位门口，劳拉则站在驾驶座一侧，隔着车顶与爱丽丝对视。

她说："你得把那个婴儿标本还回去。"

"是胎儿标本。"爱丽丝纠正道。

"就照布罗克班克先生说的去做，悄悄地把它放在他的办公室门口，他会原谅任何像你一样痴迷科学的人的，而你也可以信任像他那样长着牛头怪脸的人。"

劳拉打开车门，却没有上车。

爱丽丝隔着车顶摇着头，说："劳拉，即使我知道那东西在哪儿，现在我也不会把它还回去的。因为无论怎样，我都会被追究责任的，他们会说标本已经被人动过手脚了。"

"真的吗？有那么糟吗？伍德帕克少年残害胎儿尸体？"

"也没那么糟。"爱丽丝淡淡地说。

她强迫自己想些其他事情，琢磨着刚才劳拉的肩膀竟然正好和汽车车顶一样高，分毫不差，就像护照照片那样裁剪得相当完美。她想知道劳拉是怎么打理头发的，她的波浪卷发竟然如此顺滑卷翘，还这么服帖。她想知道达芙妮·宾斯太太的花园里到底有多少玫瑰花丛，竟然从屋后的篱笆一直延伸到了屋前，她还看到空中的一朵云恰好挡在了月亮前面。

最后，她说："我们第一次研究那小家伙的时候，它的罐子里的福尔马林就溢出来了。"

"研究？"劳拉露出了厌恶的表情。

"是的，当时福尔马林就洒了，而现在，谁知道呢？"即使只说了这件小事，爱丽丝也觉得内心十分不安，"我得想想别的办法来储存它，我的意思是把它处理掉，不能让它回来了。"

"办场葬礼，把它埋了，怎么样？"劳拉建议道。

爱丽丝朝她皱了皱眉，这件事可不像提供一杯茶一样简单，必须提前计划，权衡利弊，还得和阿尼谈谈，毕竟他是小家伙主要的看护人。最重要的是，罐子现在还不在她们手上。

"可以考虑，但不能埋在纪念花园里。"

"为什么？纪念花园怎么了？"

"你自己也说了，那不是个埋葬的好地方，胎儿不能在那里长眠。"

"可以在那儿，但那不是唯一的地方，我还没想到纪念花园呢，我觉得任何一块土地，任何地方，只要有人存在过的地方，就可以用来做它的墓地。那个可怜的家伙，它脱离这个世界太久了。"

"我还以为你说的是埋葬证据，就像谋杀之后得处理掉一切痕迹那样。"

"爱丽丝，我不想吵架。"

"不是……"

就在这时，她们听到了一声沉闷的、像爆炸一样的声音，宾斯太太家的前门被弹开了，老太太正使劲地拧着房子内部的气闸。爱丽丝绕过汽车，向花园大门跑去，宾斯太太摇摇晃晃地站在门口，脸上满是茫然和抱怨。

老太太的脖子上缠着客厅的一块网状窗帘，她把帘子扯了下来，披在身上，又大又硬，看起来像小丑的衣领。她将手臂一甩，一个物体在空中飞了过来，是劳拉的手机！她的手机放在客厅的长椅上忘记拿了，现在正啪嗒一声掉到小路上，然后开始丁零零地响了起来。手机滚过鹅卵石，停在她们脚边，还在响个不停。接着传来了干脆的嘎吱声，手机的塑料外壳裂开了，但电话还在响。

"别接，"劳拉抓住爱丽丝的手腕，"肯定是吉莉！她肯定是想确认一下我们是不是在回去的路上了。"

电话还在响。

"吉莉之前打的是座机，记得吗？"爱丽丝说，"她好像没有你的手机号码。"

她眯起眼睛看着手机上的号码，没有显示来电人，也不是家里打来的电话。

铃声停了，宾斯太太关上前门，铃声再次响起，她又打开了门。他们三个都一动不动地站着：劳拉的脸被冷风吹得惨白，爱丽丝一脸愁容，乱蓬蓬的头发正随风乱飞，宾斯太太则站在那儿，将一团网状的帘子悬挂在门口。

铃声又停了，被一条短信的声音打断。劳拉迅速弯腰，但爱丽丝动作更快，她猛地向前一扑，膝盖跪到了地上。看到这一幕，宾斯太太咯咯笑了。

爱丽丝先读了起来。短信上的文字平淡无奇，她却难以置信地瞪大了眼睛：

给爱丽丝

我很好，在希思罗机场第四航站楼。

马上就会回家。

不用回电话。

——阿尼

另外，他也很好。

姐妹俩将胳膊搭在彼此的肩膀上。

"他没事儿。"爱丽丝说。

夕阳的余晖洒在宾斯太太的脸上，她的脸颊上闪烁着泪水。

"他在回来的路上了！"她高兴地说，"他真的回来了。这么多年了，我就知道我了解他的。"

说完这句话，老太太回到走廊上，锁上了身后的门。

劳拉和爱丽丝抱在了一起，她们对彼此的拥抱、圆润纤长的手腕和骨节突出的胳膊肘都很熟悉。就像多年前，小劳拉用木琴敲击着《玫瑰花环》那首歌逗着小爱丽丝那样，她们开心得上蹿下跳，抑制不住内心的喜悦，而吉莉每次都不得不在旁边哼哼着——"噢，请安静点儿！"

她们彼此拥抱，放下心来，感觉心情十分愉快，简直比小时候唱那首歌时还要开心。她们跳着、尖叫着，欢呼的时间比阿尼发信息用的时间还要长。她们又成了朋友，困难即将过去，姐妹俩坚信，如果她们团结在一起，一切都会好起来的。在这一天就要结束的时候，她们互相帮助渡过了难关，就像莱昂纳多说的那样，这是最重要的事情。

然后，为了表示她们极度兴奋，她们重重地舒了口气，劳拉发出几声尖叫，直到爱丽丝突然不耐烦地说："现在我们该怎么办？"

劳拉茫然地看着她，一脸笑意，嘴角涨得通红。

"呃……呃。"她结结巴巴的，不知道该说什么好。

"呃，"爱丽丝说，"我是说，阿尼还活着！劳拉，这太棒了！当然……也不排除是绑架者设法弄到了你的电话号码，引诱我们去希思罗机场见面。现在我们该怎么办？像宾斯老太太一样，回家然后把前门关上吗？希思罗机场？阿尼会坐喷气式飞机回来吗？我们要去找他吗？"

如果她会开车，她现在就会把车开到空无一人的比克罗夫特大街上，然后驶向希思罗机场。她想和阿尼重归于好。两个人团结合作、互帮互助比分道扬镳、各自为营的感觉好多了！这是她在过去几天里领悟到的东西。

"要去找他就得开菲尼克斯的车，"劳拉说，"我得问问他，征求他的意见。"

爱丽丝没好气地哼了一声。从今天早上开始，她就一直听劳拉提起菲尼克斯的名字，他的"名气"几乎都要超过遥远的汗先生了！

劳拉挥舞着她的手机。"看这里，爱丽丝，"她脸红了，"菲尼克斯发来的短信就在阿尼的短信后面。他发来了一段话，不只是一个笑脸。噢！天啊，他在短信里说他爱我！还说今天我离开太久了，他想我了，他迫不及待想见我！"

在爱丽丝看来，这段文字没什么了不起的，但此刻劳拉正沉浸在自己的美梦里。她的拇指不停地在手机上滑动着，来回翻看菲尼克斯发来的短信。

爱丽丝不想纠结于这件事儿，于是绕到了副驾驶座位旁。她觉得姐姐的男朋友总是碍手碍脚的，阿尼才是她信得过的人。他出去了，或许还经历了一场巨大的冒险，而现在，她终于找到他了！

她把手放在车门把手上，然后用力抓得更紧了。为了不让自己跌倒，她不得不站稳，撑着身体。接着，她紧紧地闭上了眼睛，这是她今天第二次感到汗流浃背了。

一幅图浮现在了她的脑海里，她在过去几个月里翻遍了上百本解剖学图书,《基础生理学》《理查森解剖》《便携式人体运动图谱》,这是其中一本书上的插图。忽然,她眼前又浮现出一张昏暗的解剖博物馆内部的照片,她记得,那张照片是在某张插图的左侧。她看到一个房间里陈列着胎儿,每一个都若隐若现,歪歪斜斜地摆放在发光的玻璃柜里。她感觉自己此刻就在博物馆里,走在那些标本中间,畸胎瘤像外来的蕨类植物一样向四面八方繁殖。走到最后,在靠近出口附近,她看到的展品只有一张脸,一张完整的、完全成形的脸。那张脸是阿尼的,只有阿尼的头在那儿,她感到全身发冷。

她抖了抖身子,用手擦了擦眼睛,迅速转动门把手,爬进车里。她必须摆脱对阿尼的幻想,试着想想他面临的其他处境。她必须想象他从阴影中走了出来,从可怕的展品中走了出来,低着头,歪着下巴。不管她有没有放弃寻找他,他就在那里,一直在等着她。

头顶的天空中,淡淡的夕阳下,一轮明月在空中打着转儿。

劳拉滑进驾驶座,手里紧紧握着手机。

"希思罗机场四号航站楼,"爱丽丝说,"很显然,这不就是一份邀请吗?"

"爱丽丝,让菲尼克斯和我们一起去吧,"劳拉瞥了一眼妹妹,"我们得把他接过来,我想带他一起去。"

"随便你,"爱丽丝说,"只要他不再像之前那样,喊我'开膛手杰克',喊妈妈'开膛手吉莉'就行。"

她试着笑,却发现自己根本笑不出来。

劳拉把额头靠在方向盘上。她的脸绷得很紧,表情看上去跟她和吉莉吵架时一模一样。她把手机放在膝盖上,松开僵硬的手指。

"爱丽丝，作为交换，你得答应我一件事。"

"看情况。"爱丽丝喃喃地说，想知道劳拉说的究竟是什么。

"如果你真的要把它埋了的话，能不能答应我在葬礼之前把那个小家伙的脚趾染成红色的？"

"什么？"

爱丽丝知道劳拉是认真的，因为她的表情看上去很沉重，还抿着嘴，不像是在开玩笑。

沉默了很长时间后，她继续说："任何红色的染料都可以。这是古代法老们处理死者的方法，可以帮助它们早点儿开始来世的生活。我生病时读的那些关于古非洲的书里也是这样说的。这是你拿走的胎儿标本，所以我们得担起责任，我们可以把它当成一个非洲婴儿，你觉得怎么样？我觉得我们有权利那样做。"

"这不是一个真正的婴儿，不管他是不是非洲人！"爱丽丝严肃地说道，"我都跟你说了，它根本不是个婴儿！"

她还记得那天下午，她和阿尼带着小家伙来到柳树下，她看着它的脸时那种颤抖的感觉。"是的，不知怎的，我感觉它和我长得很像。这比科幻小说情节还要离奇，但却是不可否认的事实。"

劳拉沉默了一会儿，转动车钥匙，把车从宾斯老太太家的大门边开了下来。接着，她又说道："好吧，假装是这样也无妨，我想把它和非洲联系起来，就当这是个非洲胎儿吧。"

她开着菲亚特在比克罗夫特路上行驶了一段路，然后颤抖着停了下来。她不顾形象地抓住了爱丽丝的肩膀，对她说：

"你知道吗，这有可能是一个本会在英国出生的黑人婴儿，我没有瞎编。学校刚建起来的时候，很多非洲人和与非洲有联系的人住在这儿。战争期间，这里有很多学生、士兵和护士，他们可能会遇到白人，就像法鲁克遇到吉莉那样。我都可以想象那个心烦意乱的年轻母亲为了吸引某个像布罗克班克这样的人过来，把它扔在某个地方，可能是商店门口，甚至是学校的自行车棚。当他们碰到这个胎儿的时候，可能会说：'哎，这是什么？哦，是个可怜的小家伙，一个混血的小东西！'但已经太迟了，它已经死了。所以人们把它抱走，做成了标本，留给伍德帕克的子孙后代观赏。"

"这个胎儿太小了，不符合你说的故事，"爱丽丝说，"我倒是觉得它从来没有出生过。"

劳拉好像没听见爱丽丝在说什么。她若有所思地深吸了几口气，又一次发动了汽车。车子继续沿着比克罗夫特路缓慢前行，她脸上的表情终于放松了下来。

爱丽丝没有被劳拉的故事打动，但感觉自己似乎重新回到了某种有利的地位。如果她同意，就算是答应劳拉的请求了。

"如果你想让我把小家伙的脚趾浸在染料里，那就抓紧赶路吧，"爱丽丝拿起劳拉的手机，问都没问就把它塞进自己的口袋里，放在刀具旁边。在和阿尼见面之前，她都想把这个手机拿在手里，好和他一直保持联系，"要我说，我们现在就去希思罗机场吧！先去接菲尼克斯，然后去机场接阿尼和那个小家伙。把他们带回家。"

第十三章 阿尼

吉姆把车停在路边阴凉处,让我下车,那儿设有公共汽车和出租车的临时停靠点站牌。我面前是一个四四方方的航站楼,我不带一丝犹豫地径直上前,自动感应门在我面前缓缓打开。我回头,看到吉姆对我眨了眨他那圆圆的眼睛,然后笑着说道:"照顾好自己。一路顺风。"

候机大厅像一个仓库,里面满是霓虹灯指示牌,上面写着"在此排队""护照核查""登机牌领取"等指示语。左侧的墙上贴满了印着"最后时限优惠"和"买二送一"的商店促销海报。这里有一家名叫"主人之声"的唱片店、一家博姿药妆店和一家精选咖啡店,跟司空见惯的商业街没什么不同,所以我未做停留就走开了。机场的广播提醒我照看好自己的行李和个人物品,说的好像我真的有一样。我现在最重要的行李就是裹在靛蓝布里的小家伙。

我把空午餐盒的盖子扣好,扔进门边的垃圾桶,这下手头就轻松多了。我还能把小家伙塞回袋子里,他可是我这趟旅途的宝贝。

我带着小家伙向值机柜台走去。

结果发现,只有少数几家航空公司在这个航站楼提供服务，而且大多数都是本土航空公司或欧洲航空公司，没有非洲航空公司。但事实证明，我还是很幸运的，这些本土航空公司也有飞往非洲的航班：西非、东非、开普敦……能叫得上地名的都有。我和我的小家伙运气都不错，现在的情况简直就是天助我也！特别是去西非的航班，这些地名都是我在七年级地理课上了解到的：拉各斯、阿克拉、阿比让、冈比亚，还有开罗，但是没有喀土穆。我记得，冈比亚正好位于冈比亚河沿岸。当吉姆载我到航站楼前，打算让我"听天由命"时，我很好奇，他知不知道非洲和这个航站楼之间有着千丝万缕的联系。

我仔细研究了一下航班信息，虽然已经四点多了，但今天这趟途经卡诺飞往尼日利亚的航班还没起飞，实在是太幸运了。我拍了拍运动裤口袋里卡特里娜给的挂在钥匙圈上的护身符，也许是这个小玩意儿给我带来了好运。人们好像并没有受到航班晚点的影响，仍然慢悠悠地在值机柜台前排着队。排队的乘客绝大多数是黑人，他们围着 34 到 37 号值机柜台绕了整整三个圈。

我先向站在队伍最后的那位女士寻求帮助。她没戴帽子，穿着一件蓝色的棉质连衣裙，那衣服把她裹得严严实实的。从后面看，你可能以为她是个小孩儿，因为她个子虽然很高，却骨瘦如柴，正站在那儿百无聊赖地踢着行李箱。

我紧紧地抱着布包，侧身走了过去。此时此刻，我并没有想什么特别的事情，我甚至已经放弃计划，内心毫无波澜。只是我的脑海里浮现出了一个特定的场景——上地理课的教室墙上挂着一张世界地图，图上非洲的轮廓微微凸起。我觉得那轮廓有点儿像小家伙的后脑勺，凹凸不平；也有点儿像卡特里娜给我的那个钥匙扣上的旋涡状图案。

上面仿佛写着："带我来这里，让我躺在属于我的地方。"

我走到那个女人面前，发现她的年纪比我想象中的要大得多。她额头上有皱纹，脸颊上似乎有纵横交错的刀痕，看起来很吓人。

"不好意思，女十，"我说，"您今天要飞往卡诺和拉各斯吗？"

我问题还没问完，她就抓起箱子的把手，向后退了一步。

"关你什么事！"

她拖着箱子朝队伍前面又走了好几步。

我跟在她后面，又绕着她转了一圈。

"您先听我说，我叫阿尼·宾斯，我来自英格兰东南部的伍德帕克中学，现在读七年级。我这儿有一包东西，不值什么钱，但我必须把它送到非洲去。我知道我的请求有些唐突，但请您相信我，如果您能帮我把这包东西送到非洲，就是做了一件非常了不起的事情。"

她似乎不想听我说了，继续往前走着，走得又快又急，我感觉她走路带起的风把我头发都吹起来了。但我还是想争取一下，所以我跟在她后面，假装也在排队。

"而且您看，我自己也去不了。"我急忙补充道。

"孩子，你都这么大了还不明白吗？这是不可能的事儿！这年头敢叫人运一包东西到非洲，被保安发现了你会被抓走的！"她突然大声说道，吓了我一跳，"或者他们已经盯上你了，光是我看到的，就有三个摄像头。你再多说一个字，我就叫人了！"

明明我离她那么近，但她说得那么大声，像是我聋了一样。她背对着我，只留给我一个冷漠的后脑勺。

我知道如果保安那只有力的大手落到我肩膀上，我就完了，所以我必须尽快把小家伙送到非洲。于是我赶紧钻过排队的隔离带，寻找下一个目标。但当我直起身时，我又听到她说话了，我保证我没听错。"不要放弃尝试，"她说，"再试试，说不定有'傻瓜'愿意帮你。"

我找的第二个人是个高大的男人，他身边站着一个身形丰满的女人，两人都穿着镶有花边的大罩衫，站在队伍的最后。在我和刚才那位女士搭话的时候，队伍正有条不紊地前进着，现在那个背影像孩子的蓝裙子女人离我差不多半圈远了，即便如此，我还是很紧张，担心排队的乘客里有谁听到了我一而再再而三的请求而心生疑虑。

花衣服男人离我最近，所以我打算跟他搭话试试。我盯着他罩衫上的图案——那是一对交错的绿色盾牌和黑色长矛。我离他还有些距离，但我感觉那件罩衫已经飘起来把我团团包裹住了。我像被裹在一张特大号床单里，挂在晾衣绳上随风飘扬。

我用比刚才更轻柔的声音说："打扰一下，先生，请问您今天是乘坐飞往拉各斯和卡诺的航班吗？"

那人的视线顺着他的鹰钩鼻往下投向我。他咧开嘴，露出一排纯金牙，中间还掺杂着两颗已经泛黄断裂的牙齿。他说话时，声音低沉到仿佛能在我的头骨中产生共鸣。

"我们当然是要去拉各斯了。小朋友，你呢？"

"不，先生，我去不了，我没有护照，我以前也没有坐过飞机，所以我才问这个问题。"

"这是什么东西？另外，孩子，说话的时候请抬头看着我。"

"看，这儿有个包裹……"

"等会儿，孩子，你是说包裹吗？"

"是的，先生，这是个很珍贵的包裹，但您不用担心，它没什么危险。"我有些紧张，想站得离他远点儿，但我还是强迫自己开口和他讲话，甚至直视他的眼睛，"我需要把它送到非洲，送到你要去的地方，但我自己没办法把它送到那里去。"

那个男人看起来不知道是该嘲笑我的愚蠢，还是我的疯狂和大胆。他瞥了一眼旁边的那位女士，但她正在看 34 到 37 号值机柜台上方的滚动公告板，并没有注意到我们的谈话。他弯下腰和我平视，这样一来，我注意到，他的金牙在头顶的霓虹灯光的反射下显得格外亮眼。

"小朋友，你有没有听过这些话：'先生，您收拾好自己的行李了吗？先生，有没有人让您替他们带些东西？'"

我摇了摇头说："我说过了先生，我没有坐过飞机。"

这个时候，我的脸颊已经因为努力保持微笑而僵硬得酸痛不已，但为了不让安保人员注意到我，我还是挤出笑容，让自己看起来像在寻求一个稀松平常的帮助。

"好吧，如果我拿了你的包裹，那边的值机小姐就会对我说那些话，"他说着，还指了指我手里的包，"那请问，我该如何回应她呢？"

"我不知道，先生，但请您相信，我没有恶意，把这当作是您自己的包裹就没事儿了。"说完我深深地吸了一口气。我感觉自己的肋骨都凸出来了,整个身体都在发抖,似乎就连罐子里的小家伙也能感觉得到我的颤抖。

这个高大的男人站直身体,大笑了起来,整个身子在罩衫下不停地抖动着。他甚至还笑出了眼泪,脸上满是不可思议的神情。他的妻子见状瞪大眼睛看着他,然后低下头看着我,怒气冲冲,随后扯住他的袖子,两人在队伍中向前迈了一大步,而我不得不紧贴在隔离带上,给他们让位置。

显然,大个子认为谈话结束了。但是,正当我穿过隔离带时,我的身体不小心蹭到了他宽大的罩衫,又引起了他的注意,于是他又对我说:"孩子,你知不知道你在做什么?"他撇着嘴说道,眼睛直勾勾地看着前方。不知怎的,他的声音听起来比之前更低沉,我甚至还能听到他的呼吸声,像吹竹子的声音。"我不会阻止你,因为那是你自己的事。但我想说,你得注意点儿。说起走私,你能想到的可能有衣服、食物,甚至身体器官——但你会发现我们非洲人对此十分谨慎。你平时不看报纸吗?总有人以我们非洲人的名义做坏事。人们总是把死亡等祸端带到非洲,而我们被迫接纳了这些,我们的生活也深受其害。幸好,我们也有自己的办法来驱除这些亡灵。此时此地,让一个非洲人把一个可疑的包裹带回家,怎么样都不合适。"

"我明白了。"我想起爱丽丝给法鲁克·汗的圣诞礼物,那是她在手工课上做的松木相框,但那个礼物因为收件地址不详,三月时被退回到阿尔比恩街。我看着爱丽丝亲手撕开用梅子布丁图案的包装纸精心装饰的礼物,失望地叹了口气。

我知道没有任何地方会接受这种来历不明的"礼物",更别提非洲了，他们会把这些东西都堆在仓库里，不见天日。就像现在，在机场霓虹灯的照射下，我发现除了带小家伙去拉各斯外，我别无他法。难道我要让机场的某个机库变成他的墓地吗？到目前为止，我还没有厘清我的"尼日利亚归家计划"中的一些小细节。

我想告诉那个嗓门很大的男人，我明白他的意思了。我想返回去找他，但就在我大声呼喊时，一则航班广播响起，盖过了我的声音。我没能找到他，这些话也终究没能说出口。

我离他更远了，队伍长了整整一圈。先前那位女士已经不见踪影，大约有七个人拉着行李箱排在那对大个子夫妇的后面。

我看了看最后一个排队的人。那是一个上了年纪的白人游客，脸被晒成了火红色，留着一撮胡子，背着一个巨大的帆布背包。尽管前两次搭讪都失败了，但我还是不想放弃这次机会，只是我一时不知道该如何开口。我拖着脚步朝这个人的方向走了几步，然后停了下来。我把装着小家伙的布包捧在手里颠来颠去，实在不知道怎么开口。我意识到如果我还是像那些双层玻璃的推销员一样骤然上前向陌生人寻求帮助，肯定还是会以失败告终。最近一场战争刚刚过去几个月，世界各地的人们仍然敏感多疑，暴躁易怒，不管我怎么讲我的故事，"安全问题"还是会让人们产生顾虑，怀疑我动机不纯。

"你好，你能不能把我的包裹带走，然后，呃，再把它埋了？你能不能做我小宝贝的快递员，或者做他的送葬者？"

我站在那里，拨弄着隔离带，晃了晃手里的包，好像它是一个烫手山芋。我突然意识到好像有个东西一直在我的左侧徘徊，我看不清那是个人还是个什么东西。因为我感觉它离我很近，近到让我不敢转过身面对。

我隐约想起了吉姆，会不会是他从免税店跑过来确认我是否安好？不太可能。他妹妹现在应该已经下班了，他这会儿应该正开着他的白色丰田车，载着她去某个地方。他们应该相谈甚欢，我甚至都能想象出他们同时开口说话的场景。我眼角余光瞥见的那个身影不管怎么说都算得上瘦小，所以不可能是吉姆。这个人和我差不多高，年龄应该不会比我大，那很可能是……但不可能！真的不可能……

但是——

我还没反应过来那真的是她，甚至在她还没像往常一样，见到我先抓着我的胳膊肘不停地摇，摇得我的牙齿都咯咯作响之前，我就已经咧着嘴笑开了花。

"你太显眼了，阿尼！我在门口就看到你拎着这个鼓鼓囊囊的、脏兮兮的头发还翘得老高。我对劳拉说那是你，她都不敢相信自己的眼睛！还有，你到底去哪儿了？"爱丽丝冲过来对我说。

爱丽丝，爱丽丝！我一直咧着嘴笑，嘴角翘得老高，乐得没法立刻回应她。能见到她真是太好了！这种感觉就像之前我一路跌跌撞撞地走着，马上就要摔倒了，突然有人一把扶住了我。于我而言，这个人就是爱丽丝。现在她就在我身边，像我一样咧着嘴笑。她就站在我面前，这种感觉多么神奇啊！事到如今，我们关于劳拉和小家伙的那些幼稚傻气的争吵已经不算什么了。爱丽丝环顾四周，然后收回视线，看着我又突然笑了。

"嘿，爱丽丝，"瞧，我已经大声地喊出了她的名字，"你是怎么找到我的？"

她把头偏向一边，似乎在思考怎么回答我。

"你发过短信啊，傻阿尼，你不记得了吗？第四航站楼，你自己在短信里说的。有了这条短信，我们很快就找到你了。这一路上我都在留意你发在劳拉手机上的那条短信，我们大家都快担心死了，伊薇也是。我、劳拉和菲尼克斯到这儿以后，很轻松地就找到了你，因为你在人群中很显眼。你这个可笑的包也是，包里的小家伙也是。我简直不敢相信你还留着它。不过话说回来，见到你，应该说见到你们两个，我就放心了。"

她的膝盖顶在我手里的包上，布包晃动着，我假装没注意到。

"劳拉呢？劳拉怎么样！"

"劳拉？她开车送我来的，她和菲尼克斯一起。她根本没事儿，他们都很好，去离这儿不远的酒吧看乐队演出了，是滚石乐队还是斯泰恩斯乐队来着？那个酒吧是菲尼克斯的朋友开的，这也是他安排好的，说这样一举两得。不过他们很可能会看到演出结束，劳拉说她晚点再来接我们，大概在天黑前。"

她的目光扫视着从她身边涌过的人群，然后歪着头，斜着眼看着我说："劳拉现在好多了，但这不是我的功劳。本来她就没什么事儿，只是处在我们女孩儿的特殊时期。但是我之前的推断也没错，只不过情况没我想的那么糟罢了。反正劳拉是这么说的，我一会儿再详细讲给你听。现在，不管你在忙什么，你都应该休息一下。你现在太狼狈了，我们一起去喝点儿什么吧！"

我们在通往接机口的楼顶找到一家咖啡店。此时，乘坐飞往卡诺和拉各斯航班的队伍已经排到蓝色隔离带之外，在唱片店门口绕了几个圈。

爱丽丝买了两杯橙汁，装在带盖子的塑料咖啡杯里。我们在仅剩的两个连坐椅子上坐下。椅子是不锈钢的，贴着我的腿，凉飕飕的。我目不转睛地看着她，她则目不转睛地看着那个印着柳条图案的包。

"好了，你想告诉我什么，阿尼？我看见你在排队，你是不是打算把我们的东西随便塞给别人，只要那个人是个非洲人就行，对吗？我在想，你到底怎么了？你前两天都去哪儿了？劳拉是不是私下或是其他什么时候跟你聊过？当我忙着做别的事情，比如研究这个标本，或者想办法让她好起来的时候，你和她是不是在忙着计划送小家伙回非洲？"

"我有很多话要说，"我说，"但一言难尽。现在我们得抓紧时间，飞往拉各斯的航班还有大约一个半小时就要起飞了。"我很惊讶，因为从我嘴里发出的声音居然这么坚定沉着。

爱丽丝缓缓抿起了嘴。我接着说："等一切都尘埃落定后，我会向你解释的。但现在我们有件更要紧的事情要做，请你相信我，也别笑话我的想法。我们得设法让我们的小宝贝登上那趟飞往尼日利亚的飞机，这才是最重要的。你的猜测大差不差，我们的小宝贝，这条藏在罐子里的'小鱼'，这个胎儿，他可能是一个非同一般的孩子。他可能是非洲人，可能和你一样有着非洲血统，所以他需要回家。我去北方找我父亲时遇到了一些人，如果我们能把他送回非洲，就是帮了他们一个大忙，尤其是帮了我爸爸的女朋友。我们的小宝贝可以帮她实现她未了的心愿。"

说着说着，我感觉我的内心萌生出了一个强烈的信号。

我接着说："他本质上就是一个在罐子里待了很久的胎儿，现在，所有的人，包括他在内，都需要逃离各自的困境。"

"你说得不全对，"爱丽丝说，"我们已经把它解救出来了，这毋庸置疑，你身上的气味儿就是证据。"

这就是我的好朋友爱丽丝。对于我刚刚才发表的一番令人难以置信的言论，她连眼皮都没眨一下，也没有大惊小怪。甚至在我用"婴儿"这个危险的词指代小家伙时，她也没有纠正我。她匆匆看了一眼包里，什么也没做，只是皱了皱鼻子。"如果它是非洲人，那你说得就有道理，"她说，"'如果它是'，这才是重点。因为这样讲才能说得通。我们可以先把它送回非洲，就像先遣队那样，让它先去打探下虚实，这样正好为我和劳拉最终去非洲见法鲁克做准备。送走它就能掩盖我们所做的一切，问题是有没有一个足够疯狂的人会相信我们？"

"掩盖我们所做的一切？"我皱起了眉头。

在回到卡诺和拉各斯航班的候机队伍的路上，她侧过头发出了尖锐的低语："布罗克班克先生全知道了。"

我的眉头皱得更紧了，但她不想再多说。在隔离带那儿，她用胳膊肘戳了戳我的肋骨，还眨了眨眼。

"阿尼，你有没有想过不借助直航，而改用皇家邮政快递？那可比在这个机场求着别人容易得多。"她扯着隔离带上的不锈钢接头，好像在想该怎么把它弄开一样。"话说回来，"她继续自言自语，"寄包裹可能更棘手。想想看，你的包裹和其他邮件堆放在一起，会弄得周围一片黄色的污迹。那尼日利亚邮差可能会说，是谁把加冕鸡三明治和航空信件放在一起了？"她感觉那场景有些滑稽，扑哧一声笑了出来，"处理尸体很麻烦是不是？就像犯罪故事里那样。"

我突然放松下来，我们两个人终于又一起行动了。这就像一双受伤的手恢复如初，灵活自如，感觉好极了。我猛地意识到，我们就是一对完美搭档，一个伟大的团队。成年人的世界里充斥着冷漠的无尽的难以名状的悲伤，而我们现在正并肩站在这个成人世界的边缘。虽然我们无法击败这个世界，并且迟早都会融入其中，但至少现在我们拥有一种能量，它能把我们紧紧地团结在一起。

我默默祈祷："善良的能量，请尽可能长时间地帮助我们抵御这世界的冷漠和凶恶吧！"

我在她耳边说："小宝贝是我的好朋友，一路上一直陪在我身边。"

爱丽丝朝拉各斯的候机队伍扬起下巴，以示回应。她也想帮上忙，于是从我手里接过布包，在队伍中选了一个离我们最近的女人。那是一个肤色较浅的非洲女人，比爱丽丝的肤色还浅，戴着一条拖到背上的蓝白色蜡染头巾。能看出来这个女人是独自出行的，还是那种不愿与人交往的人。她身旁堆着三包用粗麻布和绳子捆起来的东西。毫无疑问，她是人群中行李最多的那一个。

我戳了戳爱丽丝的肋骨，用手指比画了一座山的形状，但爱丽丝像往常一样没有理会我。

她从隔离带下溜进队伍，趁别人还没反应过来时挤到那个女人旁边，那一侧没有人看管。接着，爱丽丝转过身，和那个女人面朝着同一个方向。

"不好意思。"她说，同时把装在罐子里的小家伙从袋子里拿了出来。小家伙此刻被布裹得严严实实的，看不出来什么，但他的脚从罐底露了出来。小小的脚趾未发育完全，压在玻璃上。一直以来观察他的脚趾对我来说是件困难的事，他的脚趾看起来跟人的没什么两样，只是被困在玻璃罐中。

我从隔离带下钻了过去，溜进了她旁边的队伍。

"你看到我手里的东西了吗？"爱丽丝问那个女人。

"我看到了我梦里出现过的东西，"那个女人回答说，"我看到了任何女人，只要她还活着，都能认出并想拥有的东西。我还看到了一种靛蓝布料，和我家乡的款式一模一样，都有同样的白叶图案。"

爱丽丝放下罐子，惊讶地看着她。

队伍向前移动，把我们三个人挤到了一起。我们被人群、手推车、行李和外套紧紧包围着。不过，人多意味着我们很安全，只有个子特别高的人才能越过我们的肩膀。我看到瞪大眼睛的爱丽丝揭开了小家伙罐子外的靛蓝棉布。

当爱丽丝拿开靛蓝棉布，把罐子完全暴露在女人面前时，那女人说道："好吧，你是怎么猜到的？"

"猜？"爱丽丝诧异地问。

"猜到这些东西，"女人说，"就是我周围的东西。你走近的时候，看见它们了吗？也许你看见了。"

虽然我一直盯着小家伙的脚指头，但我还是感觉得到爱丽丝在摇头否认。

于是女人低下头，以极快的语速说：

"也许你看见我母亲了。我总是感觉，母亲和大哥一直就在我身边，就在这里。"她用左手拍了拍左边的肩膀。爱丽丝和我仔细看了看她的肩膀，并没有发现什么特别之处。她压低声音，继续小声说，"我说的大哥指的是我母亲的头胎，叫耶西亚，是一个死胎。我母亲直到去世的那一天都一直带着耶西亚的尸体。他的尸体比你这具小，待在一个漆成蓝色的棺材里。母亲做针线活的时候，他就坐在她的腿上。她说这样挺好的，总比让他像个悲伤的小幽灵一样在地球上游荡强。"

"我朋友觉得这个小家伙是从非洲来的。"爱丽丝说。

那女人把目光转向我。她的眼珠子呈浅绿色，眼眸并不深邃。她向后退了几步，腿上的动作像在跳舞一样。

"孩子，你们的小宝贝是怎么到伦敦来的？如果不能把耶西亚的棺材带上，我母亲哪儿也不会去。"

站在机场的队伍中，我不知道该说些什么来回应她。我想到了格兰奇特勒斯街区路上用帮宝适尿布盒制成的座位，想到了卡特里娜在屋里来回踱步，连带着那排钥匙叮叮当当地响着。

我们同时迈步向前走去。

她最后说："所以你们肯定清楚，很多母亲都曾失去过孩子。"

我发现自己认同这种说法，"是的 —— 是的 —— 对！"我记得卡特里娜说过的那些她没能活下来的孩子，记得她曾谈论过的那些鬼孩子是如何在她的记忆里对她拳打脚踢、不依不饶的。

"那为什么要给我看？"这个女人问道。

爱丽丝看了看我，又看了看她，然后把目光移回我身上，眼神闪闪发亮。看得出来，眼前这位女士开始对我们的计划感兴趣了。

爱丽丝说："我们需要你把它带回去，去哪儿都行，只要你帮它在非洲找到一个安身之所。"

听到这里，那个围着靛蓝头巾的女人像女王一样挺直身子，舒展开肩膀。

"你可以把它放在这些行李中的某个角落。"爱丽丝说。

"不可能，"这个女人说，"我同情你，小妹妹，但肯定不行。我不想增加额外的负担，非洲也不需要更多的死胎。至于你，你是个聪明的女孩，看样子你也是非洲人。那你应该知道，它到了非洲需要有人接它，到时候你有家人在那里照顾它吗？如果没有，落地拉各斯机场的停机坪时，我该怎么办？是趁没人注意，把罐子放在跑道边上，还是把它留在外面喂流浪狗？这些问题都该由你妥善安排好才对。你应该好好想想怎么把它安顿好，结束它的游荡生活。"

我们原本以为碰到了一个绝佳的机会，看见了希望的大门，可此时此刻这道大门却缓缓关上了。如果我们运气再好一点儿，装在白醋里的小家伙现在就该离开我们，消失在护照检查处的 X 光机安检口，准备飞往非洲大陆了吧？他身上没带刀，也没有会被机器检测出的锋利工具，更没有毒品藏在他体内。但爱丽丝从这个围着靛蓝头巾的女人周围意外瞥见的一丝好运，并没有就此停留等待。

那个女人突然对着我露出诡异的神情，"你不应该把它送走，"她说，"至少现在还不行。我看到它肩膀上有伤痕，这没什么，但我想你们应该还没有准备祭品，为它举行告别仪式，帮助它离开。就像我之前说的，你们必须妥善地把它送走，安置好它之后的生活。"

我闭了闭眼睛，但当我再次睁开眼睛时，她仍盯着我。

在我身旁的爱丽丝有点儿抓狂了。我们的谈话毫无进展，她准备放弃。

"没辙。"我听到她小声嘀咕，就像她和亚兹·亚顿过去在课堂上背着汉弗莱夫人一起小声唱歌一样。她的身体紧贴着我的手臂。

那个女人的目光仍然锁定在我身上。

"走你自己的路，回到你自己的家，"她说，"在那里你可以找到整个世界。不要送走你的小宝贝，而要为它歌唱。在你自己心里腾出一块空间，让它永远活在你的记忆里……"

她说的最后一句话我没听懂，我觉得是她不经意地说了一句非洲语。她看到我脸上满是困惑的神情，便又重复了一遍，但广播里一则飞往开罗的登机通知淹没了她的声音。

这则通知就像是她和我们告别的声音，她用小腿和鞋子把一捆捆行李往前推着。

我们离开她的时候，爱丽丝吹了一声口哨："阿尼，这是怎么回事？你离开的这段时间还干了些什么？"

离开的这段时间吗？我一点也不轻松。在离开的这段时间里，我总是想象着有一条小路。我沿着它走下去，走到路旁的草坪上，看到青草被露水打湿了。这让我想躺在草地上，让自己清醒一下，而此刻我也很想躺下来，让我的头凉快一会儿。我从爱丽丝身上取下柳条图案的袋子，抱住小家伙。耀眼的霓虹灯在我眼前晃来晃去，我突然感到一阵头疼，非常难受。人群从四面八方向我们涌来，脸上满是疑问和不安。看到我们这副样子，我感觉他们随时都会大声地斥责我们，发出惊愕的叹息。

"我们离开这儿吧。"我拉了拉爱丽丝的袖子。

她的声音仿佛从很远的地方传来："阿尼，你看起来不太舒服。"

就在这时，一只细长的手臂在她面前挥了挥，手指轻拍着她的肩膀。

"抱歉打扰，能占用一点你们的时间吗？"

"不了。"我急切地示意，挥动着双手，但爱丽丝已经转身。现在她已经掌握了"返回非洲"游戏的窍门，她似乎总在渴望着下一个合适的时机来进行新的尝试。

"我叫吉塔·海瑟薇，是一名记者。"这位女士说。爱丽丝的手被这个不速之客紧紧握住了。

接着，她邀请我们去旁边的一家咖啡店坐会儿。我低声抗议，拖着迟缓的步伐，但最后还是放弃了挣扎。

我说："爱丽丝，你忘了吗，我们还有要紧的事要处理？我们刚刚喝过果汁了，而且我现在头很疼。"

爱丽丝把一根手指放在嘴唇上，示意我不要说话。我知道她在想些什么："阿尼，你不知道，但我一清二楚，新闻报道是个好方法，这或许是我们最后的机会。"

我们在咖啡店坐了下来。海瑟薇女士朝我们递过来两杯冰镇柠檬可乐和两块巧克力松饼，但是我没有要。她朝我们露出灿烂的笑容，不，与其说那是笑容，不如说是一种直勾勾的注视。她的眼神略带惊奇，看上去似乎还有些幸灾乐祸。仅仅几分钟，她就盘问出了我们的名字，写在一个用双色松紧带绑着的记事本上。

"你们这两个孩子，"她滔滔不绝地说着，"很高兴今天能碰到你们！你们给我留下的印象简直太深刻了！"

"其实我早就留意到你们了，当时我就坐在这张桌子边，喝着咖啡，等着一位即将抵达的同事。作为记者，我的眼睛得一直留意四周发生的一切，我得比巡逻的保安还要警惕。我先是看到了阿尼，之后才发现你们是两个人。我看到你们一直在队伍里向人询问着什么。"她边说边在笔记本上核对了一下我们的名字，对爱丽丝眨了眨眼睛："爱丽丝，我感觉你一直把手里的包当圣物一样拿着，脸上还满是敬畏，我看得都要入迷了！我很好奇你们的包里装的究竟是什么？你们的秘密又是什么？能给我讲讲吗？或许我可以帮助你们，帮你们走得更远。"

走得更远？这是什么意思？听起来不太妙，像是有成年人想故意打扰我们，在我们前进的道路上设置障碍一样。我想，我必须得硬气起来，不能让她觉得我们好欺负。

只见这名女记者接着说："如果这件事涉及国际事务，你们要是想寻找某位非洲人，或是其他什么国家的人，也许一篇位于绝佳版面的头条能派上用场……"

我把手伸进桌子底下，将半截身子露在外面的小家伙塞回柳条图案的袋子里，然后提起袋子，站起来，后退两步，拉着爱丽丝的胳膊，像拽木偶一样把她拽起来，生气地说："我们走！"

"天啊，阿尼，等一下，别这么急。"

她边说边朝女记者露出抱歉的神情。

吉塔也站了起来，就好像有一根无形的绳子连着她的腰和爱丽丝的身体一样。

"爱丽丝、阿尼，新闻报道能产生很好的效果，"她说，眼神逐渐暗淡起来，"一旦你们的故事被报道，任何人都有可能读到它，然后与你们取得联系。我相信，人们会喜欢这个'孩子们进行大冒险的正能量故事'的，毕竟现在社会上负面新闻太多了。况且，这样做的话，你们不仅能完成任务，实现目标，或许还能因此成名呢！"

我和爱丽丝跑了出来，手里握着那个记者递来的名片。爱丽丝真傻！她竟然留下了电话号码，还答应很快会给记者回个电话。"我挺想和她保持联系的，"爱丽丝说，"我们与小家伙所经历的一切异彩纷呈，这故事精彩却又老套，说到底也就几个关键词罢了——生命、死亡和尸体。我想吉塔应该已经见怪不怪了。"

"还有拯救。"我拽着她，什么也没说，只是在心底默默补充道。眼前旋转的霓虹灯就像转轮式烟花一样耀眼。

吉塔还坐在那儿，她喝完了面前的咖啡，脸上的惊喜之情已全然消失。

我和爱丽丝一溜烟儿地跑过抛光的航站楼地板，她看起来十分愤怒，说："够了，阿尼，你真的想引起怀疑吗？你想毁掉我们成功的大好机会吗？你怎么回事，干吗要拉着我跑？那个记者就是我们此刻的救命稻草，我很赞同她说的利用报纸来做宣传的想法，我以为你也是这么想的。你难道不想你的计划成功吗？"

我们穿梭在熙熙攘攘的人群中，避开行人、婴儿车和手推车，还有女人们飘动的裙摆。啪的一声，一本紫色的护照掉在我脚边，我把它捡了起来，还给站在一旁的失主。远处传来了登机广播，飞往卡诺和拉各斯的航班就要起飞了。

"你对我的计划一无所知，"我喊道，"我们走吧，回家，或者去哪儿都行，我想离开这里了。"

"可我们要怎么离开呢，阿尼？你想过这个问题吗？我们该怎么解决交通问题呢？这很重要。"

"劳拉呢？"

"菲尼克斯朋友的演出还没开始呢。劳拉的手机在她手上，就是收到你短信的那个。她把菲尼克斯的手机放在我这，我们可以打电话给他们。可是……如果我们这么快就打电话给她，她会不高兴的。"

摆在我们眼前的或许还有一个办法。我看到了远处黄色的公交站牌，就在路标上黑色箭头指着的那一边。我和爱丽丝沿着箭头走，来到一扇旋转门前，看到一辆停在站台前的公共汽车，它的发动机正轰隆隆地响着。

我一直拽着爱丽丝的胳膊，她跟在我身后。我们踉跄地走上公交车前门的台阶，坐上这辆开往里士满和特威克纳姆的公共汽车。

* * *

汽车到达里士满时已是漆黑的夜晚，低垂的云在天空中飘浮着。按照原计划，我们本来应该已经到了另一个城市，那里有闪烁的街灯，还有被风吹得摇曳作响的树木，可能是利兹、伦敦，也可能是内罗毕或拉各斯。不过我已经不太在意这些了，只感觉到头很疼。

在路上，爱丽丝不停地对我说，我们得消除一切可疑的迹象，免得被布罗克班克先生问个没完。我把罐子放在腿上，用手抱着，小家伙蹲坐在罐子里，看起来很安全。爱丽丝安静下来时，我发现自己竟然哼起了吉姆那首既滑稽又没什么调子的曲子："你在哪里？为什么要待这么久？""我也很无奈。"我告诉她："今天我的出租车司机朋友在车上一直哼着这首曲子，唱了一百多次了，我听得耳朵都要起茧子了。"

在里士满，公共汽车载着我们走过了一座桥，那是我所见过的最长的桥。桥的两边，黑色的河水翻涌着，交通信号灯和城镇的灯光倒映在波光粼粼的河面上，就像散落的金箔。爱丽丝用力拉拽着我的衣袖，我们在过了大桥的第一站下了车。公共汽车的车门在我们身后打开又关上，我和她对视了一眼，然后齐步转身，径直朝河边走去。

这座小镇夜晚的明暗对比非常明显，泥泞的河岸紧挨着灯火通明的商店和整洁的、新建的联排别墅，四周没有任何过渡地带。在这里，一个人很容易就能知道自己此刻身处何处——不是在明亮的街道上，就是在漆黑湍急的河边。

我们沿着两家商店之间的一条窄巷子往前走，感觉脚下一片泥泞，接着又经过了一段崎岖的小路，那附近有一艘翻倒了的船。我们穿过明亮的街区，开始摸索着前行。在经过一座摇晃的栈桥时，我抓住爱丽丝的手腕，这里很黑，脚下又湿又滑。在桥的另一端，停靠着一艘长长的驳船，船上载着一堆类似木板的东西，看起来好像还用杂酚油处理过。

我们面对面蹲了下来，将小家伙放在我们之间。

必须有一个人来决定下一步该做什么，不管这个人是我还是爱丽丝。

最后还是爱丽丝先开口："或许我们可以让小家伙从这里漂走。"

听到这话，我很犹豫。

"嗯……或许可以……但最近下了很多雨，河水涨得很高。"

我们一起向下游望去，黑暗中，河水在石拱桥下翻腾怒吼，张牙舞爪地向长桥发动着猛烈的攻击。

爱丽丝说的话一如既往地生动形象："河里的鱼不会吃它的！想象一下，有哪条鱼愿意咀嚼那张在福尔马林里浸泡过的皮呀？"

想到那场景，我忍不住缩了缩脖子。

她接着又说："也许对我们来说，这小家伙被鱼一口吞下去是最好的办法，这样就没人知道我们的秘密了。"

"我们没做什么坏事，"我说，"没什么可疑的迹象。"

爱丽丝突然站起来，走到栈桥边缘，朝上游看了看，向后走了几步，又朝前走了几步，四处观望，好像在测量什么。她对着翻涌的水面和高高掀起的浪花说了些什么，语速很慢，还好我很熟悉她的声音，不然都听不清她在说什么。

"你知道吗？阿尼，我得告诉你，我现在对非洲很感兴趣，我感觉自己和那片土地似乎有着不解之缘。想想看，小家伙、劳拉口中常提到的那个我和她的非洲爸爸，还有今天在希思罗机场碰到的那个女记者，她跟我说话的样子就好像她跟我有亲戚关系似的。"

"我看到了，"我说，"我也发现了。"

"对了，还有一件事儿我还没跟你说，今天来找你的时候，劳拉建议我们把罐子里的小家伙当成一个非洲胎儿。我觉得很奇怪，她怎么会知道这些呢？"

"不是你告诉她的吗？"

"不，我觉得应该是劳拉察觉到了什么。她说她这一年一直在思考和探究关于非洲的事儿，可她是怎么知道小家伙和非洲之间的联系的呢？我没有向她透露过太多的信息，她是从布罗克班克先生和吉莉那里得知这件事的。之后我们倒是讨论过该如何安置小家伙，我的想法是可以把它埋掉。她却突然提议，让我答应把它的脚趾涂成红色，就像古埃及人过去处理尸体时那样。"

我看向爱丽丝，却只能看到她的后脑勺，她的影子倒映在朦胧的水面上，留下了一圈模糊的轮廓。她盯着水面，来回踱步，我猜她是在努力让自己平静下来，想着下一步该做些什么，毕竟有太多令人惊奇的新事物需要思考了。

可她似乎还不知道最新奇的事是什么。

我还没提卡特里娜，没提那道伤口的事，没提海尔希尔的小房子，没提小家伙像个小婴儿一样被绑在卡特里娜的背上……

爱丽丝转过身看着我，在灯光的映衬下，她的眼睛里像落入了耀眼的星星一样闪着微光。在我的印象里，爱丽丝很少哭泣，但此刻，我几乎可以肯定她的眼眶湿润了。

我镇定下来，忍不住对她说："爱丽丝，你有一部分非洲血统，所以如果你感到激动，这并不奇怪。就像当你听到一首喜欢的新歌时，走到哪儿你就会听到哪儿。"

爱丽丝朝我低下了头。

"这不一样，傻阿尼！这不是我第一次发现自己是半个非洲人，只是这一次，我发现，无论我走到哪里，都能感应到某些来自非洲的信号。你可能不相信，在我们第一次把小家伙从罐子里拿出来的时候，我就感觉到了一些东西，我说不清那是什么，但那种感觉就像是我和它之间有着某种联系，就好像它也是非洲人一样。我以为那是我的错觉，所以我当时没说，但我确实感觉到了什么，就好像我知道它是从哪里来的一样。"

"很多东西都跟非洲有关联，"我傻乎乎地说，"如果你真这么想，那非洲对我们来说就不算遥远了。"

爱丽丝猛地抬起头来，激动地说："是的！就在你说这话的时候，我突然想到，如果水里没有食肉动物，或许我们可以让小家伙就从这里启程，从这个栈桥出发，让它漂到非洲去。我的意思是，我们可以把它放进河里，让它顺着河水漂流到大海。如果沿着水前行，一路上它应该不会遇到什么障碍，毕竟我经常看到海豚游到泰晤士河来。让我们想象下，它一路漂洋过海，穿过地中海，沿着尼罗河顺流而下，途经开罗，最后抵达喀土穆……"

我吓坏了，立刻打断她的话："可他会遇到阿斯旺水坝，那会挡住他的路！"

说完这句蠢话，我就后悔了，我为什么要这么说呢？这简直太糟糕了。我感觉我和爱丽丝解决问题的方式都很奇怪，我不明白我和她该如何在不同的想法中达成共识。我们都想送小家伙回非洲，但我想的方法是坐飞机，她想的方法是顺水而行。

"你仔细想想就能明白我的意思了，阿尼。"爱丽丝说。

她走了回来，蹲在我对面，沉默了很久。在我们心中，似乎都隐隐有一种期待，我们在等待一个合适的时机，不管那个时机是什么，不管我们要等多久，我们都愿意。整个周末，我们都在等待那一刻，等待解决眼前这件糟心事的时机。我把双手放在小家伙的罐子盖上，心想，是时候打开这个罐子，让他恢复自由了吗？是时候说声再见，轻轻地拍拍他的脑袋，目送着他在奔涌的黑色河水里上下颠簸了吗？

我们的小宝贝，我的旅伴，那条长着四肢的"小鱼"，全身赤裸，失去了罐子的保护。

他光着身子，像未出生时那样。

我看着爱丽丝，但她看向了别处。

附近突然传来了一阵奇怪的声音，把我和爱丽丝都吓了一跳。那声音似乎是从栈桥下边传来的，接着又飘到了河岸附近，集中在栈桥旁边的一根柱子周围，柱子上安装着一个我们从没有注意过的、大邮箱似的木盒子。我看了看，发现码头附近有一排系船的高柱子，从我们蹲着的地方看过去，盒子恰好被挡住了。

木盒附近窸窸窣窣的声音越来越响了，透过昏暗的光线，我发现柱子上似乎有什么东西在动，一只长着细长鼻子的生物正在河岸边穿行。

我发现，一只肥硕的、跟猫差不多大的动物，正跟在它的一大群同伴后面。爱丽丝伸长脖子，大喊道："老鼠，阿尼，是老鼠！"

木盒子正是这群老鼠的窝，它们的皮毛看上去湿漉漉的，就像豪猪刺一样。附近的驳船上住着些渔民，他们每天会往来运送牛奶和面包，有时会撒些在路上，老鼠们便会聚集于此。我们来到这里时，它们已经搬完了今天的"战利品"，但现在，它们吱吱地叫着，似乎又出来觅食了，我看到大约有八只老鼠的屁股从木盒里露了出来。

脚下的栈桥在微微地晃动，我能感觉到小家伙也在他的罐子里摇晃着，我和爱丽丝却站在原地不敢动。

这时，有一只较小的老鼠尖叫着，从柱子上掉了下来。看到这一幕，爱丽丝没有再东张西望，她看向我，眼神中似乎带着一丝恐惧。

"你和我想的一样吗，阿尼？"

"也许吧，我在想它们是不是饿了，老鼠们就跟饿死鬼一样。"

"我也在想，就算水里的鱼不想吃我们的小宝贝，老鼠可能也会，老鼠可什么都吃！"

又有三只吱吱乱叫的老鼠从柱子上摔了下来，但它们又立刻爬了上去。排在后面的老鼠用牙齿咬住领头老鼠的腿，被咬的老鼠像受伤的孩子一样尖叫着。

爱丽丝又一次说出了我的想法。

"看来我们现在不得不放弃小家伙的'渡河计划'了，如果让它在这里漂着，它连伦敦塔桥都到不了，更别说去非洲了。"

"可如果这些老鼠攻击我们怎么办？它们会不会嗅到小家

伙身上的福尔马林,然后转过来攻击我们?"

"阿尼,"爱丽丝说,"小家伙身上确实有福尔马林,可老鼠又不是狗!"

她侧身走到栈桥的另一端,试图站得离柱子远一点。

"你说得对,"我蹑手蹑脚地跟在她后面,"可它们看起来很饿!"

我把小家伙装在罐子里,高高地举过头顶,爱丽丝一蹦一跳地走在栈桥上,我就跟在她的后面。那群老鼠似乎并没有注意到我们,我目不转睛地盯着它们,它们却好像什么也没有察觉到,只顾着一个劲儿地狼吞虎咽。我们继续走着,脚下的河岸很结实,甚至可以在上面快跑。

* * *

里士满的商业街上有一家博姿药妆店,我们在附近找了个地方,靠着温暖的窗户坐了下来,爱丽丝坐在她摊开的雨衣上。卡特里娜给的那块靛蓝色的布上沾了些水,我们把它从小家伙的罐子上解下来,披在肩上,接着又将罐子放在身后,夹在后背和窗户之间。我的手肘倚着罐子,凉凉的,手臂紧贴着爱丽丝温热的手臂。

我本想问爱丽丝:"那我们现在该怎么办?"但最终还是没有问出口。那个总是喜欢向她发问的我,似乎已经被留在了利兹公路上的某个地方。

我拍了拍运动服的口袋,对她说:"我还有些钱,出门前我把积蓄都带出来了,不过现在只剩下一点儿了。"

爱丽丝看着我的脸。

"阿尼，你是下定决心要逃跑是吧？你竟然带走了所有的积蓄！"

"我是想离开一会儿，不是逃跑，"我纠正道，避开她的目光，"我只是想外出休息会儿，剩下的钱应该够我们俩坐长途汽车回家了，但我们得先回希思罗机场。"

"别担心，阿尼，劳拉可以带我们回家，她会打电话问我们在哪里的。虽然天色不早了，但实际上我们出来没多久，也没走多远。现在，我们还是静下心来想想下一步该怎么做吧。"

一想到要在人行道上等着，四周一片漆黑，身后还有河水在奔流，我顿时感觉更冷了。我想念我的床，我已经三个晚上没在上面好好睡一觉了。尽管里士满商业街很繁华，一切都井然有序，但此刻，它却像被遗弃了一样，街上空无一人，我感觉自己没法儿在这儿好好休息。偶尔有几个行人路过，但他们脚步都急匆匆的，汽车鸣笛声嗡嗡作响，博姿商店的橱窗里挂着一张玫瑰色口红的海报，看上去就像是另一个巨大而温暖的世界。

我紧挨着爱丽丝，想要从她身上取取暖，她似乎并不介意我这么做，至少不像以前那样介意了，这一次她没有把我推开。

我想告诉她一切，和她分享星期四晚上我们断联后这几天的所见所闻。

我说："那天，你想用小家伙给劳拉上一节'生物课'，让她意识到自己所遇到的麻烦，我很生你的气，就带着小家伙跑了，但现在我真的很高兴你能在这里，爱丽丝。"

听到这话，她往我这边挪了挪，作为回应。

"我很高兴，小家伙的存在对你很重要。"我接着又说。

"阿尼，要是我，我就不会像你一样跑那么远。能找到你，我简直高兴坏了！谁知道你今晚要是一个人会发生些什么！你可能会被逮捕，浑身冰冷，或许还会迷路！"

"很奇怪，我知道这听起来很愚蠢，但整个周末，我总时不时地感觉有人和我在一起，他总是帮助我，站在我身边。有一次，有些男孩想威胁我，就在那一刻，我想到了他，我叫他小宝贝。我感觉这名字可以帮助他获得新生，让他活过来，或者至少不会那么死气沉沉。我遇到的每个人都想看他一眼，就好像他是个大人物似的。"

我们把爱丽丝单薄的雨衣铺在地上，坐在上面。铺路石虽然平坦但很坚硬，硌得我屁股疼。

"人们只是好奇而已，"爱丽丝生气地说，"他们就喜欢盯着某个东西看，既蠢又多疑。"

迎面走来三个十几岁的女孩，她们穿着白色的帆布鞋，摇摇晃晃地走过对面的一排服装店。最边上的那个女孩停了下来，呆呆地看着我和爱丽丝——两个坐在雨衣上的孩子。爱丽丝挑衅地瞪了她一眼。

"看到了吗？"爱丽丝说，"很多人都既蠢又好奇，他们只是为了看热闹，他们惊讶于自己所看到的一切，但总是袖手旁观。至于我，我们上次碰面的时候，你带着小家伙跑掉了，可我没有别的意思，我只是想帮助劳拉，帮她重新找回笑容，所以我才萌生了那个计划。我说过我想让大家都开心，你还记得吗？"

她对着面前三个女孩的背影嘲弄地摇了摇头。

"我记得你说过的，要让每个人都开心，要爱护我们所遇到的一切，只是现在我有些糊涂了。爱护一切？可是我经常把手伸进小家伙的罐子里，我的皮肤上都是他身上的味道，这算什么爱护呢？我有什么资格说这些呢？"

"可它已经死了，阿尼，永远地死去了。你带它跑了出来，但它并没有活过来。即使你拥有某种更强的力量，你能想方设法把它照顾好，可那又有什么意义呢？就算它活过来，又能做些什么呢？想想这些年来它是如何被夹在生与死之间的，它无法去做任何它想做的事。所以我觉得，最好的办法就是让它恢复自由，让它的灵魂自由！"

"灵魂？"

"是的。"

爱丽丝看起来有点局促不安，我像个傻瓜一样目瞪口呆地看着她。

"你离开的这些天，你提到过的那些关于这个标本的事情，包括它的灵魂，一直都在我的脑海里挥之不去，我很苦恼。劳拉生了病、流了血，还去了医院，然后又没完没了地说着葬礼和涂红脚趾的事儿。现在，你又反复说着你和你的'非洲小宝贝'的奇遇，我不得不有些相信灵魂了。"她说。

"你再仔细看看，他身上好像有些非洲部落的印记，他肩膀上有特别的纹路。"

这回轮到爱丽丝震惊了，她的肩膀撞到了我的肩膀。小家伙像一块冰冷的石头，压在我的背上，像是听到了什么一样。

我想，这或许是我们三个——我、小家伙和爱丽丝待在一起的最后几个小时了。小家伙陪我们的时间不多了，我想最后一次把他从冰冷的罐子里捞出来。

于是，我拧开罐子盖，盖子似乎变光滑了，没有之前那么粗糙了。从前我总是畏畏缩缩的，可这次不一样，我不假思索地把手伸了进去。我发现，我得把手伸得很深，手腕才能被里面的醋浸没。我感觉小家伙身上有些东西似乎和以前不一样了，那感觉很奇怪，他似乎变小了，越来越小！他挣脱了我的手，为了抓住他我不得不在罐子里戳来戳去，手指在液体中摸索。当我设法把手放在他身上时，不知道怎么回事，我感觉他更松更软了，身子还有些塌。我把他从罐子里拿出来，他以前紧绷的地方甚至耷拉了下来。

我把小家伙放在爱丽丝的雨衣上，先擦了擦他一边的身体，接着又换到另一边。这让我想到了伊薇平时在煎她喜欢的新鲜猪排之前，会在上面裹上面包糠和面粉。她总是先弄一边，再弄另一边，直到两边都裹上厚厚的一层。在橘黄色的路灯下，小家伙赤裸着身子，一丝不挂，他的后脑勺长着一小撮蓬松的头发，看上去非常滑稽。

爱丽丝似乎并不想看到小家伙，她站起来，开始在人行道上踱步，一边对着自己的手哈气，一边揉搓，商店橱窗中的口红散发出的玫瑰色柔光把她的脸映得通红。

"快点，阿尼，"她说，"我倒要看看你在做什么坏事！"

我双腿蜷缩，把小家伙放在腹部，就像之前我坐在家里的床上，抱着罐子，罐子里装着小小的他。我把上衣拉下来，盖在他的身上。他并没有完全贴在我的皮肤上，可我仍能感觉到他身上散发出的湿气，似乎有一种极端的、潮湿的寒冷正在侵蚀他。最关键的是，我感觉他的身体已经有些松垮，就像一块支离破碎的果冻，搭在了我的腰上。

爱丽丝停了下来，看上去无精打采的。她将一只脚伸到排水沟旁，头也不回地看向另一边。最后，她又坐回到雨衣上，抱着自己，坐得比之前更远了。我把那块靛蓝色的布递给她，但她没有理我，反倒开始漫不经心地说起了话，就像在进行睡前闲谈一样。

"我一直在想，如果我们不能给小家伙安排一个合适的水葬，或许土葬也行得通。我们可以把小家伙埋在某块绿地下，在树上挂上纸彩带和灯笼，邀请我们的家人来参加它的葬礼，就像埋一位'非裔凯尔特人'那样埋葬它。"她说，"还记得劳拉的考古挖掘队发现的罗马军团的那个家伙吗？他自在地躺在英国的土地上。我觉得，我们可以再考虑一下，或许用这种办法举行葬礼真的是一个不错的主意。"

爱丽丝似乎并没有问我，所以我没有回答，只注意到她说话时不断地摇晃着身子。

"最重要的是，"她接着说，"我们必须让它离开。在布罗克班克先生找到我们之前，必须消除一切可疑的迹象。"

"消除一切可疑的迹象。"我低声重复了一次。

"其实，"爱丽丝放慢了语速，"我一直在想，我们学校的实验室储物柜里怎么会有一个人类胚胎呢？居然还是个非洲胎儿，或者……它至少也有一半的非洲血统，还被关在了罐子里！这件事难道不可疑吗？我们能不能向布罗克班克先生提出质疑？究竟是谁给他这个权力的？为什么他会收藏这样一个胚胎呢？"

她一边思考着，一边向前弯着身子，鼻子几乎碰到了膝盖。她猛地向后一抖，肩胛骨撞到了博姿商店的窗户，发出了一声闷响。

"第一次世界大战爆发时，全科医生会想些什么呢？最初收集人类胚胎的那个医生，他会想些什么呢？"爱丽丝说得更慢了，"阿尼，你想过这个问题吗？反正劳拉之前倒是这么问过。你说，小家伙会是一个非洲留学生的孩子吗？一个迷了路的、在街上独自徘徊的、想家的学生，或者是一个尼日利亚士兵的孩子？它会不会是在战争期间出生的，然后被留在了英国？又或者是一位在伦敦受训了几个月的口译员的孩子？那人会不会常在酒吧闲逛，希望能找几个当地人练习对话？"

"又或者……难道小家伙的母亲就是个非洲人？一个护士？演员？甚至歌手？"

她探过身来，接着说："如果真是这样，不知道是不是某个医生对处于困境中的可怜女孩儿打起了主意，想拿她腹中的胎儿做实验？她可能是一位来自英国或是非洲的未婚先孕的年轻妈妈。如果是那样，小家伙得在罐子里屈辱地困了多久啊？它的葬礼也因此被推迟了几十年！"

但我却困在了焦虑的死胡同里，不想听她说那些关于小家伙的爸爸妈妈和家庭关系的事，也不愿去想子宫缠绕的画面。

"爱丽丝，"我咳嗽了两声，说，"我们想送走小家伙，还想消除所有可疑的迹象，可是怎么才能做到呢？我身上有他身上的臭味，衣服上也有福尔马林的污渍。在我周四离开家之前，伊薇就说闻到我身上有股奇怪的味道。"

爱丽丝突然打了个哈欠，眯起眼睛看着我。

"劳拉的包里总是带着有香味的湿纸巾，"她乐观地嘟囔着，"阿尼，你身上的味道的确有点儿难闻。"

要不是看到她在打哈欠，露出了脸上的小雀斑，看起来毫无防备，否则听到她这么说，我真想踢她一脚。

小家伙身上湿漉漉的，弄得我的衣服也打湿了一大片。随着我们坐的时间越来越久，他的身子似乎越来越松垮，越来越瘦，挣扎得也越来越厉害。

"我有个想法，"爱丽丝嘀咕道，声音像从很远的地方传过来一样，"也许我们可以在储藏室的架子上 —— 原来放罐子的那个地方，给布罗克班克先生留张便条 —— 用电脑打印出来的那种，在上面写一句：'谁允许你这样做的？！'直截了当，一针见血！"

"或者只写一个词'自由！'把字写大点儿。"

"甚至……可以写'它回家了！'然后，署名'无名氏'。"

"我们要告诉每一个人，那些带走小家伙的人是为了善待它。"

爱丽丝仍在喃喃自语，"布罗克班克先生告诉吉莉，实验室收集的胚胎要送到伦敦的某个解剖博物馆去。他这说法对我们很有利，真是天助我也！如果这件事是真的话，学校应该也能从中获益不少。"她接着又说，"但是，我在实验室帮忙的那些下午，从来没有人提过解剖博物馆和标本收藏的事儿，也没人提起被灰尘包裹着的胚胎！"

好吧，看来还是得由我和爱丽丝来告诉大人们该如何正确对待我们的小宝贝了。

"可谁又有这个权力呢？"我自言自语道，"谁有权力做自认为'正确'的事呢？"我想起了和吉姆一起南下的旅途。在车上，我曾暗暗夸下海口，要把小家伙送走。可谁给了我这份权力——还他自由，甚至是送他回家呢？

"便条上可以什么都不写，"我说，"可以放张白纸在那儿，自然会有人试着去解释这件事。"

爱丽丝不耐烦地耸着肩膀，对着双手哈着气。

"土葬，"她说着，跟我对视了一眼，想看看我是否还在听她说话，"你应该考虑一下，或许这是个可行的办法。如果我们把小家伙葬在这儿，那将向所有人表明，就像尼日利亚和苏丹那样，英国也能容得下非洲人。比如，我们可以把小家伙葬在温伯恩岗那儿，嵌在一些丛生的树根里。那里空气好，它也不会感到孤独。毕竟，之前也有它的祖宗埋在那儿，比如劳拉说的那个来自努比亚的、长着长长的古铜色骨头的高个子军官。"

"我们可以围成一圈，"爱丽丝说，"可以让伊薇带着她的特制油膏和美容乳液，滋润一下小家伙的身体。嗯……可以让吉莉带一张法鲁克的照片作为非洲代表，顺便让她讲讲自己的故事，讲讲她——一名泰晤士河谷的爬树爱好者是如何遇到来自尼罗河蓝绿色河岸的那个男子的。"

"你还可以邀请你那位哼着小曲儿的出租车司机朋友，"爱丽丝突然用手指戳了一下我的胳膊，"你不是说，是他注意到小家伙肩膀上的非洲印记的吗？"

"至于劳拉，可以让她来为小家伙挖洞。她受过良好的挖掘训练，可以挖得很深。"

"而我会按照劳拉的要求把小家伙的脚趾涂成红色。用红色食用色素应该就行，我得想办法让姐姐开心点儿。同时，这样做也算是用某种非洲习俗安葬它了，不管怎么说，它毕竟是在尼罗河边出生的孩子。"

最后，爱丽丝说："阿尼，你的工作就是负责把小家伙安放在它的墓中，把你的羊毛外套垫在下面。"

她弯下腰，盯着自己的运动鞋，就好像上面印着什么字一样。

但我似乎有些糊涂了，不知怎的，我感觉她所描绘的一切都很不真实。我逐句重复爱丽丝所说的一切，但想象不到她说的那幅场景，毕竟……此刻，我们还被困在这条挂满了玫瑰色海报的街道上，身后还流淌着一条古老的河流。

一个白人牵着一条黑狗向我们这边的街道走了过来。那人的鼻子高挺，嘴角向下，手里还牵着一只活蹦乱跳的狗。这让我有点儿担心，毕竟狗总是喜欢用鼻子嗅出"新朋友"，早在周四的时候，我就一直担心会碰到能闻出小家伙身上气味的狗。

我用手探查小家伙的情况，手指碰到了他的某个部位，不知道是胸腔还是背部，那感觉就像摸到了潮湿的切达干酪，摸着摸着他几乎都要碎了。

正如我们所预料的那样，那人朝我们瞥了一眼，毕竟我们俩坐在路上。爱丽丝也咧嘴一笑。"爸爸妈妈！"她傻兮兮地对着某个方向喊着，看起来满脸疲惫，就好像迟到的、满是歉意的吉莉就在她面前，正要开车带她回家一样。

但那个男人似乎并没有被打扰，他飞快地从我们身边走过。那只狗在雨衣上蹭了蹭，拉扯着牵引绳带，似乎想挣脱出来。就在这危险的一刻，男人拉着它往前走了。

他们朝着我们早些时候来的那个公共汽车站的方向走去，背影消失在街道的一个拐角处。没过多久，路上又来了一个女人，她穿着一件有羽毛装饰的黑色外套和一双厚靴子。她从我们身边走过时，下巴耷拉着，眼睛盯着路上的石头。我一直盯着她，直到她的脚步声越来越小。这时，远处传来一阵低沉的敲击乐声，好像是周六晚上演出的声音。

我把小家伙举起来，拉下盖在他身上的大衣。看到这一幕，爱丽丝又把头扭开了，但不能怪她，小家伙的情况看起来实在太糟糕了，我都不知道该用什么语言去形容了——他的身子似乎要散架了，四肢甚至全身都在溃烂，肘部、脚踝、手腕都破皮了，就连肩膀上那道被吉姆称为"恶作剧"的伤口都裂开得越发严重了，皮肤也像干燥的土地一样开裂了。

"这些都是卡特里娜造成的吗？"我有些纳闷儿，试图阻止自己这样猜测，但我实在做不到，"是她在那片墓地里把小家伙从罐子里拿出来，一直放在外面，把他身上弄干了，才加速了他的腐烂吗？或者，她是不是在我的小宝贝身上做了些什么坏事儿，才让他的皮肤变成了这样？"

不不不！我坐直身子，试图保持头脑清醒。今天早上，小家伙身上也才只有一个刀口而已——那个爱丽丝用剃刀划开的伤口。

那道口子还在那儿，只不过被掩藏在了小家伙全身几十上百条的裂纹中。

我把手指按在他的肚子上，感觉他已经裂开了。我收回手指，他发出"砰"的一声，整个身体好像已经呈半液体状。我没办法抱着他，但我知道也不能让他躺下，怕他会像牙膏一样散开，到时候我还得把他从石头上刮下来。

爱丽丝一直把头转向相反的方向。

"爱丽丝，"我说，我的心都快提到嗓子眼了，口干舌燥，"小家伙有点儿融化了，如果我们不赶快做点什么，他就会消失。"

"可怜的家伙，"她抿着嘴说，过了一会儿，又重复了一次，"真是个可怜的家伙……"

我想趁小家伙容貌还没有完全变化的时候，让爱丽丝好好看看他，这样她就会发现，她划的伤口现在已经是小家伙身上最不值一提的小伤了。

我碰了碰她的胳膊肘，但她纹丝不动，似乎一点儿也不想转过身来。等她再次开口说话时，语气已不那么悲伤了。

"这是意料之中的事，阿尼，它这么老了，在液体中待了这么久，还经常被我们拖来拖去的。"

她试图用手触碰我的胳膊和肩膀，但我们俩隔得太远了。

"我们该怎么办？"我语气急切地说，"如果再把他放回罐子里，他可能会完全溶解掉！"

"那就别再把它放进罐子里了，把它裹在你的布里吧。"

当我准备把小家伙用布包起来时，爱丽丝终于转过身来，看着我把靛蓝色布料的边缘紧紧地缠在一起。当我在这块来自尼日利亚的棉布上打结时，她甚至还伸出手指试图帮我。我把小家伙的头顶露了出来，这是他身上唯一还很结实的部位。一切就绪后，我把他放在我和爱丽丝之间的雨衣上。

"我想，这让我们有借口告诉布罗克班克先生，"她叹了口气，说，"我们可以说，布罗克班克先生，很抱歉我们从您珍贵的收藏中拿走了那个人类胚胎标本，那个非洲胎儿，非常抱歉。我们很好奇，您也常说，有目的的好奇心是非常好的。但是，很抱歉……我们不能把标本归还给您了，没办法，不能把它交给解剖博物馆了。这里有个空罐子可以证明一切，它开始消失，我们也没办法。虽然我们也不想这样，但它最终还是消失了。最后，罐子里除了一根鱼刺一样的脊椎骨，什么都没有留下。"

"我可不敢那么说，"我说，"一听就像是在撒谎。"

"我们也许不得不撒谎，"爱丽丝说，"你介意我把头靠在你肩膀上休息一会儿吗？我不知道你感觉如何，但我太累了，很累很累，我真的厌倦了等待！"

* * *

随之而来的是一阵沉默，我们彼此都没有说话，这种状况一直从十点钟持续到了半夜。在这段时间里，爱丽丝在睡觉，而我在放哨。我半睁着眼睛，昏昏欲睡，提防着附近的狗。事实上，我并不想保持清醒，也不愿去想小家伙可能会融化、消失。我们温柔的小家伙，我的旅伴，此刻就躺在我们身边的地上，像一个熟睡的婴儿，但他的身体似乎在不断地开裂，就好像快要破碎了一样。

大约凌晨一点钟的时候，我感觉没那么冷了。爱丽丝醒来，伸了个懒腰，眯了眯眼睛，喉咙里发出一阵细微的声音，我把头靠在了她的脖子上。

凌晨一点多快接近两点的时候，劳拉打来了电话。爱丽丝把手机放在了雨衣口袋里，就在熟睡的小家伙的脑袋旁边。

劳拉说话的声音很大，语气中充满了歉意。我就站在爱丽丝旁边，所以能清楚地听到她说的每一句话。

"演出结束了，太精彩啦！因为是菲尼克斯的朋友邀请我们来的，所以我不能离场太早。你们现在在哪儿？还在希思罗机场吗？""什么，你们去哪儿了？"

几分钟后，劳拉又打来电话，说手机语音信箱里有伊薇发给我的两条重要留言，让我赶快听完。一条是："噢，亲爱的！你为什么不直接告诉我，你是想念你父亲了？"另一条则是："我早该想到这些的，或许还能做些什么来帮帮你……"

"第二条留言听起来比较刺耳，相当刺耳。"劳拉说，"伊薇早该告诉阿尼的，而不是像现在才想起来一样。她还说阿尼的爸爸来过电话，他问阿尼是否回家了，还说欢迎阿尼下次再去他那儿，他们会招待得更好的。卡特里娜也向阿尼问好，她的原话是：'卡特里娜希望阿尼·宾斯一切都好'。"

"我都能想象到伊薇在电话那头撇着嘴的样子了。"

爱丽丝几乎一字不差地复述了手机里劳拉发来的几条新信息。

我一边听她说，一边从口袋里掏出卡特里娜送我的那个钥匙扣，用手指抚摸着上面的旋涡花纹，就像摸着小家伙的罐子上刻着的那个潦草的"科尔"一样。卡特里娜希望我一切都好，可为什么这让我感到有些失望，心里还有一种出奇平淡的感觉呢？

爱丽丝不解地看了我一眼，站起来，打了个哈欠，伸了个懒腰，又开始在人行道上踱起步来。

"怎么啦？你大老远去北方看你爸爸了，结果却错过了他，遇见了他女朋友？不过……还好还有个人陪着你。"

"她人挺好的，叫卡特里娜，她就是那个觉得小家伙……"

"是的，我知道。"

"什么？我明明从没向你提起过她的名字。"

"是她让你觉得小家伙来自非洲，这是个很容易就能得出的结论。"

接下来的一段时间里，我把钥匙扣放进了口袋，向爱丽丝讲起了发生在海尔希尔的故事。我将这几天所发生的一切全都告诉了她，包括卡特里娜伤心欲绝的哭泣，她美丽的裹腰式连衣裙，她怎样用衣服裹住小家伙，把他像一个真正的婴儿那样紧紧地搂在怀里，她是怎样把她自己孩子的照片放在墓地的石头上的，我又是如何让她和小家伙单独待一会儿的，以及小家伙是如何见证了她所祈求和信仰的神灵给予她的一切力量的……

我还告诉爱丽丝不要担心她给小家伙造成的伤口。

"那些没活下来的胎儿都必须在身上留下伤口，以便在重生时留下记号，"我说，"这是卡特里娜告诉我的。"

"说得好像我在担心似的。"爱丽丝生气地瞪着我，但我并没有在意。

我把手放在小家伙身上，他裸露的头骨就像一个褪色的灯泡，包在布里的身体似乎仍在融化。

突然间，我感觉自己快要受不了了，我不想再无助地坐在那儿，眼看着小家伙消融下去。于是我站了起来，和爱丽丝一样，在博姿商店门前散起了步。我们玩起了"互相推搡"的游戏——各自沿着一条人行道的相反方向前进，又在同一时刻一起转过身来往回走。每走到半路，也就是商店门口，我们都会撞到一起，谁先把对方推出路面谁就赢了。我们互相撞得东倒西歪，跌跌撞撞，追逐着，打闹着，相视无言，然后咯咯地笑了起来。

劳拉和菲尼克斯到来的时候，我们正斜着身子站着，喘着气，倚靠着温暖的博姿药妆店的窗户。劳拉坐在驾驶座上，好像在打电话。她把车转了个方向，停在我们面前，猛地拉开了车门。

"你们好啊，"她露出灿烂的微笑，"看来你们今晚一直在露宿街头。"

我看见菲尼克斯坐在汽车后座上，睡得很熟。

"真是见鬼了，劳拉，你是不是想让我们冻死在外面？你怎么这么久才来？"爱丽丝喊道。

"嘿，别生气了，"劳拉说，"你们两个快乐的小流浪儿可不像是会问这个问题的人。我花了很长时间找这个地方，夜深了，看不清楚地图，我都累坏了，车灯也不亮，我们又没有手电筒。你们也知道，菲尼克斯帮不上什么忙。"

喊菲尼克斯名字的时候，劳拉故意提高嗓门，但他仍旧一动不动。

"对了，趁我还没忘记，我得告诉你们，刚刚有个男人打电话来找阿尼，说他叫吉姆·诺尔森。虽然已经很晚，但他说的话听起来很时髦、很中听。阿尼，他想确认下你有没有安全到家。你之前用他的手机给爱丽丝发过信息，所以里面有号码。我告诉他你很好，你快到家了。阿尼，你可真是个酷小子。"

"是的，非常酷，"爱丽丝说，"酷得都快冻死了！"

"爱丽丝，我已经尽可能快地来找你们了，"劳拉朝我们走过来，"阿尼，吉姆说有什么进展要告诉他，他整个周末都在伦敦。"

劳拉突然尖叫起来，发出一种像野兽一样的咆哮。

她的脚碰到了包裹小家伙的布，留下了一个脚印，整块布都快被她踩变形了。

她吓得张大嘴。

"噢，上帝！噢，我的天哪，那东西 —— 它扁了。"

她吓得跳来跳去，不知该把脚放在哪里。

爱丽丝把她拉到身边，在她耳边轻声说道："是你知道的那个东西。"

劳拉立刻沉默了，她走过来，将一只有些发烫的胳膊搭在我的肩膀上。

"对不起，阿尼，"她说，"真的很抱歉！天啊，那包东西里好像只剩下一摊液体了，可能是标本没有保存好。它的身子看起来像要融化了，我们得赶快行动，找个地方安顿它。"

睡在车上的菲尼克斯听到这话，突然醒了，他坐了起来，使劲眨了眨眼睛，向外望去。

"我们也想找个地方安置它，已经找了很久，"爱丽丝说，"可是找半天都没找到合适的地方，这里到处都是老鼠。"

菲尼克斯打开车后门，抬起了他的长腿。

"或者，"菲尼克斯说，他看起来睡眼惺忪，声音也有些颤抖，就像几个月没张口说过话的闭关修炼者一样，"你也可以一把火烧了它。"

爱丽丝对此嗤之以鼻，没有理他。劳拉走到车旁，靠在旁边的座位上，将腿搭在了他的腿上。

"不管我们怎么做，"她说，"我包里恰好有瓶红色的指甲油，我们可以用它给那个小标本的脚趾涂上颜色。"

我感觉浑身发痒，很不舒服。

我还发现，一旦菲尼克斯有了一个想法，他就不会轻易放弃。

"如果水不起作用，土也不行的话，"他举起打火机对我说，"那就试试火，就像我先前说的，重生之火。"

他点了一下打火机，蓝色的火焰瞬间在空中飞舞。

我突然意识到，劳拉的男朋友所说的，可能比爱丽丝迄今为止所想出来的办法都更有价值。

没人回应他，他接着说："试试水火葬一起吧，怎么样？既然这儿有一条河，那我们就做个木筏，把它绑在上面，点燃柴堆的时候，就让木筏漂走，火焰会抢在掠食者之前把它吞噬掉。"

"就像为一位维京王子举行葬礼那样。"劳拉忠诚地说。

"或者一位非洲王子。"爱丽丝说。

听到她这句话，我感到很惊讶。

她的眼睛紧盯着我的方向，好像在给我指着一个我应该明白的秘密。

"这样就抹掉了所有的痕迹，对吧，阿尼？"她轻声说，"还能把小家伙送往非洲的方向。之后，如果你愿意，我们还是给布罗克班克先生留张便条，上面什么都不写，放在原来放罐子的地方。”

“我们需要一些硬纸板。博姿药妆店附近那排商店后面就堆着一些箱子，我们可以拿来做个木筏。还得找些结实的塑料绳绑住它。”劳拉说，

“我不想让他的脚趾涂红。”我对菲尼克斯说。

我以为劳拉听到这话会垂头丧气，但她并没有。

“不知道他有没有脚趾，他的脚都快融化了。”我接着说。

“这样啊，”劳拉说，“或许……我们可以试试另一种埃及风格。”

我觉得身上更冷了，甚至比在海尔希尔的墓地里还冷。

“在古埃及，人们会用刀片或棍子打开死者的嘴，让它的灵魂获得自由，这样它就可以毫无阻碍地进入下一世的生活。”劳拉转过身来，像菲尼克斯刚刚那样，直接对着我说，“你觉得呢，阿尼？在我们把你的小宝贝放到木筏上之前，我建议我们撬开它的嘴，释放它的灵魂。”

直到今天，我也不知道我哪来的勇气说出下面这些话。

“好吧，那我们就这么办。我们一起努力，让小宝贝魂归非洲吧！我只想要求一件事，这对我来说意义重大，”紧接着我又说，“我想让爱丽丝来打开小家伙的嘴巴。”

“别逗了阿尼！”爱丽丝说，但她知道我没有开玩笑。

我看见她把手伸进口袋，检查她的刀片。我知道刀片就在她的口袋里，因为我已经听到刀片的咔嚓声了。

她低声说：“阿尼，我不能再伤害小家伙了。”

“这次不是切割他，”我平静地说，“他的嘴唇已经张开，

你只需要用刀背把他的嘴撑得更大一点就好。"

"我不确定自己能不能做好，我冷得要命，手又不稳，万一我的刀锋偏了怎么办？万一我不小心又把它割伤了怎么办？"

我努力保持冷静，向爱丽丝重申我们的当务之急。

"爱丽丝，"我说，"如果你也认为我们的小宝贝有一点非洲血统，那就做吧。就像你说的那样，让我们试着放他自由。"

她的表情看上去很呆滞，接着，她把手伸进口袋，朝姐姐和菲尼克斯的方向看了一眼。"转过身去，"她说，"这和酒吧里那些野蛮的恶霸行为没什么两样。"

她的刀在口袋里晃荡，发出铃铛般的声音。这件事就这样决定了。

爱丽丝在小家伙身边蹲了下来，但接下来，她从裤子口袋里掏出的并不是我预想的那个装刀的天鹅绒袋，而是她祖父留下的那把剃刀。在里士满清晨寒冷的空气里，刀片闪着寒光。我上次见到它还是在那个不愉快的雨天，当时我们，我是说爱丽丝，用这把刀解剖了那只狗的眼睛。

我很难想象爱丽丝蹲在小家伙面前，把这锋利的银刃像长矛一样举在面前时的感受。她第一次用刀刺向小家伙的身体时，是一场意外，但现在情况不同了，这次是有意为之。我看见她小心翼翼地拉开那块棉布，露出小家伙苍白的头骨。她虔诚而温柔地托住了他的下巴，把他的头转过来面向她自己。那是我非常熟悉的——皱巴巴的眼神、扁扁的鼻子和灰蒙蒙的嘴。接着，爱丽丝伸出了刀片。

直到后来，她才告诉我小家伙的嘴唇当时是如何抵抗她的，他就像是个僵硬的橡胶娃娃。或者更恰当的说法是，像一个空可乐瓶，或是一个被人丢进垃圾桶的废弃物。小家伙的嘴唇是微微张开的，即便如此，她也还是使了些力气去戳和扯。她强迫自己把小家伙想象成一个容器，一个有灵魂的、随时都可能会爆开的气球。

她说："我做到了，成功把那个'气球'弄爆了。"

至于我，其实当时我也感受到了小家伙的抵抗。我还感受到了爱丽丝身上流露出的恐惧，因为小家伙像原油一样黑黝黝的，着实吓人。当时只有我一个人感觉到了这些，因为那时菲尼克斯已经拉着干呕的劳拉往另一边走远了。

那天，我为爱丽丝感到骄傲，她谨慎认真地完成了任务，还是用她祖父留下的刀片完成的这一切。

最后她站起来，直勾勾地盯着我看了很久。她用裹着刀锋的软布不停地擦拭刀尖，擦了很长时间。

菲尼克斯走到博姿商店的拐角，大声说，他和劳拉去为葬礼所需要的木筏寻找包装纸板了。

爱丽丝把软布绕在那把刀的刀刃上，把刀片和布重新放回口袋里。

她沿着街道走着，双手高举过头顶，手臂像翅膀一样张开。

而我，有那么一瞬间，我只想背对着小家伙的身体站一会儿。我想先喘口气，然后再转身去处理剩下的事情。我告诉自己要挺住，要陪着小家伙，不能昏过去。时间正在流逝，似乎没有发生什么异样的事情。我已经筋疲力尽，但还是努力保持平静，毕竟一切好像就快要结束了。我朝爱丽丝相反的方向走了几步，缓了缓神。

我一直在想接下来会发生什么，想得我头痛，心跳加速，心脏在我的胸腔里扑通扑通地跳。我一遍又一遍地给自己讲送走小家伙的这个故事，就像我现在正在做的一样，但只要一说到小家伙会去哪儿，我就会不由自主地停下来。我也无法解释这是为什么。

我可能相信灵魂，相信银色皮肤的精灵，相信世界上有其他我看不见的生物，它们飘浮在平行世界里。那究竟是什么精灵把小宝贝的罐子打得粉碎，又是什么精灵把卡特里娜的靛蓝布融化了，让他消失不见了，而那块布明明那么厚实？我也不知道答案。

我并没有看到什么鬼魂似的狗或者幽灵从这条街上光速穿过，做了这样的事儿。

我向下看了看灯火通明却依旧空荡荡的街道，还是觉得喘不过气。我记得当时我在想，为什么只有寥寥几个路人，却亮了这么多灯，真是浪费。我听到远处有狗叫，叫声似乎很迟疑，还有点儿迷茫，它的主人好像不在家。我脚跟一转，回过头来，发现我身后的街上也没人。和劳拉、菲尼克斯一样，爱丽丝也消失在某幢大楼的拐角处了。如果"灵魂"这个词可以用在这里的话，四周没有一个灵魂，没有一处人影，也没有猫，甚至连老鼠都没有，更没有一点儿声音。小宝贝似乎也不见了，路上没有包裹，没有靛蓝布，只有那个碎得稀烂的罐子和留在铺路石上的黑色油渍。

我大声喊着："爱丽丝！菲尼克斯！爱丽丝！"我像疯了似的乱窜，朝一个方向冲去，又向另一个方向撞去。爱丽丝从河边的小巷里冲了出来，劳拉和菲尼克斯也从对面的小路上走过来，菲尼克斯把手里压扁了的纸板箱扔到路上。

他们立刻明白了是怎么回事。"怎么啦？"菲尼克斯长吸了一口气，吹着口哨问。接着，他抱了抱我，又拉着劳拉的手朝街上走去。他们翻了翻垃圾桶，一个接一个地看着，头凑在一起，劳拉时不时还会偷偷回头瞥我一眼。

即便他们怀疑我是罪魁祸首，我也不怪他们。毕竟，刚刚在场的只有我，只有我看起来像有"作案动机"。

爱丽丝什么也没说，她还在发抖。她知道发生了什么，我们再也见不到小宝贝了。

我们花了大约一个小时的时间，把大街上能找的每一个角落和每一条小巷都仔细地搜了一遍，但其实，一开始大家就心不在焉，拖拖拉拉。凌晨四点左右，一辆送报纸的卡车开过来，在对面的一家报摊前停了下来。看到有人来了，为了避免暴露，我们索性停下手头的搜寻工作。劳拉一言不发地走到菲尼克斯的车前，打开车门。爱丽丝把柳条包递给我，我拿起放在爱丽丝雨衣旁边的铜盖，它有裂纹，但没有像罐子一样破碎。我把爱丽丝的雨衣也拿了起来。

菲尼克斯是最后一个上车的。他在街上又搜了几分钟，拿起压扁的纸板箱，试图把罐子的碎片扫进排水沟。

"别管了，菲尼。"劳拉说。

接着她从驾驶座挪到副驾驶座位上，从窗户把钥匙递给菲尼克斯。

尾 声

劳拉的桌子上放着一张粉色卡片，是她亲手打印的，准备用蓝色胶带贴到电脑上，上面写着：

"当你诵读出这段话，他就会涅槃重生，茁壮成长。

他必脱离火海，一切污秽都不会将他包围。"

* * *

我，阿尼，此刻正从无梦的睡眠中醒来。爱丽丝坐在我身边，目不转睛地盯着我。我越过她，看向车窗外，天快亮了，但天空还是灰蒙蒙的。一轮月亮正斜斜地落在远处朦胧的建筑和树上，月光洒在伦敦那些高楼大厦上。菲尼克斯开着车飞驰而过，前方是一条连绵不断的高速公路。城市微弱的灯光星星点点地闪烁着。如果仔细观察，你会发现它们正一个接一个地熄灭。

爱丽丝看见我醒了，说："我们一开始在里士满迷了路，后来菲尼克斯终于知道该怎么走了。我们现在在回家的路上，阿尼，伊薇知道你要回去了，我替你给她打了电话。吉莉还准备了热巧克力，她刚给我们打了电话。你是被电话声吵醒的吧？"

我抓住了她的手，不知道自己为什么要这么做，但还是下意识地抓住了她的两根手指。

她没有抽开，低声说："我一直在想，我们还能做点儿什么，让你不那么难受。或许我们可以找一只死青蛙，把它连同那个瓶盖一起，埋在小家伙离开的地方，给它安个坟墓，这样我们有空就能常去看看了。"

"不用麻烦了，我很好。不知道为什么，对我来说，小家伙是自己走的，是他自己消失的。他消失在湍急的泰晤士河边上，就让我们想象他顺流而下，已经踏上了回家的路吧。"

我换了个姿势，把头靠在爱丽丝身上，靠着她的肩膀，就像我们先前在里士满药妆店外那样，只是那时我是她的枕头。我也不知道我怎么如此平静，虽然内心空荡荡的，却仍然感到很踏实。按理说，我应该觉得自己被欺骗了，受到了不公平的对待而心情沮丧，但是我没有。

我试着说服自己，小家伙已经找到他的用水做成的床，躺下休息了。

我靠在座椅上，仍然是半睡半醒的样子，望着外面那长长的、斑驳的云朵，想着小家伙 —— 他终于可以好好休息了。

我心想，也许这是爱丽丝干的。是爱丽丝，是她被"打开小家伙嘴巴"的那项任务逼疯了，然后趁我们都不注意，又冲回街上，抓住濒临融化的小家伙，把他扔到了河里，还不小心撞倒了他的罐子。也许就是她的手臂直挺挺地一挥，把他扔了出去，他和裹着他的布在空中展开，然后只听见"扑通"一声，小家伙就不见了。我猜想她只是暂时不想说罢了，但总有一天，总有一天我知道她会说的。

又或者，也许小家伙真的是自己离开的，毕竟他已经濒临融化好几天了，还在罐子里待了那么多年。在一天结束的时候，他自己走了，在铺路石上留下了那些油渍，作为他的记号。

然后，我们中有个人，也许是爱丽丝或者菲尼克斯，不小心绊倒了他的罐子，把罐子摔了个粉碎。

又或者，奇迹再次发生。也许真的有个穿着银色衣服的精灵找到了我们。有个天使飞过来，在小家伙的灵魂被释放出来的时候，用那块靛蓝色的布把他抱走了。

就这样，在一天结束的时候，小家伙踏上了回家的路途，路上没有灯光，没有云，他的身上也没有伤痕。

头顶有一架飞机，高高地盘旋在伦敦的天空中，正准备降落。我目不转睛地看着它，想象着，里面都是系着安全带、因为长途飞行而腿部浮肿的乘客，但此刻，对我们来说，那飞机只是一道盘旋的光，并不比一颗闪烁迷离的星星大多少。我想到，天空是那么宽广，世界是那么辽阔，充满了生命和死亡，这些生命是多么不可思议，又是多么短暂。我不禁思索，生活总是在不经意间捉弄人，稍不留神，生命中的某个篇章便会悄然落幕——而这一章是关于一个十二岁半的孩子拜访父亲、照料"外星来客"，以及在旅程的最后，感悟到朋友的力量……或者说是跟朋友们在一起的故事。有很多事情很难解释，除非你亲身经历过。

我盯着飞机看了一会儿，突然，初升的太阳照在机窗上，它就像颗橙色的彗星一样发着光，片刻后又消失在高高的蓝灰色云层后面。

　　"就像一颗超新星一样。"爱丽丝说，她和我一样眼睛盯着飞机。

　　"是的，没错。"我说，接着不知道为什么，我用力握了握她的手。

译后记

《尼罗河宝贝》一书的作者艾勒克·博埃默是牛津大学英文系世界文学教授，以英国文学中的殖民与后殖民研究享誉世界。本书从天真烂漫、勇敢无畏的儿童视角，描绘了两个十二岁的好朋友，爱丽丝和阿尼，偶然发现并悉心护送一个九十岁的非洲胎儿标本"回家"的奇幻旅程。孩子们充满挑战和刺激的探索之旅引领读者领略了深植于英国社会的非洲存在与非洲风情，探讨了生命与消亡、他者与我们之间的界限。故事极具想象力，引人入胜。

博埃默教授与中南财经政法大学外国语学院的蔡圣勤教授在非洲文学研究领域有深入的交流合作，《尼罗河宝贝》等博埃默系列小说的汉译工作便是合作成果之一。作为蔡教授研究团队的一员，本书译者能参与到该翻译工作中来，深感荣幸。希望我们的译文能生动再现原著宏大的思考主题、独特的叙事方式和巧妙的人物刻画，希望译文读者能够像原文读者一样，与书中可爱的孩子们共赴奇妙之旅，体验非洲的历史与变迁，共悟他者的漂泊与归属。

本书的中文版得以呈现，首先要感谢博埃默教授为读者带来的精彩作品，感谢蔡圣勤教授提供的翻译机会，同时，还要特别感谢蔡教授研究团队的所有成员：杨道官、方谦、蔡佳盈、吕成慧、邹婉婷、杨敏、彭芬、佘运周、肖子怡、杜朔、方景景、付星伊、范正清、姬进进。感谢他们在本书的翻译和译校工作中所付出的努力。

　　最后，欢迎读者提出宝贵的意见，不吝指正。

汪世蓉
2024 年 9 月